谨以此书献给中国儿童文学

近代儿童文艺研究

谢毓洁 著

陕西新华出版传媒集团

未 来 出 版 社

图书在版编目（ＣＩＰ）数据

　　近代儿童文艺研究 / 谢毓洁著. -- 西安 : 未来出版社，2016.11
　　ISBN 978-7-5417-6308-3

　　Ⅰ．①近… Ⅱ．①谢… Ⅲ．①儿童－文艺－研究－中国－近代 Ⅳ．①I207.8

中国版本图书馆CIP数据核字(2016)第285211号

近代儿童文艺研究

选题策划：陆三强

责任编辑：白海瑞　须　扬

装帧设计：文川书坊

出版发行：陕西新华出版传媒集团　未来出版社

地址：西安市丰庆路91号，710082

经销：全国新华书店

印刷：陕西博文印务有限责任公司

开本：880mm×1230mm 1/32

印张：10.625

字数：180千字

版次：2017年5月第1版

印次：2017年5月第1次印刷

书号：ISBN978-7-5417-6308-3

定价：56.00元

后 记

绪 论

近代文化研究有诸多空间，半个多世纪以来史学界在这方面做了很多有价值的研究，而且形成了一系列的优秀成果。20世纪80年代兴起的文化热突出了传统文化现代化的问题，从近代史上总结中华民族追求文化近代化的历程，成为当代史学研究的热点。

进入90年代以后，文化热虽然有所退潮，但是作为文化史重要内容的国学，不仅没有降温，而且形成新的热点。应该说，近代文化研究已经成为一个具有完善学科意义的名词。近代文化研究涌现了几代优秀的学者，出版了诸多优秀的学术成果。本书立足于近代文化发展的基本史实，依托近代文化史研究和近代文学研究的已有成果，对属于近代文化有机部分的近代儿童文艺进行研究，力图比较清晰地描述出近代儿童文艺发展的基本脉络。

一、近代儿童文艺研究的意义

无论从哪个角度看，儿童文艺作为儿童文化的组成部分，都是中国近代文化史研究值得用力的领域。但是长期以来，学术界对这一课题的研究非常不够。我国的儿童文艺渊远流长，有关儿童文艺的记载史不绝书，儿歌、童谣、神话、传说、儿童故事、儿童戏剧、蒙学教材等都是儿童文艺的重要组成部分。但是直到晚清时期，近代儿童文艺因素才开始萌芽、成长。儿童文艺出现近代化转变，一是体现在儿童的观念出现了飞跃，二是在儿童观念产生飞跃的基础之上，儿童艺术的内涵和外延都有了拓展。近代儿童文艺吸收了许多传统儿童文艺的因子，比如在近代儿童文艺中仍然可以看见传统的儿歌、童谣、道德教育、游戏等内容。但两者在价值取向、范围、目的、功能、特征等方面区别也很明显。研究近代儿童文艺，其实质是对儿童文艺的近代立场的把握和体认；儿童文艺的近代立场，其实质是成人意识到儿童的价值，而后为儿童创作适合于他们的艺术作品。

从概念上看，儿童文艺是艺术的一个门类。艺术从广义上说包括作为语言艺术的文学，从狭义上说则专指文学以外的其他艺术，将文学与艺术并列起来，则合称文艺。艺术一般包括实用艺术（建筑、园林、书法等）、造型艺术（绘画、雕塑、摄影等）、表演艺术（音乐、舞蹈等）、综合艺术（戏剧、戏曲、电影、电视等），以及语言艺术（诗歌、散文、小说等）。儿童文艺，即为儿童创作和欣赏的艺术作品，它的性质取决于它的服务对象和适合于它的服务对象的体裁、题材、风格和样式。可见儿童文艺的首要条件是：为儿童创作，为儿童服务。艺术家在构思、创作作品时，必须考虑儿童的知识水平、接受能力，必须考虑到他们的心理特征，有益于他们的身心健康，前提须是"为儿童"的。

从名称上看，儿童文艺由两个关键词构成，一个是"儿童"，另一个是"文艺"。这两个关键词既是研究儿童文艺的切入点，又是探讨儿童文艺的重点。探讨近代儿童文艺，首先要明确近代儿童的发现历程，可以说，没有儿童的发现，就没有"为儿童"的文艺。

近代对儿童的发现经历了两个发展阶段：一是将儿童从"未来的臣民"转变为"未来的国民"；二是将儿童从"未来的国民"转变为"未来的人"。"未来的人"包括两个含义：第一是儿童首先是人格的存在，第二是儿童与成人分属于两个世界。这两个发展阶段同步于近代两场启蒙运动。

本书将儿童文艺分为"晚清"和"民国"两个阶段，分别结合具体的史料和深入的理论，一一加以分析和考察。之所以将近代儿童文艺分为"晚清"和"民国"两个阶段，一是参考了一些学者关于社会转型期的研究成果，即1895年到1925年初将近30年的时间，可谓是中国思想文化由传统过渡到现代、承前启后的关键时代。在转型时代，无论是思想知识的传播媒介或者是思想内容，都发生了突破性的转变，儿童文艺在转型时代也发生了质的更新。二是虽然"晚清"

与"民国"的时代精英们都重视儿童的存在，并对儿童的教育、儿童的个性、儿童的世界作了或深或浅的论述，但是二者对"儿童"的认识有着根本性的差异。同时随着文化改革的深入，精英们逐渐深化了对文艺的功能、文艺的本质、文艺心理学等方面的认识。因此将转型时代分为"晚清"和"民国"两个时间段，分别加以探讨。正如转型时代的近代文化不仅突破了两千年儒教文化的思想传统，而且浓缩了欧洲近两百年的现代思想史一样，近代儿童文艺也经过了狂飙突进、峰回路转的思想历程。

晚清时期，严重的民族危机触发了一场救亡图存的启蒙运动，儿童开始作为国家的未来、民族的希望进入启蒙者的视野，儿童的社会地位得到前所未有的重视，儿童观念作为一个独立的群体意识逐步萌芽。比如梁启超在1900年《清议报》发表的《少年中国说》中，将老年人比作夕照，儿童比作朝阳；将老年人比作瘠牛，儿童比作乳虎。此说基本颠覆了对成人与儿童的传统理解，将人生价值的砝码明显地偏向于儿童。由蔡元培主办的爱国学社发行的《童子世界》，在创刊号则开宗明义地说："然则20世纪中国之存亡，实系于吾童子之手矣。则虽谓20世纪之世界为吾童子之世界也亦宜。"[1]黄海锋郎（笔名）在1902年出版的《杭州白话报》

---

[1] 胡从经：《晚清儿童文艺钩沉》，少年儿童出版社1982年版，第116页。

上发表《儿童教育》一文，将对未来的希望转化为对儿童的希望，呼吁儿童教育者改变落后的教育观念，并谆谆告诫儿童教育者："你们的责任很重呀！你们的教育法则，快要改良呀！中国兴亡，全在你们的掌握呀！"[1]

在《清议报》的舆论宣传和梁启超等人的理论倡导下，儿童作为一个群体的资格被确认了。然而此时对儿童的发现，源于迫在眉睫的亡国灭种的危机意识，启蒙者借鉴社会达尔文主义的理论，将儿童的发展与国家的未来相提并论，并没有发现儿童迥异于成人的本质、了解儿童的本性。儿童只不过是一个未来的存在，仍旧是"成人的预备"。此外，晚清时期的"成人"与传统的"成人"在内涵上也截然不同。换言之，晚清时期对成人的定义，或者说对成人的认识已然发生改变。启蒙者根据新时代的需要和标准，提出新的国民概念。梁启超的"新民"一说，严复的"鼓民力、开民智、新民德"一说，基本道出了时代所需要的新人格的内涵。相比于封建时代将儿童视为"未来的臣民"，启蒙时代将儿童视为"未来的国民"不啻为一种跨时代的进步。

五四新运动时期，随着启蒙者对文化认识的深入，"人的发现"成为鲜明的时代标识，儿童个性解放与妇女个性解放构成了"人的发现"的外延内容。郁达夫在总结这场运动

---

[1]黄海锋郎:《儿童教育》，王泉根评选:《现代儿童文学文论选》，广西人民出版社1989年版，第6页。

时明确地说："五四运动的最大成功，第一要算'个人'的发现。"[1]"人的发现"是具体而全面的，只有处于弱势地位的妇女和儿童的独立价值被肯定的时候，"人的发现"才能算是完整的。

陈独秀在《新青年》第3卷第5号发表的《近代西洋教育》中，从儿童教育的角度抨击"所谓儿童心理，所谓人类性灵，一概抹杀，无人理会"[2]的传统教育，指出中国教育应该取法西洋，体会儿童的心理，启发儿童的性灵，养成儿童自主学习的能力。陈独秀以儿童的心理与性灵为切入点论证儿童教育的意义，显然迥异于晚清时期对儿童教育的阐述。1918年周作人在《新青年》第5卷第6号上发表的《人的文学》，集中阐述了他的人道主义思想，并由对人性的全面发展的关怀延伸到对儿童和妇女问题的探讨，他指出中国"人的问题，从来未经解决，女人和小儿更不必说了。"[3]鲁迅在《新青年》第6卷第6号发表的《我们现在怎样做父亲》一文中，从进化论的角度肯定和褒扬了新生生命的价值，对"长者本位"的传统道德观提出质疑，认为："后起

---

[1]郁达夫：《中国新文学大系·散文二集》导言，《中国新文学大系》第7集，上海良友图书印刷公司1935年版，第5页。

[2]陈独秀：《近代西洋教育——在天津南开学校演讲》，任建树、张统模、吴信忠编：《陈独秀著作选》第一卷，上海人民出版社1984版，第324页。

[3]周作人：《人的文学》，王泉根编：《周作人与儿童文学》，浙江少年儿童出版社1985年版，第22页。

的生命，总比以前的更有意义，更近完全，因此也更有价值，更可宝贵；前者的生命，应该牺牲于他"，[1]他呼吁以后觉醒的人"应该洗净了东方古传的谬误思想，对于子女，义务思想须加多，而权利思想却大可切实核减，以准备改作幼者本位的道德。"[2] 1920年10月26日，周作人在北京的孔德学校作了《儿童的文学》的演讲，演讲稿刊登在《新青年》第8卷第4号上，该文章的影响深远，当时的教育界、文艺界等大都接受了他所宣传的"儿童本位"的观念，承认儿童有不同于成年人的本质，并且具有独立的意义和价值。

周作人在这篇具有里程碑意义的文章中指出："儿童在生理和心理上，虽然和大人有点不同，但他仍是完全的个人，有他自己的内外两面的生活。儿童期的二十几年的生活，一面固然是成人的预备，但一面也自有独立的意义和价值。"[3]相比于晚清的童年观，周作人肯定了儿童固然是成人的预备，即儿童发展的目标是成年人，要在成年人的呵护和监管下逐步长大成人，这也是晚清时期梁启超、严复等

[1]鲁迅：《我们现在怎样做父亲》，《鲁迅杂文全编》第一卷，北京人民文学出版社2006年版，第130页。
[2]鲁迅：《我们现在怎样做父亲》，《鲁迅杂文全编》第一卷，北京人民文学出版社2006年版，第130页。
[3]周作人：《儿童的文学——一九二〇年十月二十六日在北平孔德学校演讲》，《儿童文学小论·中国新文学的源流》，河北教育出版社2002年版，第37—38页。

人的认识。然而周作人的理论的超越意义在于，他强调儿童的价值不是由成长的结果确立的，儿童的价值源于他自身的人格。如果我们承认儿童是人，我们就应该尊重他的人格，就应该肯定他存在的价值和意义，这是一个很自然的逻辑推理。至此，尊重儿童的生命与权利的近代儿童观得以在中国真正确立。

儿童文艺的近代立场得以确立后，儿童文艺的内涵和外延也得到了丰富和发展。就具体的儿童文艺形态而言，晚清时期出现了儿童诗、译介小说、童话及学堂乐歌等佳作，民国时期出现了许多优秀的儿童文艺作品，儿童诗、儿童散文、童话、儿童故事、儿童歌舞剧、儿童漫画等都取得了巨大的成就。这些文艺作品或多或少地尊重儿童独立的生活，理解儿童的天性、本能、兴趣和需要，遵循艺术创作的规律，不仅得到当时少年儿童的真心喜爱，直到今天，依然保有其长久的艺术魅力。

儿童文艺作为一个正式名词的提出，是在五四新运动期间。现代著名作家、教育家叶圣陶在1921年3月12日的《晨报》副刊，发表了《文艺谈·七》一文，他以教育家的身份，注意到儿童对文艺的热切渴望，因此提出多多创作适于儿童的文艺品。在文章中他提到："为最可宝爱的后来者着想，为将来的世界着想，赶紧创作适于儿童的文艺品，总该列为重要事件之一。"[1]他强调儿童对于文艺,尤其对文艺的灵魂——感情——极热望的要求,所以教育者应当顺应他们自然的要求,提供给儿童富有营养的精神食粮。虽然他没有明确地将"儿童文艺"作为一个专用名词提出,但是他注重儿童对文艺品的特殊需要,而且提出了两条创作儿童的文艺品的艺术准则,第一是应当将眼光放远一程;第二是要对准儿童内发的感情而为之响应,使益丰富而纯美。总之,文艺品的创作要从儿童真正的感情需要为出发点。在随后发表的《文艺谈·八》中,叶圣陶将"儿童的"与"文艺品"两个名词合二为一,首次提出了"儿童文艺"的概念。文中写道:"儿童文艺里须含有儿童的想象与感情。而有神怪和教训的质素的,决不是真的儿童文艺。"[2]在《文艺谈·七》中,叶圣陶侧重于讨论儿童文艺的艺术价值,即儿童文艺能够满足儿童对文艺品强烈的感情需要;在《文艺谈·八》中,叶圣陶侧重于探讨儿童文艺的美学追求,即儿童文艺作品应该顺应儿童自然本真的情感,以润物细无声的创作手法求得儿童的情感共鸣。他反对两种错误的倾向,一是偏重于教训,二是偏重于神怪。前者容易引发儿童反感情绪,后者

---

[1]叶圣陶:《文艺谈·七》,王泉根评选:《现代儿童文学文论选》,广西人民出版社1989年版,第50页。

[2]叶圣陶:《文艺谈·八》,王泉根评选:《现代儿童文学文论选》,广西人民出版社1989年版,第56页。

容易导致儿童怯弱心理。总之，这两者都会损伤儿童的想象与情感。叶圣陶的儿童文艺观念并不是空谷回音，而是五四新文化运动的人道主义思潮和个性解放思潮在文艺创作领域的表征。叶圣陶身兼教育家和作家的双重身份，所以他从教育和文艺的双重角度论证儿童文艺的源泉、价值和意义等相关问题。他的儿童文艺观既有时代特征，又有自己的个性烙印。

近代儿童文艺从萌芽到发展，涉及诸多人物、诸多作品。本书在一定程度上弥补了学术界的薄弱环节，全面展现近代儿童文艺的诸多形态，勾勒儿童文艺发展的历史变迁，总结前人在理论和实践上的得与失，发掘转型期儿童文艺的特点和意义。当今社会，电子媒介冲击着传统的儿童文化观，以无所不在的技术复制了新的场景，改变着儿童文艺的内涵和外延。电子媒介对健康的儿童文艺的发展既有正面影响，也造成了不可忽视的负面效应，对我国当前的儿童文艺建设构成了严峻的挑战。许多学者有感于电子媒介对儿童成长的巨大影响，生发"童年在消逝"的担忧。在这种情况下，研究近代儿童文艺的发生、发展问题，总结近代儿童文艺建设的经验教训，不仅可以弥补学术研究的不足，而且对于我们今天发展健康的儿童文化，形成利于儿童健康成长的社会氛围，是有着非常重要的现实意义的。

二、近代儿童文艺研究综述

近代儿童文艺的研究涉及历史学、文学、艺术学、教育学、传播学、民俗学、心理学等多种学科的理论，每个领域的学者都以自身的学科视角展开论述。从总体上看，具体的研究成果不少。

儿童文艺作为一种独特的文化形态或文化现象，在整个儿童文化大系统中占有极其重要的地位。儿童文艺既受儿童文化大系统的制约和影响，反过来它又影响和作用于儿童文化大系统。从儿童文化的大系统中入手，其实是从文化的外部场域关注文艺的变迁，有助于立体地认识儿童文艺的发生与发展。刘晓东的《儿童文化与儿童教育》是近年来比较有深度的著作[1]。他定义了儿童文化："儿童文化是儿童表现其天性的兴趣、需要、活动、价值观念以及儿童群体共有的精神生活、物质生活的总和。"作者肯定了周作人和鲁迅对近代儿童文化的理论建设作用：鲁迅批判中国传统的儿童教育是成人本位的，这种教育泯灭了儿童的天性，也扼杀了整个民族的未来与生机；周作人则用"内外两面的生活"的字眼来描述儿童生活，可谓全面界定了儿童文化。作者提出，在儿童文化发生了近代转变后，儿童文艺也发生了相应的变化。五四时期，几乎所有的著名作家都对儿童文学产生

---

[1]刘晓东：《儿童文化与儿童教育》，教育科学出版社2006年版，第34页。

兴趣，积极参与儿童文学的创作或翻译，周作人、胡适、郭沫若、严既澄等在杜威来华后便试图建立"儿童本位"的儿童文学理论，并认为儿童文学便是以儿童为本位的文学。该书的理论贡献在于：通过对近代儿童文化的梳理，概括了近代儿童文化的特征和性质，并且确立了近代儿童文化与儿童文艺的互动关系。但是其对近代儿童文艺的研究却缺乏总体性的分析，只注重阐述鲁迅、周作人等阐发、传播"儿童本位"论的开创性贡献。

从近代文化发展的大环境审视近代儿童文艺的史学著作不多见，其中吴效马的博士论文《五四时期女性、儿童个性解放思潮研究》是其中一部。吴效马在论文中的重要观点是：个性主义儿童观的确立导致儿童文学作为中国文学独立门类的诞生。他认为：在漫长的中国封建社会，儿童的独立人格和个性得不到承认，他们的精神和审美需要也相应地被忽视，这导致儿童文学的发展迟缓，只能作为口头文学而存在。而五四新文化运动时期，个性解放思潮蔚然，其中儿童个性解放受到空前瞩目，儿童个性解放促进了个性主义儿童文学理论的形成。在个性主义儿童文学理论家的倡导和鼓吹下，儿童文学成了知识界"最时髦、最新鲜、兴高采烈、提倡鼓吹"的新气象，彻底改变了两千多年来中国儿童文学不受重视、发展缓慢的局面，扭转了儿童文学创作的成人化倾向，宣告了儿童文学作为中国文学的一个独立门类的诞生。[1] 必须指出的是，吴效马对传统儿童文学的见解并不全面，传统儿童文学并不是只能作为口头文学存在，事实上传统蒙学读物也有不少通俗易懂、适合儿童阅读的作品，而这些作品显然是以文字的方式存在的。显然作者没有明确近代儿童文学与传统儿童文学的实质区别。其次，作者误以为个性主义儿童观的确立是儿童文学诞生的唯一因素，这是很片面的。儿童文学的诞生涉及许多因素，比如新文学运动、白话文的传播和推广，以及晚清时期从西方传入的美育观念等等，绝不只是一有个性主义儿童观儿童文学就诞生那么直接简单。最后，作者将五四时期的个性主义儿童观归纳为两个方面："儿童是人"和"儿童是儿童"，却没有阐释"儿童是儿童"的具体含义，即儿童和成人的区别。

　　研究儿童文艺涉及对儿童文艺本质的认识。有的学者从儿童文艺的产生看儿童文艺的本质。杨实诚在《从儿童文艺的产生看儿童文艺的本质》中指出，艺术产生于人类社会，产生于人类心理——生理机制的形成。自有人类社会以来，当人们通过改造自然界解决生存问题之时，就有了审美的需要和审美的活动，成人艺术就这样诞生了，但是儿童文艺作品直到人类进入近代社会才诞生。因为儿童自己很难创作出

[1] 吴效马：《五四时期女性、儿童个性解放思潮研究》，北京师范大学历史系95级博士论文。

供自己欣赏的艺术品，只有成人发展出童年意识，认可儿童的地位和价值，才能为儿童创作出符合他们精神需要的艺术品。作者总结道："儿童权益、儿童教育问题得到社会的重视，成人艺术家才产生了为儿童创作的动机，他们从儿童的角度观察生活，体察童心之美。"[1]儿童教育和儿童权益得到社会上的重视，这意味着社会上发展出人权意识，并且人权思想涉及儿童。而人权思想的传播，我国直到辛亥革命前后才现端倪。相对于传统对儿童文艺的研究方法：比如从一般文艺为社会生活的反映着眼，或站在"童心"的角度看文艺对社会生活的反映，作者从文艺心理学的角度阐述近代儿童文艺产生的渊源，是一种理论上的进步。作者明确了人权观念、儿童观念、儿童文艺之间的历史发展线索，为认识儿童文艺提供了一个全新的理论视角。但是论文还有一些论点值得商榷。比如作者认为，五四时期叶圣陶作品的出现才标志着中国近代儿童文艺的诞生，这并不客观。儿童文艺在晚清时期即已发轫，虽然彼时人权思想的影响尚不算广，但是已有少数先知先觉者从国家未来发展的角度着眼，注意到儿童的存在，并提出为他们准备文艺作品。比如梁启超、徐念慈等人，在儿童文艺的理论或实践上，都做出了一定的贡献。

---

[1]杨实诚：《从儿童文艺的产生看儿童文艺的本质》，《求索》，1982年第2期。

近代儿童文艺从广义上说，包括儿童文学以及儿童艺术。儿童文学界的学者蒋风、韩进在《中国儿童文学史》中[1]，将近代儿童文学置于百年儿童文学发展历程中，探讨了近代儿童文学的发展特征。作者指出，儿童文艺早在远古时期就存在了，但是"儿童文艺"这个名词的确立是还不到两个世纪的事情，在中国直到五四时期才发生。伴随着五四新文化运动的来临，中国儿童文艺也跃入一个新的发展阶段。首先是观念的解放，即儿童从"父为子纲"的伦理秩序中解放出来，儿童文艺从"文以载道"的旧文艺中解放出来。其次是文字符号的解放，即语言从艰涩的文言文束缚中解放出来。再次是普及教育的推动，即1920年教育部通令将中小学的"国文"改为"国语"，选用白话文教材，并大多以儿童文艺为内容，这无疑推动了儿童文艺的发展。最后是外国儿童文艺的影响。总体上看，首先因为作者的立足点是儿童文学，所以没有从近代文化、近代文艺的大环境中审视儿童文艺的发展，整体上论述显得单薄，对从晚清到五四时期的儿童文学发展停留在现象的描述上，对内在的动力揭示不足。其次，作者指出儿童观的进步是中国儿童文学走向自觉阶段的最重要的原因，然而儿童观的进步涉及"人的发现"。但是近代对"人的发现"到底是在什么意义上发现

---

[1]蒋风、韩进：《中国儿童文学史》，安徽教育出版社1998年版。

的，人的本质和内涵是什么，人为什么值得尊重……这一系列问题都决定了我们如何看待儿童。对于人性的认识、对于个性的认识，研究者没有深入展开，这决定了研究者对于儿童文学的认识也是残缺的。张永健主编的《20世纪中国儿童文学史》对20世纪百年儿童文学发生发展到逐渐成熟的曲折历史做出了系统的科学的梳理，总结了百年儿童文学的发展规律、经验与教训。该书是当前唯一的整合晚清、现代、当代的20世纪涵盖两岸三地(大陆、台、港澳)儿童文学史的内容最为丰富的论著，编著者有意识地把晚清、现代和当代三个时期作为一个整体进行整合梳理，一定程度上找到了现代中国儿童文学发生的源头，也理清了中国儿童文学逐步走向成熟的历史进程。该书史料翔实，宏观概括与具体分析相结合，既对百年来儿童文学作家作品进行了全方位多角度多层次的审视，又对儿童文学发展历程做出了历史的评价与丰富多彩的描述。[1]

对近代儿童文学分阶段进行研究的重要理论著作有两部，分别是胡从经的《晚清儿童文学钩沉》，以及张之伟的《中国现代儿童文学史稿》。胡从经的《晚清儿童文学钩沉》注重史料的搜集整理，从卷帙浩繁的历史资料中发掘近代儿童文学的文献，其中包括《小孩月报》《蒙学报》《中

---

[1]张永健主编：《20世纪中国儿童文学史》，辽宁少年儿童出版社2006年版。

国白话报》《童子世界》《杭州白话报》等报刊资料。作者结合史料，对梁启超、黄遵宪、吴趼人、周桂笙、曾志忞、林纾、李叔同、沈心工、鲁迅、茅盾等人的儿童文学活动一一加以分析研究，对中国近代儿童文学的发生追根溯源。作者通过详尽的史料批驳两个观点：中国近代儿童文学既不是萌蘖于外国童话的移植，比如有人提出的《无猫国》是中国的第一本童话；同时，中国近代儿童文学也不是五四以后才出现，比如鲁迅所说的"叶圣陶先生的《稻草人》是给中国的童话开了一条自己创作的道路的"。[1]总体上说，胡从经的研究成果不但填补了晚清和现代文学研究之空白，而且在儿童文学研究界也是一部难得的学术著作。他搜集整理的晚清儿童文学的文献资料为后来者指明了研究的路径；他推出的结论也有理有据，符合历史真实。不过，正如作者自己所说，这本著作缺少理论的构建，对报纸、刊物、人物的研究显得零散杂乱，多有交叉，对研究对象的论述侧重于政治角度，缺乏全方位的评价。张之伟的《中国现代儿童文学史稿》则将研究的起点落在五四新文化运动。该著作缺乏宏观上的理论框架，因此以人物研究、作品研究为主，一一介绍了五四新文化运动前后活动在儿童文学界的优秀作家及其作品。由于著者史学建构能力的不足，该著作无法系统、清

---

[1] 胡从经：《晚清儿童文学钩沉》，少年儿童出版社1982年版。

晰且理性地呈现中国现代儿童文学的发展进程，但整理出了五四时期文学研究会成员的儿童文学创作资料，这些资料非常珍贵而且对于后来的儿童文艺研究无疑是具有启发性的。

国外学者研究中国近代儿童文艺的不多，美国民俗学学者洪长泰著有《到民间去：1918—1937年的中国知识分子与民间文学运动》，第一次从思想史的角度探讨五四时期中国知识分子对于民间文学的发掘、讨论和推广，其中也涉及现代儿童文学的内容。五四新文化运动前后，北京大学发起了"歌谣征集运动"，随后在学术界掀起了"到民间去"的思潮。众多的新文化运动先驱如李大钊、胡适、周作人、鲁迅等都或多或少地参与其间，周作人还为中国民俗学的发展做出了重要的贡献。[1]"歌谣征集活动"中收集的作品，其中有很大一部分就是在民间流传的儿歌、童谣。歌谣搜集不仅为新诗的发展提供了民间文学的源头活水，也为研究者展现了传统儿童文艺的风貌。不过，由于多种原因，五四时期的知识分子对民间材料的搜集整理工作进行得不尽人意，因此民俗学研究的根基极不稳固，这也导致对儿歌、童谣的整理不够全面细致。作者注重"歌谣征集"在民俗整理上的意义，为研究者提供了新的理论视角；同时，也将近代儿童文艺的发展置于新文化运动，尤其是民间文化运动的大背景

---

[1][美]洪长泰著，董晓萍译：《到民间去：1918—1937年的中国知识分子与民间文学运动》，上海文艺出版社1993年版。

中，这种研究方法拓宽了研究的视野。

　　儿童艺术界的学者也对近代儿童艺术的发展展开了相关的研究，不过近代儿童艺术的总体性研究成果付之阙如，学者们多是从具体的艺术门类展开讨论。比如音乐界的学者探讨了晚清时期盛行一时的学堂乐歌。汪毓和在《中国近代音乐史》中结合音乐史料，清晰的勾勒出晚清学堂乐歌的发生和发展历程。作者专章探讨清末民初的学堂乐歌的起源、发展以及该时期重要的音乐家；肯定了晚清时期重要的音乐家沈心工、曾志忞和李叔同在思想认识、理论主张和音乐实践上的可贵性，并精辟地指出他们的创作和实践活动的不足之处；并且从音乐史的视角评介了当时流行的乐歌内容、曲调，指出学堂乐歌在音乐发展史上的历史地位与局限性。[1]张晓霞的《浅析学堂乐歌在中国近代新音乐发展中的启蒙作用》分析了近代学堂乐歌的内容，指出它的价值和局限，认为学堂歌曲开创了中国近代音乐创作的先河。[2]近年来，在学堂乐歌研究领域比较有新意的文章有两篇。傅宗洪的《学堂乐歌与中国诗歌的现代转型》就是见解新颖的一篇文章。文章对发生在20世纪初期的学堂乐歌的现代转型，以及与之相关的发生机制、生产手段、传播方式等进行了廓清。文章

---

[1]汪毓和编著：《中国近现代音乐史》，人民音乐出版社1994年版，第16—95页。
[2]张晓霞：《浅析学堂乐歌在中国近代新音乐发展中的启蒙作用》，《音乐天地》，2006年第5期。

认为，先于五四白话诗运动而兴起的学堂乐歌是中国诗歌由古典到现代的一次重要尝试；长期以来学界之所以将以胡适为代表的白话诗看作现代诗歌发生的标志，是因为在现代诗歌的研究中关于其内部空间的指认偏狭化的结果，即只将诵读的诗理解为现代诗歌而忽略了作为歌唱的诗——歌词——的诗歌身份。作者提出，质疑新诗的传统不仅是文学史观念的自我更新问题，而且关涉到现代诗学的重构。[1]陈煜斓的《近代学堂乐歌的文化与诗学阐释》也是颇有创见一篇文章。作者从学堂乐歌产生的文化背景、学堂乐歌现代性转换的文化特征展开讨论，并且提出了对学堂乐歌局限性的文化思考。作者认为，学堂乐歌在思想内涵、音乐形式和歌词语言上都建立了一种走向民众、走向现代的音乐文化模式，但这种新的音乐文化对中国传统诗学的质疑和反抗并不像后来的白话新诗那么彻底。因此，它只能作为新文化运动的先导，而不能成为主导。[2]

儿童剧是儿童文艺的重要门类，但目前儿童剧的理论远不充分和完备，尤其对近代儿童剧的研究更显得单薄。程式如在《儿童剧散论》中首先对儿童剧作了明确的定义。戏剧作为

[1]傅宗洪：《学堂乐歌与中国诗歌的现代转型》，《中国现代文学研究丛刊》，2006年第6期。

[2]陈煜斓：《近代学堂乐歌的文化与诗学阐释》，《中国社会科学》，2006年第3期。

一种艺术门类，它的性质取决于它的服务对象和适合于它的服务对象的题材、体裁、风格和样式，那么儿童戏剧的首要条件是为儿童演出、为儿童服务。她简要回顾了儿童剧的历史，提出到了20世纪初，在欧美资产阶级教育观的影响下，儿童剧有了新的发展，其中黎锦晖对儿童剧创作和演出做了重要贡献。作者介绍了黎锦晖两部重要的儿童歌舞剧作品《葡萄仙子》和《小小画家》，指出他继承了我国戏曲艺术的传统表演手法，借鉴并接受了西洋歌剧的旋律。同时作者指出黎锦晖由于世界观的局限，因此剧本的主题大多囿于歌颂博爱、平等、自由，未能认识时代的基本矛盾，没有反映现实生活的尖锐冲突，因而不可能给儿童以更深刻的思想启迪。[1]相比于程式如平铺直叙的论述，戏剧学学者满新颖独具创见，让我们重新认识了儿童歌舞剧的创始者黎锦晖。在《初显端倪的歌剧思维——黎锦晖的歌剧观》中，满新颖以"歌剧思维"的视角从头考察中国歌剧史，赋予了黎锦晖的儿童歌舞剧以全新的价值。作者指出，黎锦晖的儿童歌舞剧受欧美歌舞剧、文明戏、戏曲的影响很大，他用一系列的歌曲串联成戏剧故事，在舞台表演中使用了对唱、独唱、合唱和齐唱等形式，并穿插舞蹈，使剧情联为一个整体，以此展现综合戏剧之美。[2]

---

[1]程式如：《儿童剧散论》，中国戏剧出版社1994年版，第122—126页。
[2]满新颖：《初显端倪的歌剧思维——论黎锦晖的歌剧观》，《音乐研究》，2006年第3期。

显然，黎锦晖身处传统戏剧向西方歌剧过渡的阶段，他创作的儿童歌舞剧既存有传统戏剧的歌唱和表演传统，又借鉴了西方的歌剧模式。值得一提的是，黎锦晖的儿童歌舞剧创作有效地普及了国语，且实现了新文化运动所倡导的美育方针，可谓一举多得。谈凤霞在《中国现代儿童剧艺术发展初探》一文中，考察了中国现代儿童剧的艺术发展轨迹，并将中国现代儿童剧归纳为三个阶段，即萌芽期、发展期和成熟期，并描述和分析各阶段的表现形式、具体技巧和艺术风格等问题，指出其成败得失。作者认为，五四时期属于现代儿童剧的萌芽时期，郭沫若的第一个剧本《黎明》拉开了中国现代儿童剧的序幕。黎锦晖的儿童歌舞剧是这一时期儿童戏剧创作取得的最高成就，他的创作跳出了"文以载道"的陈腐框架，着意于艺术美的营造和儿童性的体察，这种鲜明的艺术姿态显示了儿童戏剧审美品格的确立以及现代品格的诞生。然而，在艺术创作上，这一时期的儿童戏剧显得稚嫩，尚处于脆弱的萌芽期。[1]

儿童漫画也是近代儿童文艺的重要门类，文化史研究学者都注意到美术在近代中国通俗化、大众化的转变，漫画的出现则是美术介入社会现实的具体表现。但是学术界对儿童漫画、儿童插画的研究非常薄弱。一是因为资料的阙失，比

---

[1] 谈凤霞：《中国现代儿童剧艺术发展初探》，《艺术百家》，2005年第1期。

如从出版资料上看，自20世纪20年代起中华书局出版过陆衣言、黎锦晖的《儿童常识画》，吴翰云的《动物故事图》，王人路的《分类幼稚画》(12册)和《故事画》(4册)等，然而这些作品基本散佚，见不到原貌。只有丰子恺的儿童漫画因为受到时人的重视和欢迎，得以反复出版，后人也能看到原作。二是囿于学术偏见，美术史的学者多重视成人漫画题材的作品，忽略对儿童漫画的研究。近年来，陈星出版的《丰子恺漫画研究》中有专章论述丰子恺的儿童漫画艺术。作者认为，丰子恺的儿童漫画作品取材于丰富多彩的儿童生活，体现了其对童心世界的崇拜。[1]李泽厚站在百年文艺发展的高度，评价丰子恺的漫画既是近代的，又是中国的，艺术作品完全不是具体的写实或者激烈的浪漫抒情，但却有着对整个人生淡淡的品位、怅惘和疑问，从而耐人咀嚼。[2]叶瑜荪以为，从题材上看，丰子恺的儿童漫画既有对古诗词的化用，借用古人名句来开拓新意境的创作方法，又有对现实生活的描摹。[3]可见，论者多认为：丰子恺的儿童漫画在艺术上继承了传统绘画中追求意境的美学品格，同时借鉴了日本漫画艺术手法，在取材上立足于丰富多彩的儿童生活，表达

---

[1]陈星：《丰子恺漫画研究》，西泠印社2004年版。

[2]李泽厚：《20世纪中国（大陆）文艺一瞥》，《中国思想史论》，安徽文艺出版社1999年版。

[3]叶瑜荪：《丰子恺"古诗新画"鉴赏指要》，《上海中国画院通讯》，1998年11月号。

了艺术家对童心世界的理解和尊重。但是丰子恺作为近代儿童漫画艺术的拓荒者，他的艺术理念、儿童观念是如何形成的，他的"佛心"与他的"童心"是否有必然的联系，这些问题都有待于进一步深化研究。

许多研究者都注意到一个重要问题，即近代儿童文艺的诞生与儿童观的转变密切相关。研究近代儿童文艺，对儿童观念的梳理必不可少。王黎君在《从晚清到五四——近现代报刊在中国现代儿童观生成中的作用》中指出，中国现代儿童观的生成走过了从晚清到五四的历史阶段，梁启超对儿童重要性的张扬，使儿童走出了成人高大背影的遮掩；周作人、鲁迅"儿童本位"论的提出，完成了具有现代品格的儿童观的塑造，而这一过程的得意顺利进行，则借助于《清议报》《新青年》等报刊的合力扶持。报刊作为传播媒介，一方面营造着整个时代的主体气氛，另一方面作为面向大众的传播媒介，无疑为理论的阐发和流传提供了坚持的基地。[1] 应该说，作者对近代报刊功能的概括还是很精当的，从传播媒介的角度研究近代儿童观的转变也属于首创，她的研究成果对后来者也颇有启发性。傅宁在《中国近代儿童报刊的历史考察》中探讨了中国近代儿童报刊产生的背景、源流与发展演变过程，将整个近代时期的儿童报刊的分布和发展轨迹

---

[1] 王黎君：《从晚清到五四——近现代报刊在中国现代儿童观生成中的作用》，《浙江师范大学学报》（社会科学版），2004年第2期。

纳入研究视野。作者通过对近代儿童报刊的考察，提出儿童
报刊的本质是成年人与儿童在儿童观、教育观、价值观、审
美观等领域的碰撞、融合与协调，但归根结底要接受儿童的
需要、感受和经验的最终评价。[1]近代早期的儿童报刊采取
灌输的方式，把成人的价值观用反复强调或者当头棒喝的方
式强迫儿童接受，忽视了儿童的心理状况、知识结构和接受
方式，因此缺乏对儿童的吸引力。辛亥革命前，除个别画报
具有较强的生命力外，其他的报刊大都昙花一现。而商务印
书馆的《儿童世界》和中华书局的《小朋友》标志着近代儿
童报刊的成熟。作者通过对近代儿童报刊的考察，确定了儿
童观与儿童报刊密切的关系。

　　近年来，台湾学者熊秉真致力于研究儿童的历史，取得
了丰富的研究成果。1995年台北联经出版社出版了他的《幼
幼：传统中国的襁褓之道》，1999年又出版了他的《安恙：近
世中国儿童的疾病与健康》，2000年台北麦田出版社出版了他
的《童年忆往：中国孩子的历史》等。2007年，他在香港城市
大学、四川大学历史文化学院以及藏学研究所召开的"文化
传承与历史记忆"的学术研讨会上，提交了《幼蒙、幼慧与
幼学：近世中国童年论述之起伏》一文，文章探讨了近代中
国童年观念的变化。作者选取了清初、盛清和晚清三组代表

---

[1]傅宁：《中国近代儿童报刊的历史考察》，《新闻与传播研究》，第13卷第
1期。

性素材，从特殊的视角对中国社会的幼学发展与童年文化作了细致的探讨。作者认为，19世纪末20世纪初，中国的幼教和儿童文化主流处于欧美自由主义、个人主义、资本主义和实证精神的支配之下，可取之处固然不少，然而也存在偏执与偏狭的一面。同时研究者也不能忽视近代中国独特的文化环境，即科举制度废除以及新的生产方式的产生，这些因素都影响着近代童年文化的发展。[1]总之，作者从内部和外部两个角度切入到对近代中国童年文化的研究，充分肯定近代中国推动童年文化发展的内部因素，对推动近代儿童观念形成的文化因素提出了独到的见解。台湾东吴大学研究生高晓雯在《五四时期文学研究会与现代儿童观的塑造》中，以中国近代儿童史为研究范畴，以当时最重要的文学团体"文学研究会"为讨论对象，观察中国近代儿童观形塑的过程。首先，文章关注了"文学研究会"的儿童文学运动，通过他们在五四时期的童话理论以及翻译作品，了解他们的儿童观，进而探讨他们在五四时期现代儿童观塑造上的作用。其次，文章以"文学研究会"成员的具体文艺作品研究出发，包括诗歌、散文、小说、漫画等，分析在他们的文艺作品中隐藏的儿童观。最后，从"文学研究会"成员塑造的儿童观的基础

---

[1]熊秉真：《幼蒙，幼慧与幼学：近世中国童年论述之起伏》，文化传承与历史记忆学术研讨会论文，2007年10月。

上，深入了解他们对国民性的看法。[1]作者的研究重点是，以"文学研究会"成员的儿童观念为切入点，探讨20世纪20年代儿童观念转变的过程，从而折射出近代中国儿童观念的演变历程。以一个人群为研究对象，分析他们的思想观念，以及他们的思想观念在当时的影响，这种以小见大的研究方法非常可取。但是不可否认的是，"文学研究会"并不能代表20世纪20年代儿童文艺创作的全貌，像胡适、刘半农、刘大白等人都不是文学研究会的成员，但他们对儿童文艺的理论和创作的影响不可估量；其次，"文学研究会"人员构成复杂，他们在儿童观念上的见解也不尽相同，这也给研究工作带来不小的难度。

儿童文艺是儿童文化的组成部分，和儿童文化的其他系统——教育——也存在着不可忽视的关系。从传统蒙学读本到新式教科书的转变过程发生在晚清，近代儿童文艺也是从晚清开始发轫。可见，近代儿童文艺的发展有一个不可忽视的因素，即新式教科书的诞生。毕苑在《从蒙学教科书到最新教科书：中国近代教科书的诞生》一文中追溯了近代教科书的诞生与发展。近代教科书的两大推动力是新学堂和近代出版业的发展，就出版业而言，文明书局和商务印书馆可谓个中翘楚。作者对商务印书馆出版的最新教科书做了全面的

---

[1] 高晓雯：《五四时期文学研究会与现代儿童观的塑造》，东吴大学06年版。

分类，肯定新式教科书的分科意识，以及按照学制章程来编辑课文的方式。[1]但是该文只停留在现象的描述上，对近代教科书采取分科编辑、分学期编辑的原动力认识不够深刻。换言之，我们能看见的历史事实是：新学制颁布后，教科书按照新学制重新编辑，突出了学科性、阶段性、知识性。但是我们没有看见的历史意义是：新学制是对西方学制的模仿，而西方学制的设立是西方童年意识发展的结果。当教科书的编辑随学制的变化而发生改变的时候，其实是一种新的童年观落土发芽的时候。其次作者对传统蒙学读物的认识不够全面。作者将《三字经》《百家姓》等启蒙类的儿童读物与《四书》《五经》等预备科举考试的道德读物混为一谈，而且也忽视了如《龙文鞭影》《幼学琼林》等常识类读物的存在。赵静在《儿童文学与小学语文教育——20世纪初期的历史透视》中，透视了儿童文学与中小学语文教育之间的互动关系。提出学校教育的需要是中国现代儿童文学产生的主要推动力之一，课程实践客观上促进了早期儿童文学创作的发展，同样儿童文学理论与实践为儿童文学成为语文教育的课程资源提供了可能。[2]文中特别提出了五四时期以周作人

[1]毕苑：《从蒙学教科书到最新教科书：中国近代教科书的诞生》，《山西师范大学学报》（社会科学版），2006年第2期。
[2]赵静：《儿童文学与小学语文教育——20世纪初期的历史透视》，《教育科学》，2003年第2期。

为代表的启蒙思想家对儿童、儿童文学、儿童教育的认识，高度评价了周作人等人将儿童文学纳入到语文课程教育的学术远见。

其他具体探讨近代儿童文艺美学价值的文章还有一些，比如谈凤霞的《论中国现代儿童文学发生期的审美困境》[1]《论清末民初"童子"文学的美学品格》[2]，以及《论中国儿童文学审美现代性的建立》[3]。她的文章从审美价值的角度，探讨中国近代儿童文学的美学风貌，分析了清末民初、五四前后的儿童文艺作品的审美困境，归纳了近代儿童文艺作品审美的现代品格。应该说，对近代儿童文艺的研究取得了一些可喜的成果，可惜这些研究基本集中在观点、人物、事情和基本形态的史料性收集和整理，对近代儿童文艺发生的线索、历程、内在动因、多种文艺形态构成等缺乏足够的理解。

总之，近代儿童文艺研究虽然取得了不少成果，而且对相关问题的研究也取得了一些进展，但对近代儿童文艺的整体性研究，尤其是将之置于近代文化的变革中进行多维考

[1]谈凤霞：《论中国现代儿童文学发生期的审美困境》，《南京师范大学学报》（社会科学版），2005年第3期。

[2]谈凤霞：《论清末民初"童子"文学的美学品格》，《南京师范大学文学院学报》，2006年第1期。

[3]谈凤霞：《论中国儿童文学审美现代性的建立》，《宁夏社会科学》，2007年第2期。

察并给予全面展示的研究成果还没有。而且近现代儿童文艺从萌芽到发展，涉及诸多人物和诸多艺术形态，要全面展现近代儿童文艺的发展历程，勾勒儿童文艺的历史变迁，发掘转型期儿童文化的特点和意义，还需要做更深层次的理论的探讨，对近代儿童文艺的研究需要具备历史学、文学、艺术学、教育学、哲学与心理学等多学科的知识和理论。

儿童文艺主要是以儿童为接受者的文艺形态。本书重点研究近代儿童文艺的发生发展进程，探讨儿童文艺的现代性转变。因为儿童文艺涉及儿童与文艺两个价值观念，所以兼顾分析近代童年的历程以及近代文艺的流变。

全书将从儿童和文艺两个角度切入，对儿童文艺的历史发展线索，现代性展开的过程，独立的艺术特征等诸多方面进行探讨。

第一章　近代中国文化变革与儿童文艺变迁

第一节　清末民初的文化变革

近代中国面临五千年未有之变局，社会结构、社会功能、社会形态等都发生了巨变，文化作为政治和经济在观念形态上的反映，也经历了现代性的转变。近代儿童文艺变迁与近代社会变革分不开，也就是说，要理清近代儿童文艺变革的历史动因和文化语境，就必须对近代社会文化进行分析，这样才能从纵向与横向来分析与研究晚清儿童文艺的萌芽与民国儿童文艺的发展。

一、近代中国文化变革的焦点：政治变革

众所周知，在帝国主义日趋强烈的刺激下，近代中国的社会性质发生了重大转变，由封建社会逐步沦为半殖民地半封建社会。

鸦片战争揭开了近代中国被动挨打的历史序幕，不断加重的亡国危机首先带来的是近代中国人科技意识的觉醒；而清政府一再战败并签订丧权辱国的不平等条约，使得其统治的合法性不断遭到质疑甚至否定，并成为政治革命的最终对

象。无论是科技意识的觉醒，还是政治制度上的觉醒，它们涉及的只是器具和制度层面，其行动的直接动机和目标在于强国救国。对科技和制度阐述最为透彻的当属严复，之所以这么说，是因为当同时代的人只看到西方技术和制度的表面形式时，严复深刻地洞察到科技和制度背后的文化背景。他说："求才、为学二者，皆必以有用为宗；而有用之效，征之富强；富强之基，本诸格致。不本格致，将无所往而不荒虚，所谓'蒸砂千载，成饭无期'者矣。"[1]在严复的思想意识中，富强的根本途径在于尊重科学，遵循理性的法则（这里的理性主要指的是工具理性，即以行为的效果来衡量行为的价值）。他不再认可"孝悌也者，其为人之本欤"的传统伦理秩序，他甚至认为这些都是无用之道，不能富国强民。这是从自然科学的发展上为富强寻找理论依据；同时，严复也从社会科学的发展上为富强一说张本。严复不愧为一位真正的思想界巨子，许多时代精英都从他的文章中汲取了改革的思想资源，为人熟知的便是他翻译了《天演论》，并在书中大加褒扬社会达尔文主义法则。严复认为人类的伦理来源于自然，而自然肯定了维护自我权利的利己的伦理。"其始也，种与种争，及其成群成国，则群与群争，国与国

---

[1]严复：《救亡决论》，王栻主编：《严复集》第一册，中华书局1986年版，第43页。

争。而弱者当为强肉，愚者当为智役焉。"[1]这正符合斯宾塞的认识论，他致力于建构一种普遍的进化伦理，并将自然世界与人类社会归结为同样原理。显然，严复有意将弱肉强食的丛林法则运用到种群与国家间的竞争，"在《天演论》中，他十分清楚地表达了自己对社会达尔文主义和它所包含的伦理的深深信仰。他清醒地知道这一伦理暗示了在中国将有一场观念的革命，现在他的注意力之所向正是这场革命。而对于严复的许多年轻读者来说，构成《天演论》中心思想的，则显然是社会达尔文主义的口号。"[2]进化论的介绍和传播，是对近代早期知识分子的一次重要的思想启蒙，影响了19世纪末20世纪初一代中国知识分子的思想，在近代中国的变革中起到了重大的推动作用。康有为读到《天演论》译稿后，称赞严复是精通西学的第一人，并在《孔子改制考》中吸收了进化论的历史观。梁启超也根据进化论的观点在《时务报》上大做文章。正如胡适所说："在中国屡次战败以后，在庚子辛丑大耻辱之后，这个'优胜劣败，适者生存'的公式确是一种当头棒喝，给了无数人一种绝大的刺激。几年之中，这种思想像野火一样，延烧着许多少年的心

[1] 严复：《辟韩》，王栻主编：《严复集》第一册，中华书局1986年版，第5页。

[2] [美]本杰明·史华兹著，叶凤美译：《寻求富强——严复与西方》，江苏人民出版社1990年版，第75页。

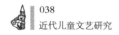
和血。"[1]

近代中国的政治变革,其根本目的在于建立一个崭新的民族国家。西方学者张灏认为,戊戌维新从政治史的角度来看,代表着中国传统政治秩序开始解体,从而引进了一个中国史上空前的政治危机。在他看来,中国传统的政治秩序在北宋出现,而定型于明清两代,它的核心由传统政治制度的两个基本结构所组成。一个是始于商周而定型于秦汉初期的"普世王权";另一个是晚周战国以来逐渐形成的"官僚体制"。中国传统的政治秩序也受着两种来自制度以外的力量支撑。一方面它受到传统社会的主干——士绅阶层的支撑;另一方面它也受到传统文化体系的核心——正统儒家思想的支撑。总之,在明清两代,传统政治秩序是皇权制度与传统社会结构的主干,以及传统文化体系核心思想的三元组合。而这三元组合的政治秩序在1895年以后逐渐解钮,普世王权随之瓦解。[2]

(一)维新变法时期

检讨维新志士的观点,我们可以发现他们对来源于

[1]胡适:《四十自述》,《胡适文集》第2卷,人民文学出版社1998年版,第413—414页。

[2]参见[美]张灏:《一个划时代的运动——再认戊戌维新的历史意义》,《幽暗意识与民主传统》,新星出版社2006年版,第154页。

"天"的"道"产生了明显的怀疑，并且对封建制度抨击得最为激烈。严复说："夫自秦以来，为中国之君者，皆其尤强梗者也、最能欺夺者也。窃尝闻'道之大原出于天'矣。今韩子务尊其尤强梗、最能欺夺之一人，使安坐而出其唯所欲为之令，而使天下无数之民，各出其苦筋力、劳神虑者，以供其欲，少不如是焉则诛，天之意固如是乎？道之原又如是乎？"[1]严复指责韩愈漠视封建君主对人民的奴役和压迫，深刻地披露韩愈的错误在于倒果为因，即君主专制本是古代人类社会生活的结果，而并非古代人类社会生活的前提。他质问道："天之意固如是乎？道之原又如是乎？"[2]他的根本用意就在于否定来源于天的政治秩序。《论语·尧曰》中有这样一句话："尧曰：咨！尔舜！天之历数在尔躬，允执其中！"它明白无误地说明：传统的政治是天道政治，是上天的意旨。当严复怀疑天道的时候，他即是怀疑人间的政治秩序——普世王权。因为传统政治秩序奠基于一种信仰：地上的王权是人世与宇宙秩序得以衔接的枢纽。严复的政治理论之所以具有跨时代的意义，就在于他从政治功能的角度重新定义了政治秩序，为从戊戌维新开始的政治变革张本。他说："且韩子亦知君臣之伦出自不得已乎？有其相欺，有其相夺，有其强梗，有其患害，而民既为是粟米麻

[1]严复：《辟韩》，王栻主编：《严复集》第一册，中华书局1986年版，第34页。
[2]严复：《辟韩》，王栻主编：《严复集》第一册，中华书局1986年版，第34页。

丝、作器皿、通货财与凡相生相养之事，今又使之操其刑焉以锄，主其斗斛、权衡焉为信，造为城郭、甲兵以守，则其势不能。于是通功易事，择其公且贤者，立而为之君。其意固曰：吾耕矣织矣，工矣贾矣，又使吾自卫其性命财产焉，则废吾事。何若使子专力于所以为卫者，而吾分其所得耕织、工贾者，以食子给子之为利广而事治乎？此天下立君之本旨也。是故君也臣也、刑也兵也，皆缘卫民之事而有也；而民之所以有待于卫者，以其有强梗、欺夺患害也。有强梗、欺夺患害也者，化未进而民尽未善也。是故君也者，与天下之不善而同存，不与天下之善而对待也。"[1]可见，严复以为古代中国的政治秩序是人们与自然做斗争的结果，是人类在长期的生活中总结出来的较为合理的人与人之间相处的原则，其目的在于稳定社会，最大限度地应对灾害，此灾害主要来自人类自身的贪欲、兽性与暴力等。君主不是神授的，而是人民选举出来的，他的政治权力来自人民，他的政治任务在于保障人民合法、自然的权利。严复以政治秩序的来源以及国家的职责等角度作为切入点，深刻批判了君主专制制度的不合理，这种观点犹如一阵清风，吹入沉闷的思想空气中。

严复的认识给了我们两点启示：首先，当他重新定义

---

[1] 严复：《辟韩》，王栻主编：《严复集》第一册，中华书局1986年版，第34页。

王权时，他摒弃了君权神授的理论假设，并指出君主的权力来自于人民，这是典型的"主权在民"的民主观念。如果用阐述民主观念最重要的思想家洛克的话来说，我们在没有组织政府之前，是在自然状态之中，没有法律也没有规定，因此人类的兽性无从得到控制，制约了人类的发展。我们摆脱自然状态的标志就是放弃我们的自然状态，大家签了一个契约来组织政府，选举政治领袖，制定法律。我们甘心受法律的限制，因为我们愿意这样做。为什么我有资格同意？因为基本上我有主权，主权在我，我愿意这样做才会发生这样的事情。换言之，政府之成立是由我来决定的，我决定成立政府以后，我才决定听从政府的话。民主的基本观念之"主权在民"，在中国具有开天荒的理论震撼力，之所以这么说，就是因为翻遍中国的典籍都找不到"人民当家做主"的观念。孟子所说"民为重，社稷次之，君为轻"的观念只是民本思想，而并非民主思想。因为他坚持天子是秉承天命的，否认君主的权力来自于人民，而只是说君主应该为老百姓谋福利，这近似于"民享"的认识，但是离"民有、民治、民享"的民主思想还相差甚远。其次，严复虽然指出"主权在民"，可是他不得不正视中国几千年来老百姓被奴役、被压迫的现实，而这种现实暗示了中国的老百姓缺乏施行民主的能力。严复自己也说："如彼韩子，徒见秦以来之为君；秦以来之为君，正所谓窃国大盗者耳！国谁窃？转相窃于民而已；既已窃之矣，又惴惴然恐其主之或觉而复之也，于是其法与令猬毛而起，质而论之，其什八九皆所以坏民之才、散民之力、漓民之德也。斯民也，固斯天下之真主也，必弱而愚之，使其常不觉、常不足以有为，而后吾可以保所窃而永世。"[1]严复要解决的难题是：从理论角度说，人权是天赋的，人民将自己的权力部分出让给君主，目的在于保持社会的稳定和发展；然而从现实条件看，窃取人民权力的君主为了保住自己的统治地位，因而长期实行愚民政策，致使老百姓丧失了才、德、力，缺乏自治的能力。倘若人民缺乏自治的能力，真正的民主将无法运作，更无法实现。所以，严复提出的解决之道也很含糊，他说："道在去其害富害强，而日求其能与民共治也。"[2]这种说法其实为开明专制预设了理论前提。严复之所以不遗余力地鼓吹"鼓民力、开民智、新民德"，从某种意义上说，他的目的并不在于通过"鼓民力、开民智、新民德"来发展人的自由，而是为了实现真正的民主政治。这种认识和西方民主思想有着天壤之别，西方民主思想的精髓是：民主只是保障自由的屏障，民主是一种手段而非目的，自由才是社会生活的最终目的。

---

[1] 严复：《辟韩》，王栻主编：《严复集》第一册，中华书局1986年版，第35—36页。

[2] 严复：《辟韩》，王栻主编：《严复集》第一册，中华书局1986年版，第35页。

从分析中我们可以看出，严复所宣传的民主政治的理念非常含混。一方面他说君主专制是不合理的，中国几千年来的封建君主都是奴役与压迫人民的窃国大盗，但是他又说"然则及今而弃吾君臣，可乎？曰：是大不可。"既然现存的政治秩序在理论上已经步履维艰，那么它为何不应该被抛弃？既然严复说政治秩序是民意的结果，那么他潜意识里已经承认了人民先天就拥有政治抉择的能力，可是这种能力被统治者戕害了。如果按照他的思路，一个尖锐的问题就产生了：缺乏政治抉择能力的公民，是否有资格重新组建政府？到底是现实服从原则，还是原则服从现实？严复的民主思想之所以含混不清，就在于当他传播民主制度的原则时，他意识到近代中国严重匮乏民主资源也缺乏民主实践，而这些都是在短期内无法速成的。就政治原则而言，制度的建立来源于公意（假设每个人都有能力做正确的政治抉择且达成共识），制度的目的在于保障民主权力。而近代中国的现实是，制度不再具有保障的功能，而且个人的能力也遭到制度强迫性的损害。那么富国强兵之路何去何从？是从制度重建着手，还是转入启蒙民众的途径，恢复他们被损害了的一切，包括智力、体力、道德等等，而后再进行重建秩序的工作？如果当民众尚未获得参政议政的能力时，他们重组的政治秩序是否具备合理性？

（二）辛亥革命时期

在维新派知识分子中，尚且存在着理论与现实的冲突，到了20世纪初期，革命派则跳出了理论的缠绕。比如同盟会机关报公开宣布以"倾覆现今恶劣政府""建设共和体"和"土地国有"为主义，强调"专制之为祸"。孙中山在《民报发刊词》中，将同盟会的十六字纲领归结为民族、民权、民生三民主义，而民权主义的内容就是号召推翻封建专制制度的统治，建立资产阶级共和国。孙中山说："中国数千年都是君主专制政体，这种政体，不是平等自由的国民所堪受的。"革命派声称，自由、平等是人的本性，一旦破除禁锢，就会沛然而出。革命派同样承认民众的政治能力被剥夺被损害了，他们提出的解决方案是：只要民众从制度的束缚中解放出来，那么民众就会恢复自由的天性。从理论上说，革命派意识到只有重建政治秩序，才能实现对民众自由的保障。这一点认识显然符合历史发展的规律。西方学者萨托利指出，在"自由民主"的理论中，"民主"实际上包含两个要素：一是对"民众的保护"，即保护人民免于独裁暴政；二是"民众的权力"，即实行民众的统治。从程序上说，宪政体制下的对民众的保护是民主的先决条件。换言之，宪政是民主的基础，民主离不开宪政的法律性保护。[1]但是革命派只阐述了"自由"的一个侧面，即外在自由，而缺少对内在自由的探讨。诚然，自由首先意味着把个人在社会中的行为所能遭遇到的外在的强制压力减少到最低限度，即从制度的束缚中获得解放，但是"如果一个人的内在意识被怨恨、恐惧和无知所占据，无论外在自由的架构多么完美，他仍然是没有自由的。一个人只有他在对生命有清楚的自觉、对生命的资源有清楚的自知的时候，才能发展内在的自由。换句话说，一个人依据生命的自觉及对于生命资源的自知，才能以自由意志去追求人生中道德的尊严与创造的意义。一个没有尊严与创造生命的人生是没有意义的。"[2]

　　近代文化的发展变化始终同政治变革、救亡图存密切结合。这包括了两个层面：一是时代精英们在理论上的学习和探索，二是他们将尚未完备的理论运用于实践，致力于建设一个新的民族、国家。许多学者认为，近代思想史的巨变很大程度上源于外来侵略的加剧，因此李泽厚在20世纪80年代就有"救亡压倒启蒙"一说。在帝国主义日趋强烈的刺激下，中国不复为一个完整独立的主权国家，亡国灭种的危机

　　[1][美]乔万尼·萨托利：《自由民主可以移植吗？》，刘军宁编：《民主与民主化》，商务印书馆1999年版，第143—144页。
　　[2][美]林毓生：《论自由与权威的关系》，《中国传统的创造性转化》，生活·读书·新知三联书店1998年版，第73页。

意识成为时代精神。危机感和迫切感交织缠绕之深迫使人们急于找到制度上的出路，因此他们忽视或者来不及对民主理论做学术上的探索，而急于把它用于实践。还有一个原因是，政治在整个中国文化体系中一向是居于中心的位置，政治的价值高于学术，或者说，政治是最高的价值。在"学而优则仕"风气的长期熏陶下，中国知识分子无形中养成了一种牢不可破的价值观念，即以为只有政治才是最后的真实，学术则是次一级的东西，其价值则是工具性的。换言之，政治永远是最后的目的，而学术与文化只不过是手段而已。

二、近代中国文化变革的重要议题：人的觉醒

1898年戊戌维新变法期间，有识之士已深入展开了对君主专制制度和封建纲常伦理的批判。传统文化的核心——儒家道德伦理导致了国人主体性的失落、个性的泯灭，也阻碍了中国的近代化发展。因此维新知识分子提出了"鼓民力、开民智、新民德"的口号，他们要求将"人"从传统政治制度和伦理道德的束缚中解放出来，重建具有自主性和独立人格的新国民。这种解放人性、造就新民的努力，其实质即是人的觉醒。

戊戌维新变法的目标是政治改革，强劲的政治改革遮掩了重建新国民的努力。然而，变法以失败告终。经过失败的

惨痛打击与痛定思痛的反思，许多问题油然而生：为什么变法会失败？中国落后的症结何在？

变法失败后，梁启超在流亡期间给康有为的一封信中说道："中国数千年之腐败，其祸极于今日，推其大原，皆必自奴隶性而来。不除此情，中国万不能立于世界万国之间，而自由云云，正使人自知其本性，而不受箝制于他人。今日非施此药，万不能愈此病。"[1]他认为中国国民性从整体上而言已是病入膏肓，只有从政治革命转入文化思想上的启蒙运动以造就新国民，"新民"已为当务之急。他撰写了《新民说》，探讨中西民族性的差异以及根源，主张"通过中西文明结婚"为我中华民族"育宁馨儿"，造就"新民"。改造国民的努力因政治的失败而转入思想领域。

（一）"人的觉醒"的阶段

不可否认的是，《新民说》中梁启超运用的"民力、民智、民德"等话语皆来自严复的首创。在中国近代思想史上，严复率先提出改造国民劣根性的问题，从而成为当时最了解国情、对现实批判最深刻的维新思想家，其思想的前瞻性和深刻性让时人望尘莫及。在1895年5月发表的《救亡决论》一文中，严复认为八股取士的制度扼杀了人的创造力和

---

[1] 转引自[美]微拉·施瓦支：《中国的启蒙运动》，山西人民出版社1989年版，第39—40页。

才华，专制统治者的愚民政策将人变为俯首帖耳的奴隶。普通老百姓胆小怕事，苟且偷生；庙堂官员寡鲜廉耻，不学无术，整个中国社会弥漫着虚伪无耻的气氛。"华风之敝，八字尽之：始于作伪，终于无耻。"[1]变法失败后，严复更加坚定了教育救国的意识和理念，积极倡导"以愈民为急务"的国民性改造方案和"德智体全面发展"的国民教育方针，从而实现"自由为体，民主为用"的近代社会理想。在戊戌变法失败到辛亥革命的这一段时间里，近代启蒙思想家创办了数以百计的报纸杂志，国民性问题成了思想精英们关注的焦点。当时在日本留学的鲁迅等人也不约而同地开始了对国民性的反思和探索。1908年8月，鲁迅在《河南》月刊第7号发表《文化偏至论》一文。在深入比较了东西方两大文化体系的本原后，他得出"欧美之强，根柢在人"的结论。他说："中国在今，内密既发，四邻竞集而迫拶，情状自不能无所变迁。夫安弱守雌，笃于旧习，固无以争存天下。第所以匡救之者，谬而失正，则虽日易固常，哭泣叫号之不已，于忧患又何补矣。次所以明哲之士，必洞达世界之大势，权衡校量，去其偏颇，得其神明，施之国中，翕合无间。外之即不后于世界之思潮，内之仍弗失固有之血脉，取今复古，别立新宗，人生意义，致之深邃，则国人之自觉至，个性

---

[1]严复：《救亡决论》，王栻主编：《严复集》第一册，中华书局1986年版，第53页。

张，沙聚之邦，由是转为人国。人国即建，乃始雄厉无前，屹然独见于天下，更何有于肤浅凡庸之事物哉。"[1]鲁迅提出的建立人国的主张，其实是希望复苏炎黄子孙被专制禁锢的人性，从根本上改造国民的劣根性。

　　戊戌变法前后，对国民性的思考尚且不属于主流思想。时代的主潮依旧是政治斗争、政治革命。尤其是20世纪初期，在西方掀起瓜分中国狂潮的时代背景下，清政府可谓众矢之的，成为各种矛盾的焦点所在。1911年，辛亥革命成功了，建设民族国家的任务从表面上看，业已完成了。鲁迅这样回忆道："说起民元的事来，那时确是光明得多，当时我也在南京教育部，觉得中国将来很有希望。"[2]然而革命的希望和光明很快就被黑暗的现实粉碎了。如果说戊戌变法的失败只是使部分智识者从政治革命的热情中走了出来，那么辛亥革命表面上轰轰烈烈的胜利与实际上的失败对思想者而言，不啻为一次更为残酷的打击。孙中山说："夫去一满洲之专制，转生出无数强盗之专制，其为毒之烈，较前尤甚。"[3]这一四分五裂的现象说明了皇权意识的根深

　　[1]鲁迅：《文化偏至论》，《鲁迅杂文全编》（一），人民文学出版社1983年版，第50页。

　　[2]鲁迅：《两地书·八》，《鲁迅选集》第4卷，人民文学出版社1983年版，第366页。

　　[3]孙中山：《建国方略之心理建设》，孙中山：《建国方略》，辽宁人民出版社1994年版，第3页。

蒂固，也使孙中山从不遗余力地奔走于革命事业转而冷静地思考中西民族性的差异，探索在中国进行更为必要的"心理建设"的途径。在残酷的现实面前，人们不得不正视扼杀并使革命变质的旧社会的顽固势力，并且感到深深地绝望。时人视清朝异族的统治为中国一切的"黑暗"与"罪恶"的化身，那么既然清政府已被推翻，为何所有的"黑暗"与"罪恶"非但没有根除，反而卷土重来，甚至愈演愈烈了呢？答案只有一个：一切的"黑暗"与"罪恶"不是依附在制度上，而是附着于国人自身。只有解决人的问题，才能解决社会问题。五四运动之所以具有跨时代的意义，就在于它跳出了从制度到制度的路径，而是将目光转向制度之后的文化因素。陈独秀说："吾国年来政象，惟有党派运动，而无国民运动也。……凡一党一派人之所主张，而不出于多数国民之运动，其事每不易成就；即成就矣，而亦无与于国民根本之进步。"[1]他提出了"国民运动"的概念，为的是说明中国缺乏多数国民之运动。"今之所谓共和、所谓立宪者，乃少数政党之主张，多数国民不见有若何切身利害之感而有所取舍也。……是以立宪政治而不出于多数国民之自觉、多数国民之自动，惟曰仰望善良政府、贤人政治，其卑屈陋劣，与奴隶之希冀主恩，小民之希冀圣君贤相施行仁政，无以异

---

[1]陈独秀：《一九一六年》，任建树、张统模、吴信忠编：《陈独秀著作选》第1卷，上海人民出版社1984年版，第173页。

也……"[1]当大多数民众都没有觉悟时，政治进步和国家富强只能是美好的想象而已。是什么导致大多数民众缺乏自觉意识呢？陈独秀指出了思想文化的症结："儒者三纲之说，为吾伦理政治之大原。……近世西洋之道德政治，乃以自由、平等、独立之说为大原……此东西文明之一大分水岭也……此而不能觉悟，则前之所谓觉悟者，非彻底之觉悟，盖犹在徜徉迷离之境。吾敢断言曰：伦理之觉悟，为吾最后觉悟之觉悟。"[2]

从社会政治批判深入到民族性或者国民性的自我批判，这是思想文化发展与文化现代化的必然趋势，在各国思想史上都有明确的体现。在中国，这个思想上的转向同样也很明显。康德这样说过："通过一场革命或许很可以实现推翻个人专制以及贪婪心和权势欲的压迫，但却决不能实现思想方式的真正改革；而新的偏见也正如旧的一样，将会成为驾驭缺少思想的广大人群的圈套。"[3]改革了政治，就能改革了社会吗？在孙中山提出的民生主义的纲领中，"举政治革命、社会革命毕其功于一役"是否只是一种美好的向往？正

[1]陈独秀：《吾人最后之觉悟》，任建树、张统模、吴信忠编：《陈独秀著作选》第1卷，上海人民出版社1984年版，第177—178页。

[2]陈独秀：《吾人最后之觉悟》，任建树、张统模、吴信忠编：《陈独秀著作选》第1卷，上海人民出版社1984年9月第1版，第179页。

[3][德]康德著，何兆武译：《答复这个问题："什么是启蒙运动"》，江怡主编：《理性与启蒙——后现代经典文选》，东方出版社2004年5月第1版，第3页。

如杜威在1919年谈到辛亥革命的"相对失败"时所言，这个失败"由于政治改革大大领先了思想和精神上的准备；政治革命是形式的和外在的；在名义上的政体革命兑现以前，需要有一场思想革命"。因此，中国的建设只能通过"发展民主教育，改善生活水平，发展工业和消除贫困"来进行。他在对比中国的西化历史中得出了一个结论，"没有一种以思想改革为基础的社会改革，中国就不能变革。这场政治革命失败了，因为它是外在的、形式的，只触及了社会行动的机制，但却没有影响对生活的观念，而这种观念实际上是控制社会的"。中国要做的另一件事就是向西方学习治学方法。[1]

五四新文化运动期间，陈独秀、李大钊、鲁迅、胡适等先驱者全力围绕着国民性探讨的中心话题，展开了更为广泛和深入的探讨。一方面他们认为中国专制时代的国民十分缺乏西方民族所具备的自由、平等、博爱、民主以及科学的精神，在此前提下，任何政治革命也无法取得真正的成功；另一方面他们从历史的进化观念出发，认定国民性格必须通过启蒙手段达到彻底改造，从而除去国民劣根性，推动中国的"人"的解放。所谓人的解放，陈独秀在《敬告青年》中说道："解放云者，脱离夫奴隶之羁绊，以完其自主自由之人

---

[1] [美]周策纵著，周子平等译：《五四运动：现代中国的思想革命》，江苏人民出版社1999年版，第229页。

格之谓也。我有手足，自谋温饱；我有口舌，自陈好恶；我有心思，自崇所信；绝不认他人之越俎，亦不应主我而奴他人：盖自认为独立自主之人格以上，一切操行，一切权利，一切信仰，唯有听命各自固有之智能，断无盲从隶属他人之理。非然者，忠孝节义，奴隶之道德也。"[1]陈独秀将忠孝节义与奴隶的道德相提并论，其实暗示了儒家伦理道德的虚伪和荒谬；他所指的奴隶之羁绊，即是儒家规范伦理的三纲五常。陈独秀引用尼采的说法，将奴隶道德与贵族道德相对立，指出贵族道德的内涵是有独立心而勇敢者。在《人生真义》中，陈独秀说："又像那德国人尼采也是主张尊重个人的意志，发挥个人的天才，成功一个大艺术家，大事业家，叫做寻常人以上的'超人'，才算是人生目的；甚么仁义道德，都是骗人的说话。"[2]

（二）"人的觉醒"的意义

近代中国语境下的人的解放与西欧文艺复兴时期的人的解放有同有异。区别在于：西方文艺复兴运动视角下的"人"的解放，是指个人摆脱教会的束缚，突出人的主体存

[1]陈独秀：《敬告青年》，任建树、张统模、吴信忠编：《陈独秀著作选》第1卷，上海人民出版社1984年版，第130—131页。

[2]陈独秀：《人生真义》，任建树、张统模、吴信忠编：《陈独秀著作选》第1卷，上海人民出版社1984年版，第345页。

在、人的理性和人的价值；中国不像西方那样有一个以神学为典范的控制系统，所以也不存在从宗教中获得解放。人的解放主要指个人摆脱封建道德和宗法制度的束缚。但是二者也有重合之处。以梁漱溟的说法，儒家文化具有"以道德代宗教"和"以伦理组织社会"的复杂功能。[1]儒家的宗法制度以伦理道德即三纲五常为软性控制力量，追求建立一个和谐的政治社会秩序。而"儒家的政治思想是一种浓厚的宇宙本位的世界观。根据这种观念，人类的社会是神灵或超自然力所控制的，是宇宙秩序的一部分，易言之，人世的政治社会秩序是宇宙秩序的缩影。因此人世的基本政治社会制度，比如君主或者家族制度都不是人为的，而是'天造地设'，'与始俱来'的。依同理，人世间的社会和政治变化，也都不过是宇宙现象的变化和延伸。因此根据宇宙现象的运行秩序，如日月星辰的盈虚消长和动植物的盛衰生死，可以了解人世间的种种变化。认识宇宙的秩序便是掌握人世秩序的钥匙。"[2]所以传统文化中的三纲五常也部分具备了宗教的软性控制力量，是一种精神的枷锁。当五四时代的知识分子要求个人从伦理道德的束缚中解放出来时，在个人解放的意义

---

[1]梁漱溟：《中国文化要义》，《梁漱溟全集》第3卷，山东人民出版社1990年版，第106—115页。

[2][美]张灏：《宋明以来儒家经世思想试释》，《幽暗意识与民主传统》，新星出版社2006年版，第79页。

上不逊于西方文艺复兴时期之人的觉醒。

个体意识的觉醒，是人类从蒙昧社会走向文明的精神表征，是现代价值精神和文明秩序的基础。无论是文艺复兴和宗教改革时代以人性反对神权的人文主义运动，抑或是启蒙时代和革命时代以人权反对专制的自由主义运动，其一以贯之的核心价值诉求皆为个人主义。同时，个人主义亦为现代文明社会之市场秩序和民主宪政的价值基石，自由秩序理论之天赋人权、社会契约、经济自由、信仰自由、法治、有限政府等学说，无不立基于个人主义。在《东西民族根本思想之差异》中，陈独秀敏锐地将个人主义归结为西方文化的根本精神，并热烈赞扬西方的个人主义。他说："西方民族，自古迄今，彻头彻尾个人主义之民族也。英美如此，法、德亦何独不然？尼采如此，康德亦何独不然？举一切伦理，道德，政治，法律，社会之所向往，国家之所祈求，拥护个人之自由权利与幸福而已。思想言论之自由，谋个性之发展也。法律之前，人人平等也。个人之自由权利，载诸宪章，国法不得而剥夺之，所谓人权是也。人权者，成人以往，自非奴隶，悉享此权，无有差别。此纯粹个人主义之大精神也。自唯心论言之，人间者，性灵之主体也；自由者，性灵之活动力也。自心理学言之，人间者，意思之主体；自由者，意思之实现力也。自法律言之，人间者，权利之主

体；自由者，权利之实行力也。所谓性灵，所谓意思，所谓
权利，皆非个人以外之物。国家利益，社会利益，名与个人
主义相冲突，实以巩固个人利益为本因也。"[1]显然，陈
独秀认为东西方文明的根本差别是：西方文明基于一种彻底
的个人主义，而东方文明则基于家庭或家族单位。照他的说
法，西方的伦理道德、政治理论和法律等都提倡个人的权利
和福利、思想言论的自由以及个性的发展。但是半开化的东
洋民族停滞在宗法社会和封建政治，其以"忠孝"为一贯之
精神。一个人是家庭或家族的一员，而不是独立的个人。宗
法制度之恶果，在于损害个人独立自尊之人格，妨碍个人意
志之自由，剥夺个人平等的权利，养成依赖性而损害个人的
生产力。东洋民族之种种积弊的源头就在宗法观念制度。因
此，陈独秀得出一个结论："欲转善因，是在以个人本位主
义，易家族本位主义。"[2]

（三）"人的觉醒"的局限

以个人主义替代家族本位主义的命题，显然是新文化运
动之伦理革命的基本方向。五四时代的知识分子的认识达到

---

[1]陈独秀：《东西民族根本思想之差异》，任建树、张统模、吴信忠编：《陈独
秀著作选》第1卷，上海人民出版社1984年版，第166页。

[2]陈独秀：《东西民族根本思想之差异》，任建树、张统模、吴信忠编：《陈独
秀著作选》第1卷，上海人民出版社1984年版，第166页。

一个新的水平：儒家的伦理道德是专制统治的理论根基，自由民主学说是欧美文明的核心，如果想要在中国实现真正的民主政治，必须要否定传统的纲常，易之以自由民主学说。这种观点既有时代的深刻性，也有理论的片面性。时代的深刻性体现在两处：一是五四精英们意识到封建伦理道德不仅是社会规范，而且充当了政治工具；二是他们也意识到了民主政治是时代的潮流，世界发展的趋势。但是理论的片面性在于：他们的认识到此为止了，没有继续发展几个问题。为什么伦理道德在中国能充当政治工具？为什么西欧各国普遍施行民主政治，这种政体的内涵是什么，需要建立哪些经济上、文化上、思维方式、心理结构上的前提？如果没有对这些问题做出深刻解释，那么对民主、科学的推崇只能是口号式的。

　　伦理道德之所以能充当政治工具，与中国早熟的政治制度密切相关。在意识形态上，自汉武帝"罢黜百家，独尊儒术"后，实现思想上的大一统。董仲舒的《春秋繁露》，实则是阴阳五行说的渊薮，它是在阴阳五行的宇宙观的基础上证明天道政治的合理性。三纲五常是经由宇宙秩序推导而来的人间规范，是神圣性和现实性的统一。其二，中央集权既已形成，王权高高在上，统治着庞大的帝国，中间没有一个有效的中层机构作上下之间的枢纽，只能以淳朴雷同的法制加于广大的地区，并竭力保持各地区低水平的均衡。由于缺乏法律、商业等技术上的手段，因此传统中国社会则以"尊卑男女长幼"的简单原则作为社会秩序的根本。传统中国政治道德化、道德宗教化的实质是——农业社会生产方式的简单决定了政府职能的简单。从表面上看是文化的问题，但实质是经济的问题。所以西欧各国盛行的民主政治，说到底其实是对资本主义社会的保障，是对以商业组织社会之方式的保障。

近代中国始终面临一个问题：如何学习和追赶上先进的西方国家，改变衰弱的国家现状，实现国富民强的目标。以蒋廷黻的话来说："近百年的中华民族根本只有一个问题，那就是：中国人能近代化吗？能赶上西洋人吗？能利用科学和机械吗？能废除我们家族和家乡观念而组织一个近代的民族国家吗？能的话我们民族的前途是光明的；不能的话，我们这个民族是没有前途的。因为在世界上，一切的国家能接受近代文化者必致富强，不能者必遭惨败，毫无例外。并且接受得愈早就愈好。"[1]近代化意味着近代国家社会的形成，意味着资本主义诸多因素的发展，意味着一整套的观念更新，意味着保障人权、尊重私人财产的绝对性……而这些都迥异于中国传统农业社会。当五四精英们为"人的觉醒"

---

[1]蒋廷黻：《中国近代史》，上海古籍出版社1999年版，第2页。

上下而求索时，他们其实是在自觉或不自觉地在为资本主义社会的发展扫清思想文化上的障碍。但他们没有解决两个理论难题：第一，当个人从家族伦理的束缚中解放之后，用什么来保障个人的权利？易言之，个人的权利从理论上说是天赋的，但在制度上用什么来保障？这就是鲁迅曾经提出的，"娜拉走后该怎么办"的问题。西方的解决方法是——以法治为保障。西方人权观念的历史渊源非常独特，它萌芽于中世纪后期一些神学家对财产权的解释，成熟于17世纪国际法之父格劳修斯。他从法理学的观点解释人的自由为"无法出让的财产"，故自由必须获得法律的保障。西方哲学家对人权，对人的外在、具体、消极自由的哲学解释，多是在这一思想背景下进行的。从以上分析可以看出，五四精英们一方面明确了传统中国社会在意识形态上与近代西方国家的冲突，并提出在文化观念上接纳西方的自由民主，然而他们对西方自由民主学说的历史渊源知之甚少，因此对制度上的建构异常乏力。

　　第二个问题是，五四精英们对人权的来源——人的理性——认识得不够深切。陈独秀说："我有手足，自谋温饱；我有口舌，自陈好恶；我有心思，自崇所信；绝不认他人之越俎，亦不应主我而奴他人：盖自认为独立自主之人格以上，一切操行，一切权利，一切信仰，唯有听命各自固有之智能，断无盲从隶属他人之理。"[1]陈独秀显然认为，人的独立自主的人格、人权与思想都来自人的"固有之智能"。这种认识与西方对人的理性的强调有重合的地方。众所周知，人权的观念在西方可追溯至公元前2世纪斯多葛派的希腊哲人潘尼提乌。他认为凡人均有天赋的理性，这是人的自然法则。在这个意义之下，人是生而平等的。每个人必须享有基本人权，否则人的尊严便无法维护。这种人道主义，后来经过西塞罗的发挥，成为西方自然法传统的主要基石。对西塞罗而言，上帝是授法者，他给予每个人正确的理性，人的理性是永恒不变的法则。就每个人都有理性，都对"高贵"与"卑贱"具有共同的态度而言，人是生而平等的，因此，每个人都应受到基本的尊敬。17世纪兴起的契约论是上承这种自然法的传统而来。至18世纪，康德的道德自主理论遂集此一传统之大成。对康德而言，人是价值的来源，任何人本身就是一个目的，不可化约为别人的手段。康德认为启蒙运动的意义就是以理性的精神，解除个人的不成熟状态。"启蒙运动就是人类脱离自己所加之于自己的不成熟状态。不成熟状态就是不经别人的引导，就对运用自己的理智无能为力。当其原因不在于缺乏理智，而在于不经别人的引导就缺乏勇气与决心去加以运用时，那么这种不成熟状态就是自

---

[1]陈独秀：《敬告青年》，任建树、张统模、吴信忠编：《陈独秀著作选》第1卷，上海人民出版社1984年版，第130页。

己所加之于自己的了。要敢于认识！要有勇气运动你自己的理智，这就是启蒙运动的口号。"[1]综上所述，我们可以得出一个结论：人的理性是人的权利的泉源。17世纪初到19世纪末，西方哲学视野下的"理性"是抽象的、形式化的和科学的，主要被理解为科学理性、工具理性。人的价值和尊严就在于人的理性，如同笛卡尔说的"我思故我在"。而陈独秀所说的"各自固有之智能"，显然是指人生而具有的一种能力。这种生而具有的能力是否能与科学理性等同，陈独秀语焉不详。理性的问题如果没有研究清楚、阐述透彻的话，那么人权理论的根基显然是不稳当的，继而个人主义、自由等一系列价值观都犹如空中楼阁，沙上建塔。

第二节　近代新文艺的初兴

探讨近代儿童文艺的变迁，就不能不探讨近代新文艺的发展，因为儿童文艺是文艺的有机组成部分，近代儿童文艺与新文艺的关系密不可分。

文艺改革的思潮，早在鸦片战争前后即已现端倪。龚自珍、魏源文艺思想中反传统的叛逆精神可谓是文艺改革的前奏。但从近代文艺革新运动这一完整的意义上来讲，它的起

[1] [德]康德著，何兆武译：《答复这个问题：什么是启蒙运动？》，江怡主编：《理性与启蒙——后现代经典文选》，东方出版社2004年版，第1页。

点应该是在甲午战争之后。甲午战争以清朝的惨败而告终，随着西方侵略活动的加剧，中华民族的生存发展受到严重威胁。在严酷的现实面前，一场全民族范围内的救亡运动开始酝酿形成，维新派为了挽救民族危亡，进行了全方位的思想探索，促进了中西文化空前剧烈的撞击、交汇、融合。正当维新派跃跃欲试地将他们的政治理想付诸实施时，却由于多重原因，变法无果而终。残酷的现实促使维新思想家进一步探求政治变革失败的原因。他们认为，变法失败很大程度上是因为在思想和文化方面的变革进行得还不充分。于是，一场以"鼓民力、开民智、新民德"为主题的新民救国运动在变法失败后掀起了新的高潮。这场气势恢宏的思想启蒙运动给人们带来了思想观念的变化：人们接受了进化论的观念，凡古皆好的传统思想受到冲击；西方文艺复兴以后的思想文化越来越得到时人的认可，中体西用的思想樊篱被打破；具有近代意义的国家观念得以确立，人民主权、独立精神等被人们接受，君权神授受到激烈的抨击；新国民的德性，如冒险性、进取精神以及群体意识等被广泛传播，奴性思想和造就奴性思想的封建伦理纲常受到批判；对民族富强、国家兴盛的向往成了时人共同的追求。

人们在社会观、伦理观、文化观、价值观等诸多方面的转变，深刻影响着甲午战争以后的思想与文化的变革，也同时深刻地影响着文艺的变革。应该指明的是，近代文艺革新运动并不能单纯视为维新派发起的，而把革命派的文艺革新运动排除在外。事实上，维新派和革命派虽然在政治主张上不同，但在文艺观念、文艺思想、革新理想上均有许多共同点。比如在文艺的功利目的、形式上的自由化、通俗化、大众化、主张言文一致、输入西方文化、向西方学习等方面，他们的观念都有一致性。19世纪末、20世纪初的近代文艺革新运动可以理解为，由梁启超为首的维新派发起的，维新派和革命派共同参与的文艺革新运动。它主要体现在以西方文艺范式为参照，审视和批判中国传统的文艺体系，引介和吸收西方的文艺观念和文艺思潮，建立新的文艺形态；它的发展方向是文艺的平民化、艺术形式的多元化、语言的通俗化和传播方式的大众化等等。

一、文艺观念的更新

随着西学的传播和中西文化的撞击，中国近代文艺发生了一系列显著的变化，这种变化首先体现在文艺观念上。观念本是哲学范畴，是指在意识中反映、掌握外部现实和在意识中创造对象的形式，是同物质相对应的概念。"人们的观念、观点和概念，一句话，人们的意识，随着人们的生活条件、人们的社会关系、人们的社会存在的改变而改变。这难道需要经过深思才能了解吗？"[1]近代以降，中国已无从保持闭关自守的状态，正如马克思和恩格斯所言："过去那种地方的和民族的自给自足和闭关自守状态，被各民族的各方面的互相往来和各方面的互相依赖所代替了。物质的生产是如此，精神的生产也是如此。各民族的精神产品成了公共的财产。民族的片面性和局限性日益成为不可能，于是许多种民族的和地方的文艺形成了一种世界的文艺。"[2]此处的文艺，泛指科学、艺术、哲学等方面的著作，即今日所说的文化。当中国被迫卷入世界市场后，传统文化也不可能不受到世界潮流的冲击，中国文艺受西方文化的影响更为显著。随着近代社会的变革，文艺也相应地需要转型，而传统文艺匮乏变革所需要的理论泉源。因此，从域外寻找这种文艺变革的借鉴力或驱动力，就成为不可避免的行为。近代中国所接受的西方文化，主要是指文艺复兴以来资本主义上升期的欧美文化，它的基本精神就是科学与民主。在西方文化的影响下，中国近代文艺发生了前所未有的变化。

具体说来，近代文艺观念有如下两个方面的变化。

首先，是小说、戏曲观念的改变。在西方文艺的影响

---

[1][德]马克思、恩格斯：《共产党宣言》，《马克思恩格斯选集》第1卷，人民出版社1995年版，第276页。

[2][德]马克思、恩格斯：《共产党宣言》，《马克思恩格斯选集》第1卷，人民出版社1995年版，第276页。

下，近代文论家改变鄙视小说、戏曲的观念，他们由诋毁小说和戏曲的"诲淫诲盗"，转而盛誉小说为"文艺之最上乘"，并且是"新道德""新政治""新人心"最好的文艺形态，把小说的功能提高到开启民智和改良政治的高度，从而使小说、戏曲从文艺结构的边缘向中心迁移。19世纪末20世纪初，中国小说出现了空前繁荣的景象：一是小说（包括戏曲）创作数量的增多；二是近代文艺报刊均刊登小说，并有专门小说刊物出现，如《新小说》《绣像小说》《月月小说》《中外小说林》《竞立社小说月报》《小说林》《十日小说》等，约四五十家；三是小说稿酬制度的建立。据考证，稿酬的出现始于申报馆创办的《点石斋画报》，而文艺刊物正式设稿酬则始于梁启超主办的《新小说》。

中国小说和戏曲源远流长，魏晋时期就已有小说的雏形，在明清两代出现了《红楼梦》等文艺巨著；戏曲起源更早，在宋金时期逐渐成熟，至元杂剧而大放异彩。但封建正统的文艺思想轻视小说、戏曲，诋毁小说和戏曲"诲淫诲盗"，是不登大雅之堂的雕虫小技。鲁迅感慨地说："在中国，小说是向来不算文艺的"，[1] "小说和戏曲，中国向来

---

[1] 鲁迅：《〈草鞋脚〉小引》，《鲁迅杂文全编》（五），人民文学出版社2006年版，第422页。

是看作邪宗的"。[1] 真正把小说和戏曲视为"文艺之最上乘",有左右"天下之人心风俗"力量,则始于近代。梁启超等人借鉴西方的文艺理论和小说戏剧创作,于19世纪和20世纪之交,倡导"小说界改良"和"戏剧改良",充分肯定小说和戏剧的社会作用。代表性的论文有梁启超的《论小说与群治的关系》、严复与夏曾佑的《本馆附印说部缘起》、狄葆贤的《论文艺上小说之位置》、陶祐曾的《论小说之势力及其影响》等。近代文论家在论述这个问题时,大多以欧美重视小说和戏剧为论据,把小说、戏曲与社会进步、开启民智结合起来,从而肯定小说、戏曲的社会作用和文艺地位。严复与夏曾佑在《本馆附印说部缘起》中说道:"夫说部之兴,其入人之深,行世之远,几几出于经史之上,而天下之人心风俗,遂不免为说部之所持。《三国演义》者,志兵谋也,而世之言兵者有取焉。《水浒传》者,志盗也,而萑蒲狐父之豪,往往标之以为宗旨。《西厢记》、'临川四梦',言情也,则更为专一之士、怀春之女所涵泳寻绎。夫古人之为小说,或各有精微之旨,寄于言外,而深隐难求;浅学之人,沦胥若次,盖天下不盛其说部之毒,而其益难言矣。本馆同志,知其若此,且闻欧、美、东瀛,其开化之时,往往得小说之助。是以不惮辛勤,广为采辑,附纸分

---

[1] 鲁迅:《徐懋庸作〈打杂集〉序》,《鲁迅杂文全编》(五),人民文学出版社2006年版,第78页。

送。"[1]梁启超在1898年撰写的《译印政治小说序》中，极力推崇政治小说巨大的社会作用和教育功能。他说："在昔欧洲各国变革之始，其魁儒硕学，仁人志士，往往以其身之所经历，及胸中所怀，政治之议论，一寄之于小说。于是彼中缀学之子，黉塾之暇，手之口之，下而兵丁、而市侩、而农氓、而工匠、而车夫马卒、而妇女、而童孺，靡不手之口之。往往每一书出，而全国之议论为之一变。彼美、英、德、法、奥、意、日各国政界之日进，则政治小说，为功最高焉。英名士某君曰：'小说为国民之魂。'岂不然哉！岂不然哉！"[2]

梁启超等诸贤对小说、戏剧作用的论述，显然颠倒了文艺与社会政治的关系，也并不符合欧美小说、戏剧的实际。因为，小说和戏剧对社会生活和社会变革的影响只是在思想意识领域的，并不能对社会发展起决定性的作用。"物质生活的生产方式制约着整个社会生活、政治生活、精神生活的过程。不是人们的意识决定人们的存在，相反，是人们的社会存在决定人们的意识。"[3]当时已经有人意识到，应该给

[1]严复、夏曾佑：《本馆附印说部缘起》，陈平原、夏晓虹编：《20世纪中国小说理论资料》第1卷，北京大学出版社1997年1版，第27页。

[2]梁启超：《译印政治小说序》，陈平原、夏晓虹编：《20世纪中国小说理论资料》第1卷，北京大学出版社1997年版，第37—38页。

[3][德]马克思：《〈政治经济学批判〉序言》，《马克思恩格斯选集》第2卷，人民出版社1995年版，第32页。

予小说戏剧以正确的评价。徐念慈撰文指出："小说者，文学中以娱乐，促社会之发展，深性情之刺戟者也。昔冬烘之头脑，恒以鸩毒莓菌视小说，而不许读书子弟，一尝其鼎，是不免失之过严；近今译籍伯贩，所谓风俗改良，国民进化，咸惟小说是赖，又不免誉之失当。余为平心论之，则小说固不足生社会，而惟有社会始成小说者也。社会之前途无他，一为势力之发展，一为欲望之膨胀。小说者，适用此二者之目的，以人生之起居动作，离合悲欢，铺张其形式，而其精神湛结出，决不能越忽此二者之范。"[1] 尽管近代文论家对小说戏剧的社会功能与文艺地位认识不一致，但他们大都改变了鄙视小说戏剧的传统观念，空前地重视和推崇小说与戏剧。狄葆贤不无偏颇地说："吾以为今日中国之文界，得百司马子长、班孟坚，不如得一施耐庵、金圣叹，得百李太白、杜少陵，不如得一汤临川、孔云亭。吾言虽过，吾愿无尽。"[2]

第二点是，引入西方先进的理论。随着中西方文化交流的深入，近代中国的文论家开始汲取西方的哲学思想和文艺思想，以西方的先进理论来研究中国文艺。19世纪末20世纪初，对中国理论界影响最大的，莫过于进化论和民约论。

[1] 觉我（徐念慈）：《余之小说观》，陈平原、夏晓虹编：《20世纪中国小说理论资料》第1卷，北京大学出版社1997年2月第1版，第332—333页。

[2] 狄葆贤：《论文艺上小说之位置》，陈平原、夏晓虹编：《20世纪中国小说理论资料》第1卷，北京大学出版社1997年2月第1版，第81页。

就进化论而言，它是一种全新的世界观。先进的时代精英们接受它，因为它以"变"为内在驱动力，立足于变革，直接冲击了传统因循守旧的保守思想。梁启超以进化论为立足点，大力提倡文艺的变革。在文艺的发展过程中，进化论表现为强化竞争意识，反对厚古薄今，反对模拟复古，主张变革创新。"中国积习，薄今爱古，无论学问文章事业，皆以古人为不可几及。余生平最恶此言。窃谓自今以往，其进步之远轶前代，固不待著龟，即并世人物亦何遽让于古所云哉？"[1]黄遵宪说："俗儒好尊古，日日故纸研。六经字所无，不敢入诗篇。古人弃糟粕，见之口流涎。沿习甘剽盗，妄造丛罪愆。黄土同抟人，今古何愚贤？即今忽已古，断自何代前？明窗敞流离，高炉爇香烟；左陈端溪砚，右列薛涛笺。我手写我口，古岂能拘牵？即今流俗语，我若登简编。五千年后人，惊为古斓斑。"[2]在进化文艺观的指引下，进步的文论家主张文艺要扩大审美范围，描写新事物，抒发新思想，创造新意境。这里的"新"指的是与西方文化密切相关的西方先进的思想文化与物质文明。

就民约论而言，自由、平等的观点推翻了中国数千年的纲常伦理的钳制。对小说的评介也发生了一百八十度的转

[1]梁启超：《饮冰室诗话》，人民文学出版社1982年版，第4页。

[2]黄遵宪：《杂感》，钱仲联笺注：《入境庐诗草笺注》上册，上海古籍出版社1981年版，第42—43页。

变。对《红楼梦》，侠人就以为："吾国之小说，莫奇于《红楼梦》，可谓之政治小说，可谓之伦理小说，可谓之社会小说，可谓之哲学小说，道德小说。……中国数千年来家族之制，与宗教密切相附，而一种不完全之伦理，乃为鬼为蜮于青天白日之间，日受其酷毒而莫敢道。凡此所陈，皆吾国士大夫所日受其神秘的刺冲，岁终身引而置之他一社会之中，原理吾国社会种中名誉生命之网，而万万不敢道，且万万无此思想者也。而著者独毅然而道之，此其关于伦理学上者也。"[1]

文艺革新除了表现在作家审美范围的扩大以外，还表现在不少文论家开始汲取西方哲学、美学理论，从文艺内部规律进行探索，从更深的层面上摆脱传统文艺观念的束缚。有的近代文论家引入西方的悲剧理论研究中国的戏剧。中国古代戏剧没有悲剧与戏剧之分，首先用"悲剧"观来论述中国戏剧的当属蒋观云。他认为悲剧的美学价值高于喜剧，并推崇汪笑侬的《党人碑》为"切合时势—悲剧"。[2]而较为深入地论述悲剧的，当属近代著名的文艺理论家王国维。他驳斥日本学者否认中国有悲剧的说法，提出中国元代即有

---

[1]《小说丛话》，陈平原、夏晓虹编：《20世纪中国小说理论资料》第1卷，北京大学出版社1997年版，第90—91页。

[2]蒋观云：《中国之演剧界》，陈多、叶长海选注：《中国历代剧论选注》，湖南文艺出版社1987年版，第436页。

悲剧，如《汉宫秋》《梧桐雨》《西蜀梦》等，他尤其推崇
关汉卿的《窦娥冤》和纪君祥的《赵氏孤儿》，并认为这两
部戏剧最有悲剧之性质。他将悲剧推而广之，认定悲剧不仅
存在于戏剧中，而且也存在于小说和其他文艺题材中。他以
《红楼梦》为例："《红楼梦》一书与一切喜剧相反，彻头
彻尾之悲剧也。……由叔本华之说，悲剧之中又有三种之
别。第一种悲剧，又极恶之人极其所有之能力以交构之者；
第二种，由于盲目的运命者；第三种悲剧，由于剧中之人物
之位置及关系而不得不然者，非必有蛇蝎之性质与意外之变
故也；但由于普通之人物、普通之境遇逼之，不得不如是。
彼等明知其害，交施之而交受之，各加以力而各不任其咎。
此种悲剧，其感人贤于前二者远甚，何则？彼示人生之最大
不幸非例外之事，而人生之所固有故也。若前二种之悲剧，
吾人对蛇蝎之人物与盲目之命运，未尝不悚然战栗，然以其
罕见之故，犹幸吾生可以免，而不必求息肩之地也。但在第
三种，则见此非常之势力足以破坏人生之福祉者，无视而不
可坠于吾前；且此等惨酷之行，不但时时可受诸己，而或可
以加诸人躬丁其酷而无不平之可鸣，此可谓天下之至惨也。
若《红楼梦》，则正第三种之悲剧也。"[1]王国维较多地接
受了叔本华哲学思想中的悲观主义成分，用生活、欲望、痛

[1]王国维：《〈红楼梦〉评论》，姚淦铭、王燕编：《王国维文集》，中国文史出
版社1997年版，第10—11页。

苦无限循环的观点来看待人生和描写人生悲剧的作品，更赞赏悲凉的美感。

除了在戏剧理论上借鉴西方的研究成果，近代文论家还开始用西方美学理论探讨小说的艺术特征。摩西说："小说者，文艺之倾于美的方面的一种也。宝钗罗带，非高蹈之口吻；碧云黄花，岂后乐之襟期？微论小说，文艺之有高格可循者，一属于审美之情操，尚不暇求真际而择法语也。……一小说也，而号于人曰：吾不屑屑为美，一秉立诚明善之宗旨，则不过一无价值之讲义、不规则之格言而已。"[1]作者将美视为小说的基本品格之一，不仅纠正了近代小说理论重内容轻艺术的不良倾向，而且也标志着一种新的文艺观念的特征。而徐念慈更是汲取了黑格尔、康德等人的美学理论，为小说美做了更详细的界定："则所谓小说者，殆合理想美学、感情美学，而居其上乘者乎？试以美学最发达之德意志徵之，黑辣尔氏于美学，持绝对观念论者也。其言曰：'艺术之圆满者，其第一义，为醇化于自然。'简言之，即满足吾人之美的欲望，而使无遗憾也。……又曰：'事物现个性者，愈愈丰富，理想之发现，亦愈愈圆满，故美之究竟，在具象理想，不在于抽象理想。'……邱希孟氏，感情美学之代表者也。其言美的快感，谓对于实体之形象而起。……又

[1]摩西：《〈小说林〉发刊词》，陈平原、夏晓虹编：《20世纪中国小说理论资料》第1卷，北京大学出版社1997年版，第254页。

曰：'美的概念之要素，其三为形象性。'形象者，实体之模仿也。……又曰：'美之第四特性，为理想化。'理想化者，由感性的实体，于艺术上除去无用分子，发挥其本性之谓也。"[1]显然，梁启超、林纾、王国维、摩西、徐念慈等近代文论家的理论泉源已不再是传统的儒、道、释家的经典，而是西方哲学家的美学和哲学思想。他们如饥似渴地汲取叔本华、尼采、黑格尔、康德等人的思想，用以印证中国固有之文艺作品，创造着新的文艺理论，使近代文论中西融合的特征异常鲜明。

通过中外文艺的对比，可以说，中国有眼光的文艺批评家开始认识到外国文艺的长处和卓越的艺术技巧，从而打开了中国知识分子封闭的艺术天空，开阔了他们的眼界，使他们在中西文化交汇融合的时代浪潮中自觉地汲取西方文艺的艺术精华，并投入到自己的创作实践中。梁启超以西方和日本文艺为典范，自觉地进行艺术革新，并大力倡导"诗界革命""文界革命""小说界革命"和"戏曲改良"，可谓是近代资产阶级文艺改良革新运动的主将。他主张翻译和出版政治小说，强调政治小说巨大的社会功用："在昔欧洲各国变革之始，其魁儒硕学，仁人志士，往往以其身之所经历，及胸中所怀，政治之议论，一寄之于小说。于是彼中缀学之

[1]觉我：《〈小说林〉缘起》，陈平原、夏晓虹编：《20世纪中国小说理论资料》第1卷，北京大学出版社1997年版，第255—256页。

子，黉塾之暇，手之口之，下而兵丁、而市侩、而农氓、而
工匠、而车夫马卒、而妇女、而童儒，靡不手之口之。往往
每一书出，而全国之议论为之一变。彼美、英、德、法、
奥、意、日本各国政界之日进，则政治小说，为功最高焉。
英名士某君曰：'小说为国民之魂。'岂不然哉！岂不然
哉！"[1]可见梁启超提倡政治小说乃是间接受到欧美文艺的
影响。而"文界革命"则是受到日本明治维新时代的启蒙思
想家福泽谕吉和政论文艺家德富苏峰的影响，梁启超盛赞德
富苏峰的文章："德富氏为日本三大新闻主笔之一，其文雄
放隽快，善以欧西文入日本文，实为文界别开一生面者，余
甚爱之。中国若有文界革命，当亦不可不起点于是也。"[2]
就文体形式而言，为了宣传维新变法和开启民智，必然要求
通俗化。

二、文艺语言的变革

语言是文化与文艺变革中最稳定和保守的因素。随着新
名词的引入和表达新思想的需要，以及人们对言文合一认识
的加深，文艺语言的变革也势在必行。近代白话文热潮出现

---

[1]梁启超：《译印政治小说序》，陈平原、夏晓虹编：《20世纪中国小说理论资
料》第1卷，北京大学出版社1997年版，第37—38页。

[2]梁启超：《夏威夷游记》，《饮冰室合集》之专集二十二，中华书局刊行，第
191页。

在20世纪末，它是当时文化领域内的一次文体变革，也是维新运动发展进程中的文艺现象，应视为近代文艺革新运动的组成部分。早在1868年，黄遵宪就提出过"我手写我口"[1]的主张，后来他又从言文分离的角度表达了文体改革的需要。谭嗣同、梁启超、狄葆贤等人都有类似的著述，主张言文合一。比如梁启超在《小说丛话》中提到："文艺之进化有一大关键，即由古语之文艺，变为俗语之文艺是也。各国文艺史之开展，靡不循此轨道。"[2]狄葆贤说："故俗语文体之嬗进，实淘汰、优胜之势所不能避也。中国文字衍形不衍声，故言文分离，此俗语文体进步之一障碍也，而即社会进步之一障碍也。为今之计，能造出最适之新字，使言文一致者上也；即未能，亦必言文参办也。"[3]

1897年裘廷梁在《苏报》上发表《论白话为维新之本》一文，正式提出了"崇白话而废文言"的口号，标志着近代白话文热潮进入了一个新的阶段。这篇文章主要从四个方面展开论述：一是，作者从国家危亡与民之智愚的关系上立论，指出提出文言的弊端在于言文分离，而言文分离是造成

[1]黄遵宪：《杂感》，钱仲联笺注：《入境庐诗草笺注》上册，上海古籍出版社1981年版，第42—43页。

[2]《小说丛话》，陈平原、夏晓虹编：《20世纪中国小说理论资料》第1卷，北京大学出版社1997年版，第82页。

[3]楚卿：《论文艺上小说之位置》，陈平原、夏晓虹编：《20世纪中国小说理论资料》第1卷，北京大学出版社1997年版，第80页。

愚民的根源；二是主张崇白话而废文言。作者将白话与开启民智和宣传维新思想结合在一起，认为白话是维新之本。三是论述白话有八大益处。"一曰省日力……二曰除骄气……三曰免枉读……四曰保圣教……五曰便幼学……六曰炼心力……七曰少弃才……八曰便贫民。"[1]语言作为思维的工具，文言和白话的确存在很大的不同。虽然作者没有从语言思维的本质意义上阐述文言和白话的不同，但是作者提出的八种益处的确具有时代进步意义。四是提出白话的美感胜于文言。他说："文言之美，非真美也。汉以前书曰群经，曰诸子，曰传记，其为言也，必先有所以为言者存。今虽以白话代之，质干具存，不损其美。汉后说理记事之书，去其肤浅，删其繁复，可存者百不一而。此外汗牛充栋，效颦以为工，学步以为巧，调朱傅粉以为妍，使以白话译之，外美既去，陋质悉呈，好古之士，将骇而走耳。"[2]裘廷梁将言文一致、质朴天然的白话提高到语言美的高度上来认识，可谓是对白话文理论的重大贡献。在以裘廷梁为代表的近代白话文理论的倡导下，19世纪末、20世纪初中国掀起了白话文的热潮，白话报刊、白话书籍得以大量刊行，白话小说的出版

[1]裘廷梁：《论白话为维新之本》，郭绍虞主编：《中国历代文论选》一卷本，上海古籍出版事业2001年版，第401页。

[2]裘廷梁：《论白话为维新之本》，郭绍虞主编：《中国历代文论选》一卷本，上海古籍出版事业2001年11月版，第401页。

蔚为大观。

　　晚清"白话文运动"的出现及其发展，是与近代中国政治、社会运动的发展脉络相一致的。1897年、1904年两年及其前后的两段时间，白话报刊行蔚为大观。这两个时期正是维新变法和革命运动在舆论上的准备时期，白话报刊的发行实则是配合这两个历史进程的。"清末的最后十年，有一个相当规模的'白话文运动'，并且是五四白话文运动的前驱，有了这前驱的白话文运动，五四时期的白话文运动才有根据。根据现今所找到的资料，清末最后约十年时间，出现过约140份白话报和杂志，这是一份很客观的数字。"[1]晚清白话报的出现，除了为维新运动和革命运动作舆论的鼓吹外，它们作为开通民智、普及知识的载体，在社会上产生了良性地推动力，促进了晚清的近代化。除了白话报刊的大规模发行外，白话小说也出版了1500种以上，白话教科书在这一时期也大量发行。不过，这一时期的白话文热潮也有局限之处。一是倡导者在对白话的认识上观念模糊，他们没有意识到白话文和文言文在文体上并无高下之分，而是将文言视为雅致的美文，将白话文视为启蒙工具。二是时人并不主张全部用白话代替文言。蔡元培说："民元十年左右，白话文也颇流行……但那时候作白话文的缘故，是专为通俗易

────────────

[1]陈万雄：《五四新文化的源流》，生活·读书·新知三联书店1997年版，第134页。

解，可以普及知识，并非取文言而代之。主张以白话代替文言，而高揭文艺革命的旗帜，这是从《新青年》时代开始的。"[1]三是时人写作时也不完全用白话。文言有其难以克服的弊病：艰涩、僵化、远离现实生活，但是它合文法、有韵味、含蓄等特点，都是生动但粗糙的白话文所欠缺的。所以不难理解梁启超虽然主张以白话取代文言，但是在翻译《十五小豪杰》时，却只能采用浅近的文言，因为白话不能达意。他自己解释说："本书原拟依《水浒》《红楼》等书体裁，纯用白话，但翻译之时，甚为困难。参用文言，劳半功倍。……但因此可见语言、文字分离，为中国文字最不便之一端，而文界革命非易言也。"[2]鲁迅也有类似的感受，他在翻译《月界旅行》时，"初拟译以俗语，稍逸读者之思索，然纯用俗语，复嫌冗繁，因参用文言，以省篇页。"[3]

中国古代语言、文字的长期分离造成的巨大裂缝，致使晚清时期的作家试图以白话文进行翻译和创作时，遇到了两难处境。白话文的应用性强于文言文，也更符合文艺的发展趋向，但是白话文的浅近直白又限制了现代思想的传播和现

[1]蔡元培：《中国新文学大系·建设理论集》总序，《中国新文学大系》第1册，良友图书印刷公司1935年版，第9页。

[2]少年中国之少年：《〈十五豪杰〉译后语》，陈平原、夏晓虹编：《20世纪中国小说理论资料》第1卷，北京大学出版社1997年版，第64页。

[3]周树人：《〈月界旅行〉辨言》，陈平原、夏晓虹编：《20世纪中国小说理论资料》第1卷，北京大学出版社1997年版，第68页。

代人感情的表达。到了五四时期的白话文艺的倡导者们才不仅在理论上主张白话，而且自觉地进行白话文的创作实践。胡适批驳晚清时期的"白话文运动"只将白话文的意义局限于启迪民智和普及教育，而这些这不过是白话文学的最低限度的用途。而"1916年以来的文学革命运动，方才是有意地主张白话文学。这个运动有两个要点与那些白话报或字母的运动绝不相同。第一，这个运动没有'我们''他们'的区别，白话不单是'开通民智'的工具，白话乃是创造中国文学的唯一工具。……第二，这个运动老老实实地攻击古文的权威，认他做'死文学'。"[1] 钱玄同说："我们既绝对主张用白话文体做文章，则自己在《新青年》里面做的，便应该渐渐地改用白话，我从这次通讯起，以后或撰文，或通信，一概用白话，这和适之先生做《尝试集》一样意思。并且也要请先生（陈独秀）、胡适之先生和刘半农先生都来尝试尝试……若是大家都肯尝试，那么必定成功。自古无的，自今以后必定会有。"[2]

[1] 胡适：《五十年来中国之文学》，姜义华主编：《胡适学术文集·新文学运动》，中华书局出版社1993年版，第149页。

[2] 蔡元培：《中国新文学大系·建设理论集》总序，《中国新文学大系》第1册，良友图书公司1935年版，第9页。

第三节 传统儿童文艺的困境与近代
儿童文艺的诞生

近代儿童文艺的发生虽然与近代文化的发生是紧密相连的，但近代儿童文艺也与传统儿童文艺息息相关。近代儿童文艺是在传统儿童文艺基本之上的艺术更新，包括对西方儿童文艺的借鉴，尤其是近代儿童文艺的变革有西方儿童文艺观的洗礼。无论如何，随着近代文化的变革，传统的儿童文艺面临着困境，新的文艺的发展是必然的。

一、传统儿童文艺的困境

艺术的范畴，无论是内涵还是外延，都经历了相当长时间的演变。艺术是一个不断流动的动态的概念。随着时代的变迁，艺术的形式在不断变化，艺术的门类在不断增加，艺术的功能在不断丰富。儿童艺术作为艺术的组成门类，也经过了一个动态的、发展的过程。

中国传统文化中"父为子纲"的伦理观念禁锢着儿童的思想，漠视儿童的独立人格和社会地位，否认儿童的个性的存在。因此传统儿童文艺不受重视，发展自然极其缓慢。传统儿童文艺主要以两种表现形式影响少年儿童，一是民间口耳相传的适合于儿童欣赏的传统民谣、神话故事、民间传说、儿童绕口令、儿童戏剧、儿童插画、韵语、民歌等等。这些口头创作作品既具有通俗易懂的语言，又具有丰富生动的内容，符合儿童有限的语言表达能力和思维发展水平，容易被儿童所接受。二是古代文人为年幼一代编写的书面读物，如《三字经》《百家姓》《神童诗》等。这类读物中大多数的思想内容、格调都远离儿童心理特征，而且说教的气息浓厚，所以不能算作真正意义上的儿童文艺。

（一）传统儿童文艺面面观

传统儿童文艺作品，有口头形式、有表演形式、有文字形式等，但我们今天所能见到的大多是以文字的形式集中出现在传统的蒙学教材中。传统蒙学教材中以骈俪句式编写的各种知识读物，特别是历史文化知识读物流传很广，影响很大。对偶式的句子，如果押上韵，用一句话或者是几句话来介绍一位历史人物或者是历史典故，儿童读来朗朗上口，饶有兴趣，即能识字，又能增长知识，这是古代蒙学教材在内容和编写上的革新和进步。这种编法，始于李翰的《蒙求》，滥觞于唐代的《兔园策》，发展为明清以后广泛流行的《幼学琼林》。《幼学琼林》原名《幼学须知》，亦称《成语考》《故事寻源》，为明代程登吉所编，清邹圣脉增补注释，改名《幼学琼林》，句子字数不限，灵活运用杂言，务求成双成对，通顺上口，易读易背。这是一本流行全国的蒙学课本，也是一本成人社会教育的教材，1949年前在社会上仍有一定影响。全书分4卷，计33个门类，内容包括天文、地理、家族、社会、宫室、器皿、制作、技艺、鸟兽、花木等方面的知识。覆盖了社会科学、自然科学及日常生活各个领域的基本知识。古往今来，人情世故，家族婚姻，生老病死，衣食住行，以至神话传说无所不包。《幼学琼林》可以说是一本常用成语典故及各类常识的小词典，有着十分丰富和广泛的知识内容。

另一本值得一提的儿童读物是《龙文鞭影》，原名《蒙养故事》，乃明代萧良友编撰。《蒙养故事》在内容和体例上仿效《蒙求》，由于语言简明易懂，注解详细，遂成为当时很受欢迎的蒙学教材。刊行后不久，明人杨臣诤做了一次大的增订，并将书名改为《龙文鞭影》。"龙文，良马也，见鞭影则疾驰，不俟鞭策而后腾骧也。"[1]清末李恩授又对此书做了系统的校订，修改了书中的错误，弥补了书中的疏漏，并增补了不少内容。《龙文鞭影》正文82000多字，收录了2000多个故事，故事内容包括我国古代各个历史时期著名的人物故事、历史故事、神话、寓言故事等，涉及了政治、军事、文化、外交、艺术、儒林、方术、习俗、风尚、

---

[1]（明）萧良友：《龙文鞭影》，上海古籍出版社1990年12月第1版，第1页。

伦理、品行、怪异、迷信等各个方面，对儿童起到了识字教育、知识教育、道德教育三方面的作用，流传广、影响大。

以口头形式或者表演方式存在的儿童文艺作品，有儿童歌曲、舞蹈、戏剧、童谣、谜语等。这些文艺作品大都散失在民间，所以需要有识之士加以系统地整理。周氏兄弟就较早地意识到要对民间文艺加以整理。周作人在鲁迅的鼓励之下，1914年在北洋政府教育部月刊上发表征集儿歌、童话的启事。1918年2月1日，北京大学校长蔡元培在《北京大学日刊》上公布"校长启事"，征集歌谣，当时参加筹集者有周作人、刘半农、沈尹默等人。[1]儿童热推动了传统儿童文艺的整理工作，20世纪20年代，先后出版了《童谣大观》《各省童谣集》等书籍。这些书籍的出版，使我们得以窥见传统歌谣、谜语的风貌。比如"小老鼠，上灯台。偷油吃，下不来，吱吱，叫奶奶，抱下来"等颇富童趣的作品。当时许多文化名流都参与到整理传统儿歌的潮流中来，郭沫若提出童话、童谣我国古已有之，其中不乏具备艺术价值的作品。他回忆自己儿时听过一首歌谣："月儿光光，下河洗衣裳，洗得白白净净，拿给哥哥穿起上学堂。学堂满，插笔管。笔管尖，尖上天。天又高，一把刀。刀又快，好截菜。菜又甜，好买田。买块田儿没底底，漏了二十四颗黄瓜来。……儿时

[1]周作人：《儿童文学与歌谣》，王泉根编：《周作人与儿童文学》，浙江少年儿童出版社1985年版，第194—198页。

和姐妹兄弟们在峨眉山下望月，有时会顺口唱出这些儿歌来，那时候的快乐，真是天国的了！"[1]

儿童戏剧作为儿童艺术的一个门类，在我国古代早已有之，它也经历了一个发展演变过程：开始是唱歌、舞蹈、表演，以后逐渐形成戏剧。中国古代，尤其是宋代涌现了许多适合儿童观赏的戏剧作品。比如《巨灵神劈华岳》《朱姬大仙》《猫儿相公》等神话题材的傀儡戏，以及《孙康映雪》《老郎君养子不及父》《孝父母明达卖子》《三娘教子》《汉匡衡凿壁偷光》等富有儿童情趣的剧目。明代的《永乐大典》收入的十三种戏文内也有《王祥行孝》《吕蒙正破窑记》《忠孝蔡伯喈》《赵氏孤儿报冤记》等。这些剧目告诫儿童要孝顺父母，努力学习，为人正直忠厚，其最终目的是向儿童灌输传统文化的三纲五常的道德观念。[2] 到了清代，"肩担戏"遍及城乡。一个艺人肩挑一副箱笼，手舞傀儡，嘴唱戏文。这种"肩担戏"对儿童具有强烈的吸引力，他们走到哪里，孩子们就跟到哪里。"肩担戏"相传有"八大出"之名，其中有四大出都是为儿童表演的。比如《王小儿打虎》和反映猪八戒抢媳妇的《高老庄》等剧

[1]郭沫若：《儿童文学之管见》，王泉根评选：《中国现代儿童文学文论选》，广西人民出版社1989年版，第208页。

[2]程式如：《儿童剧的由来与发展》，《儿童剧散论》，中国戏剧出版社1994年版，第123—124页。

目，既富有傀儡剧艺术特色，又富有儿童情趣，直到今天
仍在舞台上演出。

（二）传统儿童文艺的局限

郑振铎在文章中提及《幼学琼林》和《龙文鞭影》，肯
定它们注重声韵的长处，"同类的书，有所谓《幼学琼林》
《龙文鞭影》的，成为近代比较流行的东西，竟取明代诸
《日记故事》而代之，其好处，即在四言成文，组成韵语，
蒙童读之，易于上口背诵。"[1]不过，郑振铎以深刻的洞
察力、敏锐的观察力指出它们的局限性所在："《龙文鞭
影》为萧汉仲（名良友，明人）所编；别名《蒙养故事》，
仍从《日记故事》变化而来。杨臣诤尝增订之，来集之为之
音注，'粗成四字，诲尔蒙童。经书暇日，子史须通。'则
是叙述子史里的故事以补经书的不足的。仍是为'举子'的
候补者而设的。清番禺李晖吉、徐赞两人，又辑《龙文鞭影
二集》，以续萧氏之书。（别名《蒙训四字经》）'前集已
见者悉不录，以免重复。'其作用只在供读者记诵许多子史
里的故事，和《三字经》《千字文》之供识字用者，正走在
同一的路线上。'篇承古度，集序汉冲。插罗子史，诱掖儿

---

[1]郑振铎：《中国儿童读物的分析》，王泉根评选：《中国现代儿童文学文论
选》，广西人民出版社1989年版，第372页。

童。'正是注入式教育之最好的例子。"[1]在郑振铎看来，无论是《幼学琼林》还是《龙文鞭影》，虽然它们在编撰方法上注重满足幼儿的阅读趣味，迎合幼儿的阅读水平，但是教育目的仍然是以培养专制制度的"顺民"为己任。所以，郑振铎将它们划为"注入式"教育之列，批判它们在教育宗旨上的愚昧无知。

吴研因在《清末以来我国小学教科书概观》中，对清末的儿童读物进行了简要的分析和概括。他说："清朝末叶，学校没有兴办以前，我国的儿童读物，大约分两种：一种是启蒙的，例如《三字经》《百家姓》《千字文》《神童诗》《千家诗》《日用杂字》《日记故事》《幼学》等；一种是预备应科举考试的，例如《四书》《五经》《史鉴》《古文辞》之类。这些读物，有的没有教育的意义，有的陈义过高，不合儿童生活。而且文字都很艰深，教学时除了死读、死背诵之外，也不能使儿童明瞭到底读的是些什么。儿童读这些书，一定要用上七八年的工夫，读得烂熟了，再由老师开讲，然后才能渐渐地明白一点字义和章句；至于圣贤的大道理，往往读了一辈子，读到老死，也读不出甚么来。固然从这些读本读起，再读下去也会读出几个所谓'通儒'来，但是一则成功的只是少数的天才，一则这些少数的天才，往

---

[1]郑振铎：《中国儿童读物的分析》，王泉根评选：《中国现代儿童文学文论选》，广西人民出版社1989年版，第372页。

往书读通了，天才也变成废才弃才了。这些废才弃才，有的
迂腐昏庸，不辨粟麦；有的狂妄放肆，不近人情……比了外
国天才成为发明家、科学家……有益于国计民生的，真是不
胜可怜之至！"[1]

按照吴研因的思路，传统儿童读物无论是作启蒙之用，
还是作应付科举考试之用，或多或少地存在三个弊端：一是
没有教育的意义；二是内容过于深奥；三是文字艰深。吴氏
说的有些读物没有意义，大约针对的是杂字书，比如《百家
姓》《日用杂字》一类的读物。客观地说，明清流传的杂字
书种类非常多，由于这种书通俗易懂，一般只流行在当时的
中下层社会，虽然没有教育的意义，不强化圣贤学说，但是
实用价值很强，便于老百姓日常生活使用。吴氏说的后两点
弊端，指的是儿童读物因为超越了儿童的理解能力，所以儿
童得花费许多时间与精力才能明白一点字义和章句。这里涉
及的其实是蒙学的价值目标的问题。众所周知，蒙学的核心
内容和主要目的在于——向儿童灌输以儒家思想为主的传统
价值观、伦理观和道德观。教育目的是问题的一个方面，使
用什么样的方法达到教育目的又是问题的一个方面。传统的
儿童读物固然是向儿童灌输儒家伦理观和道德观，然而就方
法而言，由于儿童读物的不合时宜，即儿童读物在语言和内

[1]吴研因：《清末以来我国小学教科书概观》，王泉根评选：《中国现代儿童
文学文论选》，广西人民出版社1989年版，第379页。

容上的过于艰深，导致儿童与圣贤学说的日渐疏离。就蒙学的教育目标而言，吴研因指出，即使能有少数的天才把书读懂读通了，但是也不能成为对国家和民族有贡献的人才，因读书而获致的才华也不能有益于国计民生。其实，他的潜台词是：近代社会衡量个人才华的标准已经发生改变，那么衡量儿童读物是否有价值的标准也应该随之而变。

中国传统戏剧发展到晚清，已经失去了元明时期的生机活力，也不能适应激荡的社会变革。首先，戏曲艺术到元代已经达到辉煌的顶点，当它成为一种不可超越的规范时，也铸就了自身的美学危机。到了晚清，传统戏曲过多地注重曲律和形式而失去了戏曲应有的内容和价值；戏剧内容的陈旧和僵化反过来又加重了戏剧形式上的墨守成规，导致艺术审美价值的跌落。其次，晚清的社会变革迫切、深刻地影响着戏曲的改良。在社会巨变的历史转折时期，戏曲艺术急需发挥移风易俗、救国救民的艺术功能，而传统戏剧不能完成时代重任。儿童戏剧除了同样面临戏剧艺术的窘迫处境外，还需要解决两个问题：第一是儿童意识的问题。中国一千多年以前就有儿童参加的戏剧活动。但是，由儿童参加的戏剧活动，并不一定是儿童戏剧。儿童戏剧是为儿童演出和服务的，儿童戏剧必须符合儿童的心理特征和他们的审美接受水平。其次，儿童戏剧的内容急需丰富和扩大，要从传统神话、封建伦理道德故事的有限题材中取得突破，要反映急剧变革的社会生活，包括儿童生活。最后，儿童戏剧也要借鉴新的审美规范，创造新的审美价值。比如黎锦晖的歌舞剧就是对传统儿童戏剧的突破，他借鉴了西方的歌剧艺术，无论在内容上还是在形式上，对儿童戏剧都做了很大程度上的创新，以口头形式或者表演方式存在的儿童文艺作品，有歌曲、舞蹈、戏剧、代代相传的歌谣等，这些艺术作品都散轶在民间，缺乏系统的整理，容易随着时间的流逝而消失，而且受地域、语言方式的限制，传播的时空范围非常有限；其次，艺术品的表演性和音乐性不具备重复性，换言之，乐曲和舞蹈的表演限于传统媒介的制约，需要观众在场观赏；再次，传统文化对儿童文艺作品的认知存在偏见，需要观念上的更新。比如，周作人就在《儿歌之研究》一文中指出传统文化对童谣的偏见："中国自昔以童谣比做谶纬，《左传》庄五年杜预注，'童龀之子，未有念虑之感，而会成嬉戏之言，似或有凭者，其言或中或否，博览之时，能惧思之人，兼而志之，以为鉴戒，以为将来之验，有益于世教。'又论童谣之起源，《晋书·天文志》，'凡五星盈缩失位，其精降于地为人，荧惑降为童儿，歌谣游戏，吉凶之应，随其众告。'又《魏书·崔浩传》，'太史奏荧惑在瓠瓜星中，一夜忽然亡失，不知所在，或谓下入危亡之国，将为童谣妖

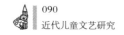

言。'"[1]童谣本是儿童发自肺腑的真情流露，但是却被传统中国视为惑众妖言，相差何其大矣。

（三）传统儿童文艺困境具体分析

首先，传统儿童文艺缺乏艺术独立性的特征。从近代文艺发展的分析中我们得知：中国传统的文艺观是"文以载道"。文艺缺乏艺术的独立性，它隶属于并服从于政治，即"道统"。王阳明作为明代著名的哲学家、教育家，他的教育思想尤为后人瞩目。他明确地说："今教童子，惟当以孝悌忠信礼义廉耻为专务，其栽培涵养之方，则宜诱之歌诗，以发其志；导之习礼，以肃其威仪；讽之读书，以开其知觉。今人往往以歌诗习礼为不切时务，此皆末俗庸鄙之见，乌足以知古人立教之意哉？大抵童子之情，乐嬉游而惮拘检，如草木之始萌芽，舒畅之则条达，摧挠之则衰萎。今教童子，必使其趋向鼓舞，中心喜悦，则其进自不能已。譬之时雨春风，沾被卉木，莫不萌动发越，自然日长月化；若冰霜剥落，则生意萧条，日就枯槁矣。故凡诱之歌诗者，非但发其志意而已，亦所以泄其跳号呼啸于咏歌，宣其幽抑结

[1] 周作人：《儿歌之研究》，王泉根编：《周作人与儿童文学》，浙江少年儿童出版社1985年版，第123页。

滞于音节也。"[1]王阳明发现文学艺术有开阔情感视野、丰富情感世界的作用，但是他要利用文艺的情感作用为伦理道德服务，将文学艺术的情感表达功利化和狭隘化。用功利主义、实用主义的眼光来看待文学艺术，艺术必然走向"诗教"，走向"载道"。这种认知的理论缺陷在哪儿？它体现的是文艺的功利主义与审美价值的二律悖反。文艺作为人类文化发展过程中形成的一种特殊存在，以及人类认识自身把握生活的一种审美方式，有其相对的独立性和本体存在意义。如果文艺失去了自身的审美品格，它也就失去了存在价值。功利主义往往是以削弱甚至牺牲文艺的审美品格为代价，必然会导致文艺发展的深刻缺陷甚至是危机。郑振铎说："中国文学所以不能充分发达，便是吃了传袭的文学观念的亏。大部分的人，都中了儒学的毒，以'文'为载道之具，薄词赋之类为'雕虫小技'而不为。其他一部分的人，则自甘于做艳词美句，以文学为一种忧时散闷、闲时消遣的东西。一直到现在，这两种观念还未完全消灭。"[2]

　　就传统儿童读物而言，它也是"载道"的工具。无论它是用直接明了的方式，或者是用潜移默化的手段，最终目的都是要儿童遵从传统的伦理道德。如果中国仍旧循着惯性，

[1]陈独秀：《王阳明训蒙大意的解释（一）》，任建树、张统模、吴信忠编：《陈独秀著作选》第1卷，上海人民出版社1984年版，第92页。
[2]郑振铎：《整理中国文艺的提议》，1922年10月《文艺旬刊》51期。

在农业社会的轨道里正常运转的话，传统的文化观念当然具有无可置疑的合理性。然而，中国社会已无法在旧有的轨道上运行时，文化作为行为系统和价值系统的体现也必将发生转变。退一步说，近代中国传统文化观念固然具备合理性，但是对幼童的教育，未必一定要强化他的伦理观念。首先，从宏观上看，道德和政治分属于两个领域。传统文化以道德作为政治的基础，对于社会中的政治权力的问题、现象，传统文化只想用道德力量加以化解和提升，这本身就值得商榷。任何一个社会都会不可避免地产生权力的问题，但是政治权力不可化约为任何别的东西，只能以有效的制度对权力进行约束和监督，防止它自我扩张与腐化。所以，道德绝非政治的直接性因素，而是间接性的因素。其次，道德和艺术分属于两个领域。德国当代哲学家哈贝马斯在马克斯·韦伯思想的基础上谈及现代性的问题时，指出文化的现代性表现在宗教与形而上学之中的这种分离构成三个自律的范围，它们分别是科学、道德与艺术。表达个性与自由的文艺要求从宗教和道德的束缚中解脱出来，这体现了时代发展的必然性。再次，以现代观念来看，道德教育应该是春风化雨般的，润物细无声的，可以贯彻在其他教育内容中，比如知识教育、能力教育、情感教育、艺术教育等等。如果一味强化道德教育，反而容易引起儿童的反感情绪，不容易达到教育的目的。

　　其次，在教育目的和教育功能方面，传统儿童文艺都严重落伍于时代。第一，就教育目的而言，郑振铎批判传统的教育只有两个狭隘的目的："我们为什么要读书呢？在旧式的儿童读物里，我们所得到的回答是：（1）为了求富贵利禄。（2）为了要做圣贤。其实做'圣贤'，也便是要做'邦治阶级'的一员，做一个最'谨慎小心'的'忠奴'而已。所以在旧式的儿童读物里，一贯的渗透着'顺民'的思想和故事；一贯的宣扬着'顺民'的最好的模范；一贯的在维持着传统的政治，社会，学术上的权威。所以这一类的腐烂有毒之物，是绝对的要不得的。"[1]教育的目的是什么？以现代的眼光看，教育的真正使命是重视对人的关怀，强调以人为本，促进人的全面发展。马克思主义认为，人的全面发展包括两方面的内涵：就整个人类社会而言，人的全面发展实质上就是人类社会从必然王国向自由王国过渡，它强调的是人的社会化程度，即整个人类社会在经济、政治、文化各方面的全面发展，社会物质文明和精神文明的高度而又协调的发展；就个人而言，全面发展强调的是人的个性化程度，即作为个体的人在各个方面的全面发展，物质生活和精神生活的全面而协调的发展，世界观、人生观、价值观的全面发

---

[1]郑振铎：《中国儿童读物的分析》，王泉根评选：《中国现代儿童文学文论选》，广西人民出版社1989年版，第376页。

展，身体素质和心理素质的全面发展，人格、智力、能力、体力、创造力的发展等等。从郑振铎的批判中可以看出，传统的教育目的不在于培养全面发展的人，而是培养忠实于专制制度的奴隶，并且在儿童读物中渗透着这种保守愚昧的教育目的。"为什么要从蒙童时代起，便教导他们以道学的反省，以至'修身、齐家、治国、平天下'的大道理呢？无非很早的时候，便要开始训练他们，成为一个小顺民，在不知不觉之间，逐渐地丧失了自己，丧失了人性，成了所谓'不知不识，顺帝之则'的一种最好的'顺民'。"[1]对儿童而言，教育的过程也是文化的过程，教育的内容也就是文化的内容，教育的形式也就是文化的形式。说到底，中国传统文化缺少对人性观照的环节，缺少对个性的尊重，因此教育的目标也偏离了对人性观照、对个性尊重的方向。体现在儿童读物上，自然也严重落伍于时代。

第二，就教育功能而言，郑振铎批判传统教育功能的狭隘："在旧式的科举制度不曾改革以前，中国的儿童教育简直是谈不上的。假如说是有'教育'的话，不过是：注入式的教育、顺民或忠臣孝子的教育而已。以养成顺民或忠臣孝子为目的，而以注入式的教育方法为一成不变的方法。对于儿童，旧式的教育家视之无殊于成人，取用的方法，也全是

---

[1]郑振铎：《中国儿童读物的分析》，王泉根评选：《中国现代儿童文学文论选》，广西人民出版社1989年版，第376页。

施之于成人的，不过程度略浅而已。……他们根本蔑视有所谓儿童时代，有所谓适合儿童时代的特殊教育。他们把'成人'所应知道的东西，全都在这个儿童时代具体而微的给了他们了；从天文、历史以至传统的伦理观念，无不很完整的给了出来。"[1]教育的功能本来是立体的，包括教育的教化功能、经济功能、政治功能和生活功能等等。教育源于人的生命而产生，又源于人的生命而发展，也必将源于人的生命而提升。教育的教化功能和政治功能等只是教育发展的低级阶段，而教育的生活功能是教育发展的高级阶段，此时教育体现出来的是对人的完整生命的呵护、解放、提升和全面发展的作用。与教育的其他功能相比，教育的生活功能更能体现出对人生命的关爱，因此它同一切保守、愚昧、落后的思想观念都是对立的。以生活功能为主导的教育所达成的是人的真正的全面发展。从郑振铎的批判中可见，中国缺乏以生活功能为主导的教育阶段，教育只集中在教化和政治功能上。

二、近代儿童文艺的萌发

权威的《简明不列颠百科全书》在解释"儿童文学"条目时是如此阐述的："18世纪下半叶，儿童文学第一次以

---

[1]郑振铎：《中国儿童读物的分析》，王泉根评选：《中国现代儿童文学文论选》，广西人民出版社1989年版，第360—361页。

一种明显和独立的文艺形式出现。在此之前，它还只处于萌芽时期，到了20世纪，才发展得绚丽多彩。"[1]具体的研究表明，西方"儿童文学有些落后，到1744年才开始出现。那一年，伦敦出版商约翰·纽伯里印刷出版了《巨人杰克》的故事。到1780年，许多职业作家把注意力转向青少年作品。"[2]为什么是18世纪？一般认为，把儿童当作加以特别考虑的个人和值得加以思考的观念，始于18世纪中叶。尼尔·波兹曼的研究表明，日耳曼人入侵西罗马帝国后，西罗马帝国跟着就灭亡了，欧洲陷入所谓的愚昧黑暗时代和中世纪。这个过程与童年概念形成的来龙去脉关系甚切。第一点是人的读写能力消失了。在罗马帝国崩溃后，认识罗马字母的人越来越少，普通百姓都停止阅读和书写，希腊罗马时期已经社会化的大众识字文化回到了工匠识字文化状态上。第二点是教育消失了。中世纪没有儿童成长发展的概念，也没有学习需要必要前提和循序渐进的概念，更没有学校教育是为进入成人世界作准备的概念。第三点是羞耻心的消失。中世纪没有羞耻的概念，至少没有现代人所理解的羞耻心。羞耻的概念部分地在于相信有秘密存在，而这秘密就是成年人

---

[1]《简明不列颠百科全书》第2卷，中国大百科全书出版社1985年版，第794页。

[2][美]尼尔·波兹曼著，吴燕莛译：《童年的消逝》，广西师范大学出版社2004年5月版，第64页。

与儿童之间保存有各自的秘密。

可以说，成人和儿童之间的主要区别之一，就是成人知道生活的某些层面，包括种种奥秘、矛盾冲突、暴力和悲剧，这些都被认为不适合儿童知道；如果将这些东西不加区分地暴露给儿童，确实是不体面的。只有在一个严格区分儿童世界和成人世界，并且就表达这种区别的社会公共机构存在的文化里，成人才能够把这些秘密以儿童心理上可以吸收的方式透露给他们。上述三点直接导致童年的消逝。因为没有儿童，所以像儿童文艺这样的东西在中世纪是不存在的。在文艺作品中，"儿童的主要角色是死亡，通常是淹死、窒息而死或遭抛弃……"[1]15世纪中叶，活字印刷术发生了，印刷机的发明创造了一个新的符号环境，这个新的符号环境重新创造了对成年人的定义。自从有了印刷术，成年就意味着要通过努力才能挣得的身份，成年是一个象征性的成就。未成年人只有通过学习识字，进入印刷排版的世界，才能变成成人。为了达到这个目的，他们必须接受教育。除了印刷术的因素，还有许多历史因素的影响，比如思想启蒙运动、中产阶级的兴起、妇女解放运动和浪漫主义运动，这些都与儿童文艺的诞生息息相关。只有儿童被认定为独立的人，一种适合他的文艺才能应运而生，儿童文艺才开始发展起来。

[1][美]尼尔·波兹曼著，吴燕莛译：《童年的消逝》，广西师范大学出版社2004年版，第26页。

"直到工业革命前夕时，儿童文艺仍然处于不太明显的地位。主要原因是：儿童虽然存在，可是人们却视而不见，所谓视而不见，指不把他当作儿童看待。在史前社会，人们是从他与部落的社会、经济和宗教的关系去考察。儿童一直被当作未来的成人看待，因此，经典文艺作品，要么看不见儿童，要么就是误解了他。整个中世纪以迄文艺复兴晚期，儿童仍然像从前一样，是一个未知之域。"[1]

总之，儿童文艺虽然属于文艺主流中的支流，但也是社会运动的产物，最明显的是"发现"了儿童；与此同时，儿童文艺也必须具有独立的品格，在达到成人文艺标准的同时，也要发展出足以确立自身的美学标准。儿童文艺的"自觉性"体现在两个方面：一是社会上发展出"童年"的概念，即儿童被视作独立的个人，且儿童在本质上与成人不同，儿童的世界有别于成人的世界；二是确立儿童文艺的艺术品格，它列入文艺的行列，且具备自身独特的美学标准。

（一）近代儿童文艺产生的文化背景

近代中国儿童文艺的"自觉"与社会运动息息相关，同时也和严复、梁启超、孙毓修、茅盾、鲁迅、周作人、郑振铎、黎锦晖、叶圣陶、冰心等人的理论和创作实践密不可

---

[1]《简明不列颠百科全书》第2卷，中国大百科全书出版社1985年版，第794页。

分。戊戌变法掀起了一场具有相当声势的资产阶级思想启蒙
运动，在严复、梁启超等人变革社会的呼声中，在进化论与
民权论的理论视野下，儿童作为"未来的国民"而具备存在
的意义。严复翻译的《天演论》所揭示的"物竞天择，适者
生存"的进化法则，具有深刻的警醒意义。社会达尔文主义
在认知上被用来解释西方入侵中国所引发的史无前例的羞辱
和困惑，国人首先把它当作一个解释工具，去应付由于不明
情势所产生的难以忍受的不安。兰格说过："人特有的功
能和最可贵的本领，是用各式各样的观念来解释事物；相反
的，人最怕的是无法解释、无法了解的事物。因此只要想象
力应付得了，人总可适应他所处的环境。"[1] 以"变化"
为"价值"，当然会得出"后来者"的生命比"前者"的更
有意义。如鲁迅所说的，"所以后起的生命，总比以前的更
有意义，更近完全，因此也更有价值，更可宝贵；前者的生
命，应该牺牲于他。"[2] 在人类进化的过程中，儿童的地位
和意义凸显出来了，"以幼儿为本位"的道德观形成了，这
当然是与传统"以长者为本位"相冲突的。1901年，梁启超
在《清议报》上连载了《卢梭学案》，将卢梭倡导的"主权

---

[1][美]林毓生：《五四时代的激烈反传统思想与中国自由主义的前途》，《中
国传统的创造性转化》，三联书店1988年版，第196页。
[2]鲁迅：《我们现在怎样做父亲》，《鲁迅杂文全编》（一），人民文学出版社
2006年版，第130页。

在民""人人平等"的思想详尽地加以阐述，明确提出天赋人权、人人生而平等的理念，即使是父亲也无权剥夺儿子的权利。进化论也好，人权论也罢，此时的儿童仍然是"未来的国民"，被视为国家的工具，而不具备道德自主性。

到了五四新文化运动期间，当思想界开始深入思考"人的解放"时，儿童才被真正的发现了。郁达夫说过："五四运动的最大成功，第一要算'个人'的发现。"[1]这里的个人也包括儿童。1918年第1期《新青年》刊登了一条启事，征求关于妇女问题和儿童问题的文章。1918年4月，《新青年》自第4卷第4期起设立《随感录》一栏目，儿童问题遂成为鲁迅随感录的主题之一。陈独秀、鲁迅、周作人、胡适、茅盾、郑振铎、郭沫若、叶圣陶、冰心等，都对"儿童问题"予以关注，形成了五四新运动中令人瞩目的儿童热。鲁迅希望父母："生了孩子，还要想怎样教育，才能使这生下来的孩子，将来成一个完全的人，"[2]"完全解放了我们的孩子"。[3]周作人以西方文艺复兴时期"人"的解放历程为参照，指出欧洲15世纪发现了"人"，18世纪发现了"女人与小儿"并形成"儿

---

[1]郁达夫：《中国新文学大系·散文二集》导言，《中国新文学大系》第7册，良友图书印刷公司1935年版，第5页。

[2]鲁迅：《随感录二十五》，《鲁迅杂文全编》（一），人民文学出版社2006年版，第273页。

[3]鲁迅：《随感录四十》，《鲁迅杂文全编》（一），人民文学出版社2006年版，第300页。

童学"与"女子研究"两门科学，批判传统观点："至于世间无知的父母，将子女当作所有品，牛马一般养育，以为养大以后，可以随便吃他骑他，那便是退化的谬误思想。"[1]他明确提出："人类只有一个，里面却分作男女及小孩三种；他们各是人种之一，但男人是男人，女人是女人，小孩是小孩，他们身心上仍各有差别，不能强为统一。"[2]1919年5月，美国实用主义教育家杜威来华讲学，宣传以"儿童本位论"为核心的西方现代儿童观，此举大大加速了中国儿童被发现的进程。他的讲学时间长达两年，足迹遍及京、沪大城市及十余省，影响十分广泛。杜威从哲学的框架出发，论证儿童的需求必须根据孩子是什么、而不是将是什么来决定。无论在家里和学校，成人必须问自己：这孩子现在需要什么？他或她现在必须解决什么问题？杜威相信，只有这样儿童才会成为社区中对社会生活有建设意义的参与者。他说："如果我们了解儿童期真正的本能和需要，并且探求它的充分的要求和发展，那么，成人生活的训练、知识和文化，在适当的时候就都会来到。"[3]杜威认为儿童是教育

[1]周作人：《人的文学》，王泉根编：《周作人与儿童文学》，浙江少年儿童出版社1985年版，第27页。

[2]周作人：《小孩的委屈》，王泉根编：《周作人与儿童文学》，浙江少年儿童出版社1985年版，第29页。

[3][美]杜威：《学校和社会》，赵祥麟、王承绪编译：《杜威教育名篇》，教育科学出版社2007年版，第37页。

的基础，学校和学科只是教育的工具，社会是教育的目的。"并不是说教育不应该预备将来，不过说预备的方法不是如此。预备将来应该是教育的结果，不是教育的目的。倘能把现在的生活看作重要，使儿童养成种种兴趣，后来一步步地过去，自然就是预备将来。"[1]显然，杜威确定的"儿童本位论"意味着把儿童作为儿童，否定把儿童作为"未来的成人"看待。把儿童当人看、把儿童当儿童看、教育必须以儿童为本位等观念借助媒介的力量，很快成为社会精英们的共识。"儿童的发现"促使近代儿童文艺发生了根本性的转变。

在近代儿童文艺的发展历程中，传教士的贡献不可否认。戈公振给予传教士办的报刊公正的评价，肯定报刊在中西方文化交流中起到的积极作用。他说："自葡人发见印度航路，基督教东来，而后我国人始知世界大势。基督教传教之方法，旧教由上行下，故重在著书；新教由下向上，故重在办班。而均以实学为之媒介以自重。……至是，中西文化融合之机大启，开千古未有之创局。追本溯源，为双方灌输之先导，谁欤？则外人所发行之书报是已。"[2]异种文化的交流是一个民族文化发达、繁荣的重要条件之一，就儿童

[1][美]杜威：《关于教育哲学的五大讲演（在北京教育部的讲演）》，单中惠、王凤玉编：《杜威在华教育讲演》，教育科学出版社2007年版，第31页。
[2]戈公振：《中国报学史》，上海古籍出版社2003年版，第142页。

文艺的发展而言，中西文化的交流也至关重要。戈公振介绍了《小孩月报》："《小孩月报》，于光绪元年（一八七五年）出版于上海，为范约翰（J·M·W·Farnham）所编辑。连史纸印；文字极浅近易读，有诗歌、故事、名人传记、博物、科学等。插画均雕刻，铜版尤精美。至民国四年改名《开风报》，但出五期即止。"[1]这是中国最早的儿童画报，也是最早的儿童读物之一。《小孩月报》因是美国教会学校创办，所以刊物的宗教色彩非常浓厚，但在传播西方的民主、科学以及文艺思想方面功不可没。《小孩月报》刊登了不少翻译自西方的儿童文艺作品，最多的是短小精悍的寓言，作者为伊索、拉封丹、莱辛等人，每期都刊载一篇或多篇不等，有《狮熊争食》《鼠蛙相争》《蚕蛾寓言》《小鱼之喻》《农人救蛇》《蛇龟较胜》《鸦狐》等。以《鸦狐》为例，颇能显示文章清新活泼的文笔。"老鸦的声音，本不甚好听，有一日他嘴里衔着一块吃食，树上蹲着；那是有一饿狐望见了，想骗他的吃食，说道：'久慕先生妙音，请教一曲，望勿退却。'老鸦信以为真，喜欢得很，张口就唱，不妨嘴里的吃食，掉在地上，饿狐便拿了去说：'以后有爱听你曲子的，切不可相信，他必有缘故在内，凡系甜言蜜语的话，都是骗人的。'"文章的语言半文半白，通俗易

---

[1]戈公振：《中国报学史》，上海古籍出版社2003年版，第81—82页。

读，符合儿童的欣赏阅读水平；文章的寓意新颖，对发展儿童的思辨力和想象力也大有裨益。

《小孩月报》在当时颇有影响。1878年12月17日的《申报》上刊登一篇《阅小孩月报记事》，文章如下："沪上有西国范牧师创设《小孩月报》，记古今奇闻轶事，皆以劝善为本，而其文理甚浅，凡稍识之无者皆能入于目而会于心，且其中有字义所不能达之处，则更绘精细各图以明之，尤为小孩所喜悦，诚启蒙第一报也。按该报开行有年，近更日新而月盛，说理愈精，销场愈广，固其所也，本馆按月取阅，欢喜赞叹不能已，爰赘数语以质诸月观该报者。"[1]作者指出了《小孩月报》具备的几个长处：一是内容广泛，包罗古今中外的奇闻轶事；二是文字浅显，这在上述引用的寓言中可见一斑，文字浅显则符合儿童的阅读水平；三是配以精美的插图，以弥补文字说明的不足。这点非常重要，文字具备高度抽象性和概括性，所以要求阅读者有足够的知识和经历。对儿童而言，由于他们的抽象思维和想象力有限，理解文字的困难是不言而喻的。而图画本身不表示概念，它们展现实物。从这一点来说，图画是儿童天然的读物。作为"启蒙之第一报"，该刊在思想文化、科学、文艺等方面的启蒙作用显然是不能抹杀的。

---

[1]《阅小孩月报记事》，《申报》，1878年12月17日。

（二）近代儿童文艺的发展阶段

五四新文化运动前，儿童被视为"未来的国民"，儿童教育承载着救国救亡的时代重任，文艺的政治功能和启蒙功能被强化。时人看到了欧洲以及日本等国的文艺作品起到了富国强民的作用，对文艺尤其是政治小说发生浓厚的兴趣，提出："故谋开凡民智慧，比转移士夫观听，须加什佰力量。其要领一在多译浅白读本，以资各州县城乡小馆塾，一在多译政治小说，以引彼农工商贩新思想。"[1]显然，有了欧美、日本借政治小说变革现实改良群治的经验，凭借政治的力量，小说从不入流的小道一跃而为最上乘的文艺，观念转了一百八十度的大弯。梁启超在《变法通议·论幼学》中，主张："今宜专用俚语，广著群书，上之可以借阐圣教，下之可以杂述史事，近之可以激发国耻，远之可以旁及彝情，乃至宦途丑态，试场恶趣，鸦片顽癖，缠足虐刑，皆可穷极异彩，振厉末俗，其为补益岂有量耶！"[2]康有为说："吾问上海点石者曰：'何书宜售也？'曰：'书''经'不如八股，八股不如小说。'宋开此体，通于俚俗，故天下读小说者最多也。启童蒙之知识，引之以正

[1]邱炜爰：《小说与民智关系》，陈平原、夏晓虹编：《20世纪中国小说理论资料》第1卷，北京大学出版社1997年版，第47页。

[2]梁启超：《变法通议·论幼学》，华夏出版社2002年10月版，第117—118页。

道，俾其欢欣乐读，莫小说若也。"[1]1903年，《奏定学堂
章程》颁布后，围绕着新教材的编写，时人特别强调要借重
儿童喜爱的文艺形式。耀说："倘自今之后，学校教育，群
知小说之资益，编其有密切关系于人心世道者，列如教科，
使人人引进于小说之觉路，而脑海将由此而日富。吾知政治
小说，足以生爱国心；读民族小说，足以坚其自立志；即读
离奇侦探、英雄儿女诸般小说，亦足以感发其志气激昂、情
义缠绵之真性。夫如是，而谓智力不从此而日高，吾不信
也。"[2]与当时的教育变革、社会改良及"学界革命"的
浪潮相呼应，社会上掀起了一股重视儿童文艺的浪潮，体现
在晚清的儿童诗、学堂乐歌、辛亥革命前后的译介小说与稍
后的童话等方面。它们共同的特点是：与儿童教育的关系密
切，都被作为新式教科书及其辅助读物，儿童文艺的题材如
儿童诗歌、儿童小说、童话、寓言等，不仅有明确的名称，
而且在理论和编译方面，都有不错的实绩。这一时期可谓近
代儿童文艺的转型期。

　　五四新文化运动以后，文艺观念的全面变革正式拉开了
序幕，艺术的独立价值得以真正地确立。1917年2月，陈独秀

---

[1]康有为：《日本书目志》，陈平原、夏晓虹编：《20世纪中国小说理论资料》
第1卷，北京大学出版社1997年版，第29页。

[2]耀：《学校当以小说为钥智之利导》，陈平原、夏晓虹编：《20世纪中国小说
理论资料》第1卷，北京大学出版社1997年版，第232页。

在《新青年》上发表《文艺革命论》，提出了"文学革命"的口号，要求对旧文学进行彻底变革，概括地说就是反对旧文学，提倡新文学；反对文言文，提倡白话文。1920年，北洋政府教育部通令全国小学一、二年级采用白话的语言教材。1921年，全国中等和高等师范学校，减少文言课程，增加白话文课程。白话文的倡导与成功，当然是五四前期黄遵宪、梁启超、裘廷梁等人倡导白话的必然结果，白话文能被官方正式承认，并在教科书中得以采用，为儿童文艺走向自觉提供了必备前提。1918年5月，鲁迅发表了《狂人日记》，在其结尾处有一个明亮的尾巴，"救救孩子"。周作人在《人的文艺》中，首次将"儿童"作为"人"的组成部分，提出理性地对待"儿童"。

　　儿童文艺在五四时期已基本具备文艺的独立品格：首先是当时出现了"儿童文艺"的专有名词。[1] 现代著名作家、教育家叶圣陶在1921年3月12日的《晨报》副刊上，发表了《文艺谈·七》一文，他以教育家的身份，注意到儿童对文艺的热切渴望，因此提出多多创作适于儿童的文艺品。在文章中他说："为最可宝爱的后来者着想，为将来的世界着想，赶紧创作适于儿童的文艺品，总该列为重要事件

　　[1]茅盾：《关于"儿童文学"》，1935年2月1日《文学》第4卷第2号，转引自王泉根评选：《中国现代儿童文学文论选》，广西人民出版社1989年版，第396页。

之一。"[1]他强调儿童对于文艺，尤其对文艺的灵魂——感情——极热望地要求，所以教育者应当顺应这种自然的要求，给儿童提供富有营养的精神食粮。虽然他没有明确地将"儿童文艺"作为一个专用名词提出，但是他注重儿童对文艺品的特殊需要，而且提出了两条创作儿童的文艺品的艺术准则，第一是应当将眼光放远一程；第二是要对准儿童内发的感情而为之响应，使益丰富而纯美。总之，文艺品的创作要以儿童真正的感情需要为出发点。在随后发表的《文艺谈·八》中，叶圣陶将"儿童的"与"文艺品"两个名词合二为一，首次提出了"儿童文艺"的概念。文中写道："儿童文艺里须含有儿童的想象与感情。而有神怪和教训的质素的，决不是真的儿童文艺。"[2]周作人在《儿童的文学》一文中，提出儿童本位的观念。他的立足点从教育转为文艺，他不是强调"文学在小学教育上的价值"，而是从"儿童生活上何以有文学的需要"之角度，阐述儿童文学既是儿童的，又是文艺的。这就完全摆脱了五四前的时代精英对文艺的功利性认识，恢复了文艺，尤其是儿童文艺的独立品格。

其次是我国第一个以发表儿童文艺作品为主的周刊《儿

---

[1]叶圣陶：《文艺谈·七》，王泉根评选：《现代儿童文学文论选》，广西人民出版社1989年版，第50页。

[2]叶圣陶：《文艺谈·八》，王泉根评选：《现代儿童文学文论选》，广西人民出版社1989年版，第56页。

童世界》应运而生。《儿童世界》创刊于1922年1月7日，由商务印书馆出版发行。其后《小朋友》也于1922年4月由中华书局出版。在《儿童世界》与《小朋友》之外，商务印书馆还出版了《少年杂志》与《儿童画报》，中华书局出版了《中华童子界》等。儿童文艺刊物的出现，不仅说明社会出现了明确的儿童意识，而且说明儿童的情感需求得到了成人的肯定和重视。《儿童世界》的办刊者引用美国学者麦克·林东的话说："麦克·林东以为儿童文学及其他学问都要：（一）使他适宜于儿童的地方的及其本能的兴趣及爱好。（二）养成并且指导这种兴趣及爱好。（三）唤起儿童已失的兴趣与爱好。（Mac Chritock's Literature in the Literatrure in the Elementary school p17）我们编辑这个杂志，也要极力抱着这三个宗旨不失。"[1]儿童文艺刊物不仅传播了新的知识和思想，为少年儿童提供了丰富的精神食粮，更重要的是培养了一大批从事儿童文艺创作的作家。比如叶圣陶的童话创作就是受《儿童世界》主编郑振铎的影响。郑振铎创办刊物后，向叶圣陶约童话稿件。他说："圣陶最初动手写作童话在我编辑《儿童世界》的时候。"[2]

————————

[1]郑振铎：《〈儿童世界〉宣言》，王泉根评选：《现代儿童文学文论选》，广西人民出版社1989年版，第66页。

[2]郑振铎：《〈稻草人〉序》，王泉根评选：《现代儿童文学文论选》，广西人民出版社1989年版，第721页。

　　第三是一批有志于儿童文艺的作家队伍初步形成，以《儿童世界》《小朋友》《少年杂志》为主要阵地，一批以教师和编辑为主体的作家队伍很快出现了，一批有民族特色的儿童文艺作品开始出现。在童话、儿童诗、儿童散文、儿童戏剧和儿童漫画等多个领域，都涌现出许多优秀的作品。叶圣陶创作了大量优秀的童话作品，1923年结集出版《稻草人》。郑振铎给予了高度评价，认为叶圣陶是中国在艺术成就上最成功的艺术家之一。他说："虽然《稻草人》里有几篇文字，如《地球》《旅行家》等，结构上稍显幼稚，而在描写方面，全集中没一篇不是成功之作。"[1]在思想内容上，叶圣陶的作品关注现实生活，扩大了童话的题材范围，使人间百态直接进入了作家的视野；在文字上，叶圣陶的叙述优美流畅，作品具备感人肺腑的艺术魅力。刘半农创作的无韵诗风靡了新诗诗坛，得到了儿童诗歌界的认可，开创了一代诗风。1919年他创作的《拟儿歌》情节生动有趣，富有浓郁的民歌气息。1920年刘大白创作的《两个老鼠抬了一个梦》，以孩子的口吻讲述梦境，尤富有童趣。黎锦晖的儿童歌舞剧创作，其艺术价值不仅超越了传统戏剧，更超越了学堂乐歌。他不仅在剧本和唱词上基本实现了独创性，而且在歌舞剧的表演方式上充分吸收了西方戏剧理念，同时又融合

---

[1]郑振铎：《〈稻草人〉序》，王泉根评选：《现代儿童文学文论选》，广西人民出版社1989年版，第722页。

了中国传统音乐，创作了《葡萄仙子》等享有盛誉的儿童歌舞剧佳作。丰子恺的儿童漫画以独树一帜的艺术风格，为中国的儿童插画事业开辟了一条道路。

第四节 "儿童文艺"名词的诞生

　　传统中国文化中，并没有"儿童文艺"一词。五四新文化运动期间，叶圣陶首先提出了这一名词。文艺从广义上是文学和艺术的总称，有时特指文学或表演艺术。五四新文化运动期间，儿童文艺与儿童文学的意义相仿。周作人提出了"儿童文学"的说法，并对儿童文学作了明确的定义。

　　"儿童文艺"名词的诞生包括两个方面的内容：一是近代中国对"儿童"称呼的变化，从近代儿童报刊的刊名，我们可以大致梳理"儿童"一词的演变；另外，"儿童文艺"的出现也经历了一个发展阶段。

一、"儿童"名词的演变

　　1874年，传教士创办的《小孩月报》问世，这是中国近代第一份儿童报刊。传播基督教教义是《小孩月报》的首要任务，但是该刊物十分注重传授文化科学知识，同时也刊登了例如《伊索寓言》等文艺作品。值得称道的是：该报也刊登少量的原创文学作品，虽然这些作品模仿和雕琢的痕迹明显，但这是近代中国人自己尝试创作儿童文艺作品的开端。除了《小孩月报》，传教士还创办了其他几份刊物，如《孩提画报》《训蒙画报》《成童画报》等。[1]

在教会创办的儿童刊物的引导示范下，以及在思想启蒙潮流的推动下，中国人自己也开始创办儿童报刊。迄今为止，可以看到中国最早的儿童刊物是1897年由蒙学公会创办的《蒙学报》。从"蒙学"的名称上可以看出，《蒙学报》和传统蒙学是一脉相承的，只不过儒家学说不是通过传统蒙学教材，而是通过新式的儿童报刊媒介传播。《蒙学报》是维新变法时期重要的儿童启蒙刊物，它的出现标志着时人意识到儿童教育对救亡图存的重要意义，以及报刊在塑造新儿童的过程中起到的积极作用。可见，此时儿童报刊发展的思想基础是儿童教育观的改变，儿童报刊的创办意味着国人在儿童领域的觉醒。

《小孩画报》中的"小孩"，是个口语化的名称；《蒙学报》中出现的"童蒙"则沿袭了中国传统蒙学对儿童的称呼。无论是"小孩"，还是"童蒙"，这些称呼显示了成人以教育者的身份自居，对儿童居高临下的态度。《蒙学报》中出现的文艺作品，爱国主义的题材占有很大的比重，编

---

[1] 戈公振：《中国报学史》，上海古籍出版社2003年版，第81—92页。

者反复告诫读者要不忘国耻，奋发图强。成人将自己的价值观用反复强调或者当头棒喝的方式强迫儿童接受，既不尊重儿童的知识结构和接受方式，也不考虑儿童的心理结构，因此这种教育观念显然是灌输式，与传统蒙学教育的方式大同小异。由此可见，晚清时期的儿童观念是很不成熟的，儿童教育是时人关注的重点，儿童自身的独立品格和尊严尚未发现。

　　1901年清末新政揭开了序幕，随之而来的是废八股、停科举、兴学校、派留学、定学制等教育领域内的重大改革。这些教育改革推动了儿童报刊的发展，形成了办报高潮。1903年，中国第一份儿童日报《童子世界》诞生于上海。《童子世界》开天辟地提出"此报定名为《童子世界》，宜顺童子之性情"[1]的办刊方针。刊物上登载了儿童歌谣、儿童故事等专门给儿童阅读的浅易的文学作品，明显区别于古代蒙养训诫的儿童读物如《三字经》《龙文鞭影》等，标志着注意儿童特点的"童子"文学的正式出现。"童子"的说法，突出了儿童的年龄差别，相对于"小孩""童蒙"的含糊语义，不啻为一种观念上的进步。

　　1909年，商务印书馆出版了一份图文并茂的低幼读物《儿童教育画》，这是中国历史上第一次在儿童刊物中出现

---

[1]《论童子世界之缘起并办法》，《童子世界》第8号，1903年4月13号。

"儿童"一词。《儿童教育画》寓教育于游戏之中，涉及儿童体育、智育、德育等方面。全书采用简单易懂的文字，并配以彩色插图。插图精美，四周用红边点缀，非常符合儿童心理。[1]

五四时期的文学革命发现了儿童，这种观念上的转变使得五四之前已经初具雏形的儿童报刊为之焕然一新。商务印书馆1922年创刊的《儿童世界》和中华书局同年创刊的《小朋友》是真正具有里程碑意义的两份报刊。这两份刊物都立足于儿童的心理和欣赏情趣，以文艺作品为主要内容。在办刊宗旨上，儿童刊物摆脱了传统读物长篇累牍的说教，西方传教士报刊的宗教蛊惑，维新派和革命派人士饱含忧患情感的谆谆告诫，内容上更符合儿童的心理和情感需要。

从"童子"到"儿童"名词的发展，可以看出时人增强了儿童的年龄意识，并尊重儿童心理，立足儿童的情感需要。同时，成人改变了居高临下的教育者身份，和儿童平等相待。

二、"儿童文艺"名词的诞生

1921年3月至6月，叶圣陶在北京的《晨报》副刊上连续发表了40则《文艺谈》，在探讨儿童问题的篇章中，提出了

---

[1]《教育杂志》记者：《清末的三种儿童少年书刊》，王泉根：《现代儿童文学文论选》，广西人民出版社1989年版，第715页。

"儿童文艺"的概念。在《文艺谈·七》中，他呼吁："为最可宝爱的后来者着想，为将来的世界着想，赶紧创作适于儿童的文艺品，总该列为重要事件之一。我以为创作这等文艺品，一、应当将眼光放远一程；二、对准儿童内发的感情而为之响应，使益丰富而纯美。"[1]叶圣陶以自己当小学教师的亲身感受，强调儿童对文艺作品的情感需求，因为他们"心里无不有一种浓厚的感情燃烧似地倾露。他们对于文艺、文艺的灵魂——感情——极热望地要求，情愿相与融合混合为一体"，[2]在《文艺谈·八》中，他说："创作儿童文艺的文艺家当然着眼于儿童，要给他们精美的营养料。从上面一些简单的意思看来，已可知真的儿童文艺决不该含有神怪和教训的质素。儿童文艺更须有一种质素，其作用和教训不同，就是感情。……儿童文艺里须含有儿童的想象与感情。而有神怪和教训的质素的，决不是真正的儿童文艺。"[3]叶圣陶强调儿童幼小时就陶醉于想象的世界，但儿童的想象绝不是奇异神怪；他同时指出儿童的内心蕴涵着强烈的情感，所以冷酷而疏远的教训只会让他们反感，只有

---

[1]叶圣陶：《文艺谈·七》，王泉根：《现代儿童文学文论选》，广西人民出版社1989年版，第49—50页。

[2]叶圣陶：《文艺谈·七》，王泉根：《现代儿童文学文论选》，广西人民出版社1989年版，第48页。

[3]叶圣陶：《文艺谈·八》，王泉根：《现代儿童文学文论选》，广西人民出版社1989年版，第55—56页。

真正的发自内心的感情才会引起儿童的共鸣。其实，叶圣陶阐明的是所谓"儿童文艺"的真实内容。到了1921年6月24日的《文艺谈·三十九》中，叶圣陶将"儿童文艺"的说法改为"儿童的文学"。叶圣陶有感于当时成人与文学疏远的现状，呼吁从儿童开始着手，让他们热爱文学，丰富他们的生活与情感。他请求父母让儿童的一切本能都得以自由发展，更要帮助他们发展，因为这些都是文学的泉源；他请求老师选择好的文学读给孩子听，让儿童陶醉于文学作品中，感动于文艺作品中。他说："我们固然不希望个个儿童为创作家，这是不可能的事，但不可不希望个个儿童能欣赏文学，接近文学。希望今后的创作家多多为儿童创作些新的适合于儿童的文学。"[1]

五四新文化运动时期，儿童文艺和儿童文学其实是通用的，都是指适合儿童欣赏的文艺品。比如，茅盾一方面使用儿童文学的说法："儿童文学这名称，始于'五四'时代。"[2]；同时在文章中，他提出儿童文学"必须是很有价值的文艺的作品。"文学和文艺在同一篇文章中出现，体现当时的学人并没有对文学、文艺做明确区分，而是同时使用

---

[1]叶圣陶：《文艺谈·三十九》，王泉根：《现代儿童文学文论选》，广西人民出版社1989年版，第58页。

[2]茅盾：《关于"儿童文学"》，王泉根：《现代儿童文学文论选》，广西人民出版社1989年版，第396页。

文学和文艺。[1]戏剧是综合艺术的重要门类，但当时的学人则将戏剧纳入文学的行列。比如严既澄在《儿童文学在儿童教育上的价值》中对儿童文学作了定义："儿童文学，就是专为儿童用的文学。他所包涵的，是童谣，童话，故事，戏剧等类，能唤起儿童的兴趣与想象的东西。"[2]从上述分析中可以看出，五四新文化运动期间那些儿童文艺先驱关于文艺和文学的说法是通用的，儿童文学与儿童文艺之间基本没有差别。

周作人首先使用了"儿童的文学"一词。在《儿童的文学》中，指出儿童生活有文学上的需要，"'儿童的'文学"正是满足这种需要。这里的"'儿童的'文学"可谓是儿童文艺的同义词。"儿童的文学"这一提法，最早出现于1912年周作人撰写的《童话研究》与《童话略论》。其中都出现了"童话者，原人之文学，亦即儿童之文学"[3]，"故童话者亦谓儿童之文学"[4]的说法。周作人借鉴了文化人类学的理论，将儿童与原人相比较，得出"童话者，幼

———————————

［1］茅盾：《关于"儿童文学"》，王泉根：《现代儿童文学文论选》，广西人民出版社1989年版，第398页。

［2］严既澄：《儿童文学在儿童教育上的价值》，王泉根：《现代儿童文学文论选》，广西人民出版社1989年版，第60页。

［3］周作人：《童话略论》，《儿童文学小论·中国新文学的源流》，河北教育出版社2002年版，第8页。

［4］周作人：《童话研究》，《儿童文学小论·中国新文学的源流》，河北教育出版社2002年版，第21页。

稚时代之文学，故原人之所好"[1]的结论。因为儿童与原人在心理和思维方面有着共构性，所以原人爱好的童话自然也得到儿童的喜爱。此时周作人研究童话的重点在于说明童话的起源，对于童话的接受者——儿童——的论证并不多；再者，周作人的研究只是一家之言，并未形成一种共识。而到了五四时期，尤其是1920年《儿童的文学》一文的发表，表明周作人论证儿童文学的角度发生了改变。他直截了当地说："今天所讲儿童的文学，换一句话便是'小学校里的文学'。美国的斯喀特尔（H. E. Scudder）、麦克林托克（P. L. Maclintock）诸人都有这样名称的书，说明文学在小学教育上的价值，他们以为儿童应该读文学的作品，不可单读那些商人杜撰的读本。读了读本，虽然说是识字了，却不能读书，因为没有读书的趣味。这话原是不错，我也想用同样的标题，但是怕要误会，以为是主张叫小学儿童读高深的文学作品，所以改作今称，表明这所谓文学的，是单指'儿童的'文学。"[2]这段话有两层含义：第一，周作人区别了"'儿童的'文学"与"小学校里的文学"。他不是突出文艺在小学教育上的价值——认识文字，而是强调儿童生活有

---

[1]周作人：《童话研究》，《儿童文学小论·中国新文学的源流》，河北教育出版社2002年版，第22页。

[2]周作人：《儿童的文学——一九二〇年十月二十六日在北平孔德学校演讲》，《儿童文学小论·中国新文学的源流》，河北教育出版社2002年版，第37页。

文学上的需要，读书是要获得读书的趣味即艺术的价值。第二，周作人区别了"儿童的"文学与高深的文学作品，也即区别了"儿童"与"成人"。儿童与成人在本质上不同，既不是"不完全的小人"，更不是"缩小的成人"，"一面固然是成人的预备，"但"一面也有独立的意义与价值"。儿童是独立的人格存在，儿童的需求有别于成人，所以供给于他们的精神食粮自然也有别于成人。儿童的阅读水平和思维能力有限，所以供给他们的读物不能过于艰深。所以，"儿童的"文学实际上有两个支点，一是"儿童"的，二是"文学"的。从此，关心儿童与儿童教育的先进知识分子，从周作人的研究中明确了中国儿童文学建设的方向。

1921年7月，严既澄在商务印书馆举办的"暑假专修班"上作了《儿童文学在儿童教育上的价值》的讲演，后来载入1921年11月出刊的《教育杂志·讲演号》，其中他是这样阐述儿童文学的："儿童文学，就是专为儿童用的文学。他所包涵的，是童谣，童话，故事，戏剧等类，能唤起儿童的兴趣与想象的东西。……现代的新教育，既然要拿儿童做本位，那末，凡是叫儿童学的，必得是那些切于儿童的生活，适应儿童的要求，能唤起儿童的兴趣的东西。儿童的内部生活——儿童精神生命——所要求的是什么呢？第一，据我们所知道的，个人心理发达的程序，和人类心理发达的程序一样，因此，儿童的心理，就是原始人类的心理；因此，儿童都欢喜听些神怪荒诞的事情。第二，儿童的精神，也和他的躯体一样，是很爱活动的。我们都知道年纪小一点的儿童，爱听故事，大一点的，爱看小说，这是什么缘故呢？因为故事和小说，都是情节离奇，很能激刺儿童的情绪，唤起儿童的想象，所以很能受他们的欢迎。近时的心理学家，都说文明的精神，有爱受激刺的毛病；其实这种毛病，不是文明人所专有的，和原始人一样的儿童，也就有了；不过儿童所爱激刺，决不是不自然的罢了。我们所讲的儿童文学，就是要适应儿童这两件要求的东西——神怪荒诞的，情节离奇的诗歌和故事之类。知道儿童确实有这种偏于想象和情绪的要求，而不去好好地供给他，就是破坏了他的生活。使他们的生活有了缺憾了。"[1]严既澄认为现代教育的方针是以儿童为本位，既尊重儿童生活的独立价值，教育在于引导和发展儿童的需求。因为儿童和原始人在思维和心理上有同构性，也有想象和情感上的要求，儿童文学在教育上的价值正在于满足这种需要。

1922年1月，以"小学校的学生"为阅读对象，即以美国的斯喀特尔（H. E. Scudder）、麦克·林东（P. L. Maclintoak）诸人所著的《小学校里的文学》为效仿对象，

---

[1]严既澄：《儿童文学在儿童教育上的价值》，王泉根：《现代儿童文学文论选》，广西人民出版社1989年版，第60页。

郑振铎在上海创办了《儿童世界》周刊。在1921年9月22日撰写的《儿童世界·宣言》中，郑振铎直截了当地将"小学校里的文学"称为"儿童文学"。他说："麦克·林东以为儿童文学及其他学问都要（一）使他适宜于儿童的地方的及其本能的兴趣与爱好。（二）养成并且指导这种兴趣及爱好。（三）唤起儿童已失的兴趣与爱好。（Mas Chritock's Literatrure in the Elementary School p. 17）我们编辑这个杂志，也要极力抱着这三个宗旨不失。"[1]郑振铎在这里所说的三个宗旨，其实也就是周作人在《儿童的文学》中所引用的一段话："据麦克林托克说，儿童的想象如被迫压，他将失了一切的兴味，变成枯燥的唯物的人；但如被放纵，又将变成梦想家，他的心力都不中用了。所以小学里的正当的文学教育，有这样三种作用：顺应满足儿童之本能的兴趣与趣味，培养并指导那些趣味，唤起以前没有的新的兴趣与趣味。这便是我们所说的供给儿童文学的本意，和是利用这机会去得一种效果。"[2]可见，郑振铎指谓的儿童文学与周作人所说的"儿童的文学"是一码事。为了扩大《儿童世界》的影响，郑振铎将介绍《儿童世界》办刊内容、宗旨、方针

[1]郑振铎：《〈儿童世界〉宣言》，王泉根：《现代儿童文学文论选》，广西人民出版社1989年版，第66页。
[2]周作人：《儿童的文学——一九二〇年十月二十六日在北平孔德学校演讲》，《儿童文学小论·中国新文学的源流》，河北教育出版社2002年版，第40页。

及对象的《宣言》先后在成人报刊发表，以引起世人瞩目。本文写于1921年9月22日，先后刊登于1921年12月28日出版的《时事新报》副刊《学灯》、1921年12月30日出版的《晨报》副刊及《妇女杂志》上。

1922年出版的《中华教育界》第11卷第6期周邦道发表了《儿童的文学的研究》一文，作者在文章的末尾指出此文是参考了《新青年》第8卷第4号等资料撰写的，而周作人的《儿童的文学》正发表在这一期的《新青年》上。文章中"儿童文艺"与"儿童的文艺"通用。作者定义了"儿童的文学"，他说："什么叫作儿童的文学呢？这可以简单地答道：所谓儿童的文学者，即用儿童本位的文字组成的文学，由儿童的感官，可以直接愬于其精神的堂奥者。换言之：即明白浅近，饶有趣味，一方面投儿童之所好，一方面儿童可以自己欣赏的文学。"[1]作者对"儿童的文学"作了七方面的研究：（1）儿童的文学之意义及对于小学国文之位置。（2）儿童的文学之需要。（从"儿童自由有文学的需要"等五个方面加以分析说明。）（3）儿童的文字材料之来源。（有选录、搜集、翻译和创作等四个方面）（4）儿童的文学取材之标准（形式与内容各5条）（5）编辑儿童的文学之种类。（有13种体裁和两种应用：文学读本与补助课本）（6）

---

[1]周邦道：《儿童的文学之研究》，1922年1月出版《中华教育界》，第11卷第6期。

儿童发育的程度与文学的材料之分配。（分为幼稚园、小学初年级、小学高年级三个时期）（7）关于儿童的文学之几个问题（选录、文言与白话、教师指导等三个问题）。显然，周邦道的研究受到周作人的启发，但相比之下他的研究更为全面和具体，但是缺乏深入和实质性的超越。他的贡献在于，给儿童文学作了简单扼要的定义，自他以后的文论大多沿袭和采用了他的定义。比如郭沫若在1922年1月撰写的《儿童文学之管见》中说道："儿童文学，无论采用何种形式（童话、童谣、歌曲），是用儿童本位的文字，由儿童的感官以直愬于其精神的堂奥，准依儿童心理的创造性的想象与感情之艺术。儿童文学其重感情与想象二者，大抵与诗的性质相同；其所不同者特以儿童心理为主体，以儿童智力为标准而已。"[1]郑振铎在1922年8月撰写的《儿童文学的教授法》中说道："儿童文学是儿童的——便是以儿童为本位，儿童所喜看所能看的文字。"[2]朱鼎元在《儿童文学的定义与本质》中，也采用了这个定义。"本来儿童文学，是由儿童的感官可以直愬其精神之堂奥的，拿来表示准依儿童心理所生之创造的想象与感情之艺术。他的特别长所，就是准据

[1]郭沫若：《儿童文学之管见》，转引自王泉根：《现代儿童文学文论选》，广西人民出版社1989年版，第206页。

[2]郑振铎：《儿童文学的教授法》，王泉根：《现代儿童文学文论选》，广西人民出版社1989年版，第213页。

儿童心理和儿童智力。……所以根据儿童心理而不用儿童本位的文字来表现，或仅用儿童本位的文字来表现成人心理，都不能起混化作用。——这是儿童文学最重要的本质。"[1]

从以上的史料梳理中可以看出，中国的"儿童文艺"一词源于叶圣陶，经由周作人的丰富发展。五四时期，"儿童文艺"与"儿童文学"的概念相互通用，意义多用交叉。"儿童文艺"一词的诞生以及概念的界定，表明儿童文艺具有了独立品格。《简明不列颠大百科全书》中说道："儿童文学虽属文学主流中的支流，但也有其可辨认的历史。在某种程度上，它是某些有迹可寻的社会运动的产物，最明显的是'发现'了儿童；它又是独立的，必须达到成人文学的许多标准，因此，它也发展出可以据以判断它自身的美学标准。"[2]五四新文化运动时期"儿童"的发现，儿童文艺专有名词的出现，以及《儿童文学概论》的出版在中国文学史上第一次提供了据以判断儿童文艺自身的美学标准，是近代儿童文艺从自发走向自觉的明证。

---

[1]朱鼎元：《儿童文学的定义与本质》，王泉根：《现代儿童文学文论选》，广西人民出版社1989年版，第223—224页。

[2]《简明不列颠百科全书》第2卷，中国大百科全书出版社1985年版，第794页。

第二章 晚清儿童文艺的变化

在新的儿童观、儿童媒介和儿童教育观念等因素的驱动下，晚清儿童文艺有了近代化的转变。由于多方面的原因，晚清的儿童文艺不可能得到全面整齐的开花结果，但在儿童诗、童话、儿童小说译介等方面有了可喜的成果，而且儿童音乐也以"学堂乐歌"的形式走进了小学校园。这些儿童文艺给儿童带来了快乐，也熏陶了他们的心灵。

第一节 晚清儿童诗的初创

儿童诗歌的历史源远流长，它可能是中国儿童文艺出现最早和最完整的艺术形式。儿童诗歌的存在形态为：活跃在民间的儿歌和童谣；用浅显易懂的文字创作的启蒙读物；以及作家创作的富有儿童生活情趣的诗歌作品。正像传统蒙学教育源远流长却不能说明社会上有了明确的儿童意识一样，传统儿童诗歌资源的丰富也不能说明社会上有了清晰的为儿童创作诗歌的意识。首先，当社会上没有发展出人的尊严的意识，没有发觉成人与儿童之间本质的区别时，儿童怎么能成为真正的权利主体与文化主体呢？其次，传统中国的艺术形态尚且没有独立的艺术品格，尚且为政治的附庸，何况处于雏形的儿童文化艺术呢？以传统儿童读物资源最丰富的蒙学读本为例：蒙学教育的目标如《中庸》所言："天命之谓性，率性之谓道，修道之谓教"，也就是说天道作为一种超越的价值，能够灌注到我们的生命之中而成为性，性就是个体生命内在的精神实质，人们只有通过尽心的教育培养功夫，才能达到知天知命的境界，便是完成了德性。可见，儒家教育价值观是以伦理道德为唯一的价值标准，智育和美育不过是德育的附庸，这一原则奠定了中国传统教育的基础。蒙学教材也是这一教育原则的文字说明罢了。这是问题的一方面，而且就算蒙学教育以德性为价值诉求，然而由于实施教育的方法不符合儿童接受心理，蒙学读物超越了儿童的理解能力，教育效果也与目标严重背离。这从严复批判四书五经对儿童心灵的扼杀的一段话可见一斑："且也六七龄童子入学，脑气未坚，即教以穷玄极眇之文字，事资强记，何裨灵襟？"[1]

晚清时期新的儿童文艺形态开始萌芽。所谓新是相对于传统儿童文艺而言，具体体现在两个层面，一是文艺的文体特征得以确立，比如童话、诗歌、散文等在题材和体裁上都有了明确的区别；二是在文艺作品的语言和内容上都发生

---

[1]严复：《原强修订稿》，王栻主编：《严复集》第一册，中华书局1986年版，第29页。

了重要转变。儿童诗首先以其简单明快，童趣盎然，韵律感强，易于歌咏和背诵等优点跃入启蒙者的视野。著名翻译家林纾身体力行，仿照白居易的讽喻诗体，采取训蒙歌诀的方式，创作了《闽中新乐府》为儿子的教材。《闽中新乐府》影响很大，时人评价道："间出绪余，直抒胸臆，如《闽中新乐府》一书，养蒙者所宜奉为金科玉律。"[1]

一、近代传媒的推动

近代报刊是文艺作品的主要载体和传播媒介，大量的文艺作品都是通过报刊得以流传，儿童文艺也不例外。儿童诗歌得以广泛倡导，首先就离不开报纸的宣传。1895年，《杭州白话报》在杭州创刊，主编林白水。《杭州白话报》开辟了"新童谣"专刊，以童谣形式反映政治与社会问题。1897年11月，《蒙学报》创刊，创办者为上海蒙学公会，该会主持人有曾广铨、汪康年、叶瀚、汪钟霖等，主编为叶瀚，蒙学公会的宗旨是："连天下心志，使归于群，宣明圣教，开通固蔽。立法广说新天下之耳目。为图器歌颂论说便童蒙之讲习。端师范，正蒙养，造人才。"《蒙学报》系综合性周刊，每期分上下篇，上篇注明供五到八岁儿童阅读，下篇注明供九至十三岁儿童阅读，开创了我国儿童刊物分年龄出刊

---

[1]邱炜爰：《茶花女遗事》，陈平原、夏晓虹编：《20世纪中国小说理论资料》第1卷，北京大学出版社1997年版，第46页。

的先例。《蒙学报》内容繁复，多译述西文通俗儿童作品，适合童蒙阅读，实际上成为当时新学堂所开文艺、数学、博物、历史、地理诸课的课外辅助读物。[1]诗歌在《蒙学报》中是一种主要的文艺样式，在形式上包括了旧体的古风、律诗、绝句等，也有当时流行的歌谣体新诗；在内容上有的彰明科学，有的传授知识，有的描摹儿童生活情趣。虽然不具备很高的艺术价值，但是这些供儿童诵读的诗歌形式的尝试，相当于现代儿童诗诞生前的准备。1903年4月6日，《童子世界》创刊，该刊明确指出："吾国前途之危险，盖不可名状。而当此危险者，惟吾童子。吾不愿我躬之久安于危险，曲述将来之凄苦，呕吾心血而养成童子之爱国精神。"[2]其中专门开辟了"歌词"专栏，文字多符合童子阅读水平，妇孺皆可卒读。1903年创刊的《中国白话报》门类众多。"主要是论说、历史、传记、地理、学说、新闻、教育、实业、科学批评、小说、戏曲、歌谣等，"以"开明民智为宗旨"。[3]在发刊词中表明专为儿童读者开辟"歌谣"专栏。"孩子们虽然不会唱戏，却也很喜欢唱歌，当然有各种好玩的歌谣教孩子们唱唱，也着实可以长进他的识

---

[1]陈万雄：《五四新文化的源流》，三联书店1997年版，第136页。

[2]丁守和：《童子世界》，丁守和主编：《辛亥革命时期期刊介绍》第三集，人民出版社1983年版，第81页。

[3]陈万雄：《五四新文化的源流》，三联书店1997年版，第142页。

见，畅快他的性情。……因为那唱歌比念书容易些，又是很好玩的，又是容易记的。如今这报上也做了好几首歌谣，送给各位阿哥姑娘们唱唱，虽是些俗语，却比那寻常的小儿谣好的多了。"[1]该报的第12、17、20期还分别刊载了专为小孩子们编撰的三种歌谣集：《板荡集》《出车集》和《民劳集》。从该报的办报方针和报纸栏目可以看出，一种专门为儿童编写创作的诗歌正得到广泛发展。

二、"诗界革命"的引导

"诗界革命"口号的提出，也推动了儿童诗歌在近代的发展。1899年12月25日，梁启超在《夏威夷游记》中正式提出了"诗界革命"[2]的口号。他认为中国古典诗歌发展到19世纪末，诗歌已走进穷途末路，如果想得到发展，必须要向西方学习。他说："今欲易之，不可不求之于欧洲，欧洲之意境、语句，甚繁复而玮异，得之可以凌轹千古，涵盖一切，今尚未有其人也。"[3]诗界革命的标准是："第一要新意境，第二要新语句，而又须以古人之风格入之，然后成其

[1]白话道人：《中国白话报发刊辞》，胡从经：《晚清儿童文学钩沉》，少年儿童出版社1982年版，第108页。

[2]梁启超：《夏威夷游记》，《饮冰室合集》专集之二十二，中华书局1989年版，第189页。

[3]梁启超：《夏威夷游记》，《饮冰室合集》专集之二十二，中华书局1989年版，第189页。

为诗。"[1]"诗界革命"就本质而言，它是近代社会变革思潮、西学东渐在近代诗歌领域的一种反映，也是近代诗歌求新求变的自然发展趋势。"诗界革命"是一种艺术尝试，它意图挣脱诗歌形式的局限，用新的语言、新的表达方式传达新的时代内容，它第一次明确提出诗歌要学习西方以及面向大众和通俗化的问题，表达了近代先进的知识分子勇于进取、勇于探索的精神面貌和进步的美学观。

在《饮冰室诗话》中，梁启超多次论及了儿童诗歌。他不仅在理论上赋予儿童诗歌以教育和艺术的价值，而且积极投入到儿童诗的创作实践中。梁启超一生写诗不算太多，但刊登在《新小说》第1卷第1号的《爱国歌》四章明显贯彻了他"诗界革命"的主张。综合地看，梁启超诗文的语言自由化、散文化的特征非常明显，字里行间洋溢着爱国热情。如第一章："泱泱哉我中华，最大洲中最大国，廿二行省为一家。物产腴沃甲大地，天府雄国言非夸。君不见，英日区区三岛尚崛起，况乃堂裔吾中华。结我团体，振我精神；20世纪新世界，雄飞宇内畴与伦。可爱哉吾国民。可爱哉吾国民。"后来，梁启超又创作了《黄帝歌》四章："赫赫我祖名轩辕，降自昆仑山。北逐獯鬻南苗蛮，驰驱戎马间。扫攘异族定主权，以贻我子孙。嗟我子孙无忘无忘乃祖之光

---

[1]梁启超：《夏威夷游记》，《饮冰室合集》专集之二十二，中华书局1989年版，第189页。

荣！"[1]诗歌通过追溯中华民族悠久的历史、灿烂的文明，告诫子孙后代要继承发扬祖先的光荣传统，以此来诱发、激励少年人的爱国热忱。不久，梁启超又创作了供学校毕业生歌咏的《终业式》四章，这组儿歌语言简单流畅，亲切感人。如第一章："国旗赫赫悬当中，华旭照黄龙。国歌肃肃谐笙镛，汉声奏大风。借问仪式何其隆？迎我主人翁。呜呼！今日一少年，来日主人翁。"[2]

黄遵宪作为梁启超倡导的"诗界革命"的中坚，也将儿童诗的创作付诸实践。梁启超高度评价他在儿童诗歌创作方面的成就，他说："近年以来，爱国之士，注意此业者，渐不乏其人，而黄公度尤也。公度所制《军歌二十四章》《幼稚园上学歌》若干长，既行于世；今复得见其近作《小学生相和歌十九章》，亦一代之妙文也。其歌以一人唱，章末三句，诸生合唱。"[3]黄遵宪的儿童诗情感浓烈，洋溢着作者对新一代的热切期望，比如这首诗第一章如下："未来汝小生，汝看汝面何种族。芒砀五洲几大陆，红苗蜷曲黑蛮辱；虬髯碧眼独横行，虎视眈眈欲逐逐。於戏我小生！全球半黄人，以何保面目。"《幼稚园上学歌》则以"入境庐主人"的笔名最初发表在日本东京出版的《新小说》第3号，全

[1]梁启超：《饮冰室诗话》第一二〇则，人民文学出版社1959年版，第98页。

[2]梁启超：《饮冰室诗话》第一二〇则，人民文学出版社1959年版，第99页。

[3]梁启超：《饮冰室诗话》第七十八则，人民文学出版社1959年版，第60页。

诗凡十节，淋漓酣畅，一气呵成。诗人的语言自然流畅，模拟儿童的口吻却没有斧凿的僵硬痕迹，诗中唱出了他们初上学堂、渴求知识的欢快心情，洋溢着春天动人心弦的气息，境界优美清新。比如前几节如下："春风来，花满枝，儿手牵娘衣。儿今断乳儿不啼。娘去买枣梨，待儿读书归。上学去，莫迟迟！"[1]这首《幼稚园上学歌》不久便后被辑入《最新妇孺唱歌集》和《改良唱歌教科书》，可见在当年广为流传。《幼稚园上学歌》作于1902年，黄遵宪就此诗对梁启超谈及自己的感受："自谓此新体，择韵难，造声难，着色难，而愿任公等之拓充之光大之也。"[2]黄遵宪有感于旧形式在包含新内容方面所遇到的困境，所以提出了"新体诗"，或者说"杂歌谣"的创新，主张用新体诗包容新的时代内容，然而在艺术形式上，还需要进一步创新和完善。

三、儿童诗艺术价值的确立

儿童诗看似浅显易懂，但是其创作难度却很大。梁启超曾经深有感触地说："今欲为新歌，适教科用，大非易易。盖文太雅则不适，太俗则无味。斟酌两者之间，使合儿童

[1]黄遵宪：《幼稚园上学歌》，胡从经：《晚清儿童文学钩沉》，少年儿童出版社1982年版，第18页。
[2]钱仲联：《黄公度先生年谱》，胡从经：《晚清儿童文学钩沉》，少年儿童出版社1982年版，第19页。

讽诵之程度，而又不失祖国文艺之精粹，真非易也。"[1]
从这句话可见梁启超认识到儿童诗的艺术价值与启蒙的矛盾
所在。如果从启蒙入手，想让少年儿童明了爱国的道理，当
然要用通俗易懂的语言，然而通俗的语言很难创作出优美的
意境，而有意境才是诗歌最高的艺术价值。在近代学堂乐歌
的歌词创作中，其中一些杰出的作者，如沈心工就以自己的
创作实践解决了艺术与启蒙的冲突。黄炎培在1915年为沈心
工所编《重编学校唱歌一集》的《序》中对乐歌歌词的艺术
性给予了切中肯綮的评价："吾国十余年前学校课唱歌者尚
少，沈君心工雅意提倡，自制词同任教授，一时从而和之如
响斯应。论筚蓝开山之功，沈君足于其间占一席焉……其所
制小学校用歌词尤注意儿童心理，其所取材与其文字程度，
能通俗而不俚，其味隽而其言浅，虽至今日作者如林，绝不
因此减其价值，且与岁月同增进焉。"[2]显然，黄炎培认为
沈心工的歌词部分解决了取材与艺术价值的冲突，能注意儿
童的心理，将教育变为春风化雨的方式，所以能具备永恒的
文艺价值。

　　沈心工创作的歌曲在学堂乐歌中流传最广、影响最大，
他所编的《学校唱歌集》出版后在两年内再版五次，深受少
年儿童的欢迎，除了提倡新学、宣扬榜爱国主义的思想内

[1]梁启超：《饮冰室诗话》第一二〇则，人民文学出版社1959年版，第97页。
[2]胡从经：《晚清儿童文学钩沉》，少年儿童出版社1982年版，第24页。

容，以及人们对新的艺术方式的渴求外，更为重要的是沈心工在艺术上精益求精，认真体会儿童心理，使自己的创作比较符合儿童各个年龄阶段的心理和生理特征，这也是他创作的儿童歌曲深受喜爱并广为流传的主要原因。比如沈心工创作的《兵操》："男儿第一志气高，年纪不妨小。哥哥弟弟手相招，来做兵队操。兵官拿着指挥刀，小兵放枪炮。龙旗一面飘飘飘，铜鼓冬冬冬冬敲。一操再操日日操，操得身体好，将来打仗立功高，男儿志气高。"[1]诗歌形象生动，节奏明快，韵律铿锵，其构思符合儿童心理，从而达到俗而不俚、言浅味隽的艺术境界。丰子恺在文章中提到："我所谓儿时，是指前清宣统二年至民国二年的期间（1910—1913）。这时候科举已废，学堂初兴。我在故乡浙江石门湾的新办的小学堂里所唱的歌，大都是沈心工编的《学校唱歌集》里的歌曲。……我每逢回忆此种歌曲，总觉得可爱，倒并非是为了留恋我的儿时，却是为了这些歌的确好。"[2]由此可见沈心工创作的歌曲受欢迎的程度。

被誉为我国近代音乐"此学先登第一人"[3]的曾志忞，在1904年出版的《教育唱歌集》卷首的《告诗人》序言

---

[1]沈心工：《学校唱歌集》，1904年版，胡从经：《晚清儿童文学钩沉》，少年儿童出版社1982年版，第25页。

[2]丰子恺：《回忆儿时的唱歌》，《丰子恺经典作品集》，当代世界出版社2002年版，第394页。

[3]梁启超：《饮冰室诗话》第九七则，人民文学出版社1959年版，第77页。

中，融合自己理论研究与创作实践的心得体会，提出了相对成熟的儿童诗歌理论，他说："今吾国之所谓学校唱歌，其文之高深，十倍于读本；甚有一字一句，即用数十行讲义，而幼稚仍不知者。以是教幼稚，其何能达唱歌之目的？谨广告海内诗人之欲改良是举者，请以他国小学唱歌为标本，然后以最浅之文字，存以深意，发为文章。与其文也宁俗，与其曲也宁直，与其填砌也宁自然，与其高古也宁流利。辞欲严而义欲正，气欲壮而神欲流，语欲短而心欲长，品欲高而行欲洁。于此加意，庶乎近之。"[1]这种以"俗""直""自然""流利"替代"文""曲""填砌""高古"的艺术见解非常可贵。学堂乐歌重在陶铸少年儿童的性情，促其觉醒，激发爱国心，这些诗歌对处于水深火热的民族救亡运动中怀着满腔热情接受新思想的少年儿童来说，其震撼鼓舞的力量不容低估，他们由诗歌获得的审美愉悦也是不容小觑的。

四、儿童诗的意义与局限

总体上说，晚清的儿童诗歌的兴起与发展，首先是思想政治启蒙的结果。近代以来包括诗歌变革在内的所有文艺变革，都是置身于社会变革总的格局之中。时人认为文艺在社

---

[1]曾志忞：《教育唱歌集》序，梁启超：《饮冰室诗话》第九十则，人民文学出版社1959年版，第67—68页。

会变革中的作用是决定性的，所以他们借诗歌的形式进行爱国、民主、尚武、劝学等主题教育，从而给诗歌蒙上浓厚的功利色彩。事实上，用诗歌去唤醒民众，重铸国魂的努力也取得了一定的实效。其次，儿童诗歌的迅速发展与这一时期的教育思潮和教育体制变革关系密切。在这样一个思想饥荒的时代，在西方文化蜂拥而来的时代，大量先进的教育理念和儿童心理学等知识也进入时人的视野。时人从科学的角度认识到儿童与成人的不同，在文艺接受心理学方面，要顾及儿童的心理特点因材施教。而新教育的实行，在学校课程设置以及按年龄分班的新学制等方面都有了革新，这使得以西方教育理论为基础的唱歌科，堂而皇之地进入国内的课程教学；加上新学制导致了幼稚园、小学、中学等的分离，这促使人们考虑到儿童的年龄差异，从而选择适合年龄的教育内容等等。儿童诗歌即是成人有意为儿童创作的，这是一个鲜明的时代特征，也为后来者明确了发展方向。

然而，儿童诗歌表面上蔚然成风，但仍处于脆弱的萌芽期。首先，"诗界革命"虽然提出了诗歌革命的口号，但是诗歌革命相比于五四时期的新诗革命，显然是不彻底的。黄遵宪曾说："尝于心中设一诗境：一曰复古人比兴之体；一曰以单行之神，运排偶之体；一曰取离骚乐府之神理，而不席其貌；一曰用古文家伸缩离合之法以入诗。"[1]显然他没有对传统诗歌提出根本质疑，而是将新的时代精神注入传统诗歌的形式中。而这种形式上的诗歌，只能说是改良，谈不上是革命。儿童诗歌深受"诗界革命"的影响，自然也是对传统儿歌的改良。

之所以说儿童诗歌处于脆弱的萌芽期，因为儿童诗歌是以"学堂乐歌"的身份存在的，或者说儿童诗歌其实就是乐歌的歌词，儿童诗歌自觉的主体意识尚不明确。诗歌诚然可以充任歌词，但诗歌在艺术价值上远远高于歌词。儿童既然仍被视为"缩小的成人"，那么儿童文艺的表现形式之诗歌被视为"简化的成人文艺"也不足为奇。供给儿童的诗歌主要是以国家、民族、教育等为着眼点，强调对未来国民的启蒙和教化，而不是从儿童自身的情感需要的满足入手。关于儿童诗歌的艺术形式、艺术标准、艺术表现力和艺术价值等诸多问题上，时人还没有进行过深入的追求和探索。

第二节　译介国外儿童小说

晚清时期出现的译介儿童小说热，其背景之一是时人改变了对小说功能的认识。早在1897年，梁启超在《变法通

[1] 黄遵宪：《入境庐诗草笺注》自叙，钱仲联笺注：《入境庐诗草笺注》上册，上海古籍出版社1981年版，第3页。

议·论幼学》中，就流露出以"非尽取天下之学究而再教之不可，非尽取天下之蒙学之书而再编之不可"的雄心壮志，其中"说部书"就属于非编不可的蒙书。梁启超看重小说的教育功能，有意识地将小说作为启蒙的工具。1902年梁启超正式提出了"小说界革命"的口号，并在《论小说与群治之关系》中，系统地提出了"小说界革命"的纲领，将传统偏见视之为"小道""末技""不登大雅之堂"的小说抬高到"文艺之最上乘"，把小说与"新民""新道德""新政治""新风俗""新人格"和"改良群治"结合起来。他说："欲新一国，不可不新一国之小说。故欲新道德，必新小说；欲新宗教，必新小说；欲新政治，必新小说；欲新风俗，必新小说；欲新学艺，必新小说；乃至欲新人心、欲新人格，必新小说。何以故？小说有不可思议之力支配人道故。"[1]虽然梁启超早在1897年就提出以"说部书"作为蒙学教材，但只停留在建议的层面上，且把小说的功能局限在政治层面上。

1903年《奏定学堂章程》颁布后，围绕着新教材的编写，时人对小说的教育功能展开了一系列的讨论。有的从美育的角度，强调教材必须要借助儿童喜爱的文艺形式。比如1903年，王国维在《论教育之宗旨》中，以"美育"为理

---

[1]梁启超：《论小说与群治之关系》，陈平原、夏晓虹编：《20世纪中国小说理论资料》第1卷，北京大学出版社1997年版，第50页。

论的依托点，为诗歌、小说等文艺形式进入教材提供理论依据。王国维认为"美育"的价值就在于它的超功利性："独美之为物，使人忘一己之利害而入于高尚纯洁之域，此最纯粹之快乐也。……要之，美育者，一面使人之感情发达，以达完美之域；一面又为德育与知育之手段。"[1]显然，美育能促进人类情感的自由，而文艺、音乐等文艺作品正是美育的素材。有的从智育和德育的角度提倡儿童小说，比如1908年，徐念慈就儿童小说的创作与出版提出相对完备的观点，他说："今之学生，鲜有能看小说者（指高等小学以下言），而所出小说，实亦无一足供学生之观览，余谓今后著译家，所当留意，宜专出一种小说，足备学生观摩。其形式，则华而近朴，冠以木刻套印之花面，面积教寻常者稍小。其题材，则若笔记，或短篇小说；或记一事，或兼数事。其文字，则用浅近之官话，倘有难字，则加音释；全体不逾万字，辅之以木刻之图画。其旨趣，则取积极的，毋取消极的，以足鼓舞儿童之兴趣，启发儿童之智识，培养儿童之德性为主。"[2]

晚清时期出现的译介儿童小说热其背景之二，是由王寿

[1]王国维：《论教育之宗旨》，姚淦铭、王燕编：《王国维文集》第3卷，中国文史出版社1997年版，第58页。

[2]觉我：《余之小说观》，陈平原、夏晓虹编：《20世纪中国小说理论资料》第1卷，北京大学出版社1997年版，第337页。

昌和林纾合译的《巴黎茶花女遗事》的出版，引发了20世纪初翻译文艺的热潮。时人评价道："中国近有译者，署名冷红生笔，以华文之典料，写欧人之性情，曲曲以赴，煞费匠心，好语穿珠，哀感顽艳，读者但见马克之花魂，亚猛之泪渍，小仲马之文心，冷红生之笔意，一时都活，为之欲叹观止。"[1]翻译文艺增进了国人对西方文艺的认识，引领中国读者进入了一个新的艺术天地。中国近代文艺的新变，其动力之一就是翻译文艺的影响，翻译文艺不但开阔了中国读者的视野，而且也切实地使之感受到了西方文化的魅力。翻译小说不仅数量多，而且类型全，有社会小说、爱情小说、历史小说、政治小说、教育小说、科学小说、侦探小说，而后四种类型，都是中国传统小说门类中缺乏的。林纾在自己的翻译实践和理论批判中肯定西洋小说的技巧，提出："勿遽贬西书，谓其文境不如中国也。"[2]随着周桂笙、徐念慈、恽铁樵、孙毓修等中国小说批判家对西方小说的了解逐渐深入，他们不仅肯定了西洋小说独立的艺术价值，而且明确主张以西洋小说来改造中国小说。早期的翻译作品，人名、地名、故事情节，乃至作者都一笔抹杀，主观随意性很强，只

---

[1]邱炜爰：《茶花女遗事》，陈平原、夏晓虹编：《20世纪中国小说理论资料》第1卷，北京大学出版社1997年版，第45页。

[2]林纾：《〈黑奴吁天录〉例言》，陈平原、夏晓虹编：《20世纪中国小说理论资料》第1卷，北京大学出版社1997年版，第43页。

能算是"译述"，不能算是严格意义上的"翻译"。虽然徐念慈、吴梼等人已开始认真地对待翻译问题，但只有到了鲁迅，才开始真正为"直译"正名。"《域外小说集》为书，词致朴讷，不足方近世名人译本。特收录至审慎，迻译亦期弗失文情。异域文术新宗，自此始入华土。"[1]坚持"直译"的前提是，肯定西洋小说的艺术价值，从而以西洋小说改造中国小说。

小说地位的提高，翻译小说的热潮，以及儿童教育的现实需求，这些因素都催生着新的儿童小说艺术形态。在梁启超、徐念慈等有识之士的呼吁与倡导下，以及先行者在创作和翻译上的实践和示范，儿童小说作为晚清小说的一翼，也开始萌芽和发展。对儿童小说理论贡献最大的是梁启超，他在《译印政治小说序》中，明确将儿童列为阅读小说的对象，在这种新小说观的指引下，近代小说史于创作和翻译两方面，才真正有儿童小说的诞生与发展。他说："在昔欧洲各国变革之始，其魁儒硕学，仁人志士，往往以其身之所经历，及胸中所怀，政治之议论，一寄之于小说。于是彼中缀学之子，黉塾之暇，手之口之，下而兵丁、而市侩、而农氓、而工匠、而车夫马卒、而妇女、而童儒，靡不手之口

[1]周树人：《〈域外小说集〉序言》，陈平原、夏晓虹编：《20世纪中国小说理论资料》第1卷，北京大学出版社1997年版，第376页。

之。"[1]对儿童小说实践贡献最大的是林纾,他被称为"介绍西洋近世文艺的第一人",[2]他翻译了十余部外国儿童小说,对当时以及以后的文艺青年的影响与启迪非同寻常。林纾在译述的过程中,主动选择了一些适合儿童阅读的西洋文艺作品。他译述的儿童小说作品有:《英国诗人吟边燕语》(英国兰姆姐弟为少年儿童编写的莎士比亚故事集,1904)《美洲童子万里寻亲记》(美国增米著,1905)《英孝子火山报仇录》(英国哈葛德著,1905)《撒克逊劫后英雄略》(英国司各德著,1905)《鲁滨孙漂流记》(英国达孚,1905)《海外轩渠录》(英国斯威佛特著《格列佛游记》,1906)《希腊名士伊索寓言》(1906)《双孝子喋血酬恩记》(英国大隈·克力司蒂穆雷著,1907)《爱国二童子传》(法国肺那著,1907)《孝女耐儿传》(英国迭更司,1907)《块肉余生述》(英国迭更司,1908)《贼史》(英国迭更司,1908)《鹰梯小豪杰》(英国杨支,1916)《秋灯谭屑》(美国包鲁乌因著,1916)《诗人解颐语》(英国倩伯司著,1916)等等。

20世纪初的少年儿童正是通过林译小说开始接触外国

---

[1]梁启超:《译印政治小说序》,陈平原、夏晓虹编:《20世纪中国小说理论资料》第1卷,北京大学出版社1997年版,第37—38页。

[2]胡适:《五十年来中国之文学》,姜义华主编:《胡适学术文集·新文学运动》,中华书局1993年版,第106页。

儿童文艺作品，从而进入了一个陌生而又新奇的世界的。许多现代作家在自述或回忆录中，大都谈及过对林译小说的印象。不仅文艺大家鲁迅、郭沫若、茅盾等在回顾自己的文艺生活时都有记述，甚至稍后一辈作家都沐浴在林译小说的光芒下。钱钟书说："商务印书馆发行的那两小箱《林译小说丛书》是我十一二岁时的大发现，带领我进入一个新天地，一个在《水浒》《西游记》《聊斋志异》以外另辟的世界。我事先也看过梁启超译的《十五小豪杰》、周桂笙译的侦探小说等，都觉得沉闷乏味。接触了林译，才知道西洋小说会那么迷人。我把林译哈葛德、迭更司、欧文、司各特、斯威佛特的作品反复不厌的阅览。"[1]

具体来说，译介外国儿童小说主要有三个类型，一是科学小说，二是教育小说，三是冒险小说。时人非常重视科学小说，理由不言而喻。"故掇取学理，去庄而谐，使读者触目会心，不劳思索，则必能于不知不觉间，获一斑之智识，破遗传之迷信，改良思想，补助文明，势力之伟，有如此者！"[2]科学小说作为启迪民智的工具，具有形象生动的特点，符合少年儿童的接受审美力，对激发他们的科学好奇心和

[1]钱钟书：《林纾的翻译》，《钱钟书作品选》，青海人民出版社1998年6月1版，第609页。

[2]周树人：《〈月界旅行〉辨言》，陈平原、夏晓虹编：《20世纪中国小说理论资料》第1卷，北京大学出版社1997年版，第68页。

幻想力不无裨益。1902年，梁启超在其主编的《新小说》上首先开辟"科学小说"专栏，（《新小说》栏目的第五项内容为哲理科学小说，"专借小说以发明哲学及格致力学"），[1]刊物连载了英国肖鲁士创作的《海底旅行》，当时署名为南海卢藉东译意，东越红溪生润文，连载于该刊一卷一期至二卷六期。肖鲁士即"科幻小说之父"儒勒·凡尔纳，这部小说原名应为《海底两万浬》。鲁迅在回忆早年的文艺生活时写道："我们曾在梁启超所办的《时务报》上，看见了《福尔摩斯包探案》的变幻，又在《新小说》上，看见了焦士威奴（Jules Verne）所做的号称科学小说的《海底旅行》之类的新奇。"[2]科学小说的"新奇"丰富了一代人的精神世界，激发少年儿童的科学探索精神。徐念慈参与编辑的《小说林》杂志也发表了不少科学小说，如《电冠》《魔海》《飞行记》等，并刊载有凡尔纳的肖像。当时译介最多当属"科幻小说之父"儒勒·凡尔纳的作品，形成了翻译界引人注目的凡尔纳热。吴趼人、周桂笙主办的《月月小说》也致力于刊发科学小说。1907年1月，在《月月小说》一卷五期发表了表明科学小说的译作《飞访木星》，叙述美国发明家葛林

---

[1]新小说报社：《中国唯一之文学报〈新小说〉》，陈平原、夏晓虹编：《20世纪中国小说理论资料》第1卷，北京大学出版社1997版，第62页。

[2]鲁迅：《南腔北调集·祝中俄文字之交》，《鲁迅全集》第3卷，人民文学出版社1983年版，第143页。

士乘气球飞访木星的故事。除了杂志的推广，专门的科学小说也出版发行了。比如徐念慈于1905年出版了科学小说《黑行星》，这部小说的译文采用白话，章节分明，笔调流利。1906年，周桂笙出版了《地心旅行》，又名《地球隧》。1903年，日本著名科幻小说家押川春浪的《空中飞艇》也被译介到中国。翻译者海天独啸子认为科学小说有普及科学知识的功能："小说之有益于国家、社会者有二：一政治小说，一工艺实业小说。人人能读之，亦人人喜读之。其中刺激甚大，感动甚深，渐而智识发达，扩充其范围，无难演诸实事。使以科学书，强执人研究之，必不济矣。此小说之所以长也。我国今日，输入西欧之学潮，新书新籍，翻译印刷者，汗牛充栋。苟欲其事半功倍，全国普及乎？请自科学小说始。"[1]

　　第二个门类冒险小说，也称为历险小说。早在1898年，沈祖芬就翻译了《绝岛漂流记》，即英国作家笛福的《鲁滨孙漂流记》。商务印书馆的序言中揭示译者翻译此书的目的在于"欲借以药吾国人"，以"激发国人冒险进取之志气"。基于上述目的，许多崇尚冒险精神、鼓吹奋斗进取意志的西洋文艺作品被源源不断地翻译过来。1902年，在梁启超创刊的《新小说》的创刊号上，（《新小说》栏目的第七

[1]海天独啸子：《〈空中飞艇〉弁言》，陈平原、夏晓虹编：《20世纪中国小说理论资料》第1卷，北京大学出版社1997年版，第106页。

项内容为冒险小说，"如《鲁敏孙漂流记》之流，以激励国民远游冒险精神为主"[1]）刊载了南野浣白子译述的冒险小说《二勇少年》，连载至一卷十期。《新小说》二卷六期刊载了《水底渡节》，译者为新庵，即周桂笙。徐念慈有感于当时出版的小说"而专写军事、冒险、科学、立志诸书为最下，十仅得一二"，[2]因此在1903翻译了冒险小说《海外天》。这部小说是英国专门从事冒险小说创作的作家马斯他孟立特撰写。冒险小说《鲁滨孙飘流记》非常受读者的欢迎，市面上出现了多种译本，鲁迅就此现象说过："因念欧人慎重译事，往往一书有重译至数本者，即以我国论，《鲁滨孙漂流记》《迦因小传》，亦两本并行，不相妨害。爰加厘订，使益近于信达。"[3]1905年林纾翻译了《鲁滨孙漂流记》，他称赞此书"且云探险之书，此为第一"[4]，恐怕这也是此书有多种译本并广受关注的另一个重要原因。

第三个门类即教育小说。教育小说的盛行与变革教育所需要的学校教材关系密切。新教育着重发展个性，强调个

[1]新小说报社：《中国唯一之文学报〈新小说〉》，陈平原、夏晓虹编：《20世纪中国小说理论资料》第1卷，北京大学出版社1997年版，第62页。

[2]觉我：《余之小说观》，陈平原、夏晓虹编：《20世纪中国小说理论资料》第1卷，北京大学出版社1997年版，第335页。

[3]鲁迅：《〈劲草〉译本序》，《鲁迅全集》第8卷，人民文学出版社2005年版，第457页。

[4]林纾：《〈鲁滨孙漂流记〉序》，陈平原、夏晓虹编：《20世纪中国小说理论资料》第1卷，北京大学出版社1997年版，第163页。

人本位，鼓励个人奋斗，倡导平等博爱的教育思想，这些都是对传统蒙学教育泯灭儿童天性的有力冲击，因此新的"教育小说"实际上是以文艺的形式传播新的教育思想与理念。首先发表"教育小说"的是我国最早的教育刊物《教育世界》，该刊为罗振玉1901年在上海创办，是我国第一本教育杂志，初为旬刊，后改为半月刊。上面发表的第一篇"教育小说"即为卢梭的名作《爱弥尔》，刊于第53号至57号（1903年7月——1903年8月）。当时译述教育小说最有成效的是包天笑，他翻译了《儿童修身之感情》（文明书局，1905）《馨儿就学记》（商务印书馆，1909）《弃石埋石记》（商务印书馆，1912）《孤雏就学记》（商务印书馆，1913），其中影响最大的是《馨儿就学记》，销量数十万册。《馨儿就学记》是包天笑从日文转译的意大利著名儿童文艺作家亚米契斯的《爱的教育》。

第三节　童话的酝酿

　　童话作为一种艺术形式，能增长儿童的想象力、丰富儿童的感受力，尤其适合对儿童讲述。中国古代无童话之名，却有童话之实。周作人提出两点原因，一是"（中国童话）第久经散逸，又复无人采辑，几将荡然，故今兹所及，但以儿时所闻者为主，虽止一二丛残之作，又限于越地，深恨阙漏，然不得已"[1]；二是"中国虽古无童话之名，然实固有成人之童话，见晋唐小说，特多归诸志怪之中，莫为辨别耳。"[2]显然，由于没有人将古代童话有意识地加以整理传播，比如德国的格林兄弟所做的系统整理工作；再加上缺乏对童话的正确认知，所以导致中国古代童话的阙失。显然，只有当儿童作为独立的文化主体与权利主体，并且跃入了成人的视野中，童话的意义与价值才能凸显出来。"童话"与"童年"的成长轨迹基本上是相吻合的。

晚清以来，许多艺术形式都有了不同程度的发展，童话也不例外。1903年，上海清华书局出版了周桂笙的译著《新庵谐译初编》。这是我国最早译介《一千零一夜》的选本，也是我国最早的童话译本。全书凡二卷，卷一有《一千零一夜》《渔者》，均节译自阿拉伯文艺名著《天方夜谭》；卷二有《猫鼠成亲》《狼羊复仇》《乐师》《蛤蟆太子》《林中三人》《狼负鹤德》《十二兄弟》《狐受鹅愚》《某翁》《猫与狐狸》《一斤肉》等作品，系翻译《格林童话》等书。1909年，周树人与周作人合译的《域外小说集》二集在

---

[1]周作人：《童话研究》，《儿童文学小论·中国新文学的源流》，河北教育出版社2002年版，第14页。

[2]周作人：《古童话释义》，《儿童文学小论·中国新文学的源流》，河北教育出版社2002年版，第23页。

日本出版，书中首篇即为周作人翻译的英国作家淮尔特（今翻译为王尔德）的童话作品《安乐王子》，篇后还介绍了王尔德的生平与童话创作。

1909年3月，孙毓修主编的《童话》期刊创办，这是我国历史上第一次使用"童话"这一名称。《童话》自1909年创刊，到1916年，共编写了77册（后由茅盾、郑振铎续编），是五四以前我国影响最大的儿童文艺读物，也是中国近现代出版史上最早的一套大型的专门性的儿童文艺刊物。《童话》中的作品或者是译述，或者是改编，缺乏原创性。茅盾指出："我们那时候的宗旨老老实实是'西学为用'，所以破天荒的第一本'童话'《大拇指》（或许是《无猫国》，记不准了），就是西洋的儿童读物的翻译。"[1] 从这句话我们可以看出，晚清时期的儿童文艺尚处在发掘中国古代典籍，编译外国儿童文艺作品的萌芽阶段。

《童话》中刊登的作品并不是单纯的文体意义上的童话，而更多地意指儿童文艺。在《童话》序言中，孙毓修从四个方面阐述了撰《童话》的目的，生发了许多具有前瞻性的观点。

首先他指出新教育实施后，为了对儿童进行知识教育编写了一系列新教材，但是新教材存在着语言过于文雅，与

---

[1] 茅盾：《关于"儿童文学"》，王泉根：《现代儿童文学文论选》，广西人民出版社1989年版，第395页。

儿童的日常生活用语相脱节的缺点。他说："自新教育兴，此弊稍稍衰歇，而盛作教科书，以应学校之需。顾教科书之体，宜作庄语，谐语则不典；宜作文言，俚语则不雅。典与雅，非儿童之所喜也。"[1]对这一论断，我们应该分几个方面来看：第一，孙毓修关于文言与白话文的见解并不新鲜，这是晚清裘廷梁等人关于"文言合一"的老调重弹罢了。孙毓修对文言与白话的看法沿袭了时人的观点。文言有其难以克服的弊病：艰涩、僵化、远离现实生活，但是它有合文法、有韵味、含蓄，这些都是生动但粗糙的白话文所欠缺的。所以梁启超虽然主张以白话取代文言，但是在翻译《十五小豪杰》时，却只能采用浅近的文言，因为白话不能达意。他自己解释说："本书原拟依《水浒》《红楼》等书体裁，纯用白话，但翻译之时，甚为困难。参用文言，劳半功倍。……但因此可见语言、文字分离，为中国文字最不便之一端，而文界革命非易言也。"[2]鲁迅也有类似的感受，他在翻译《月界旅行》时，"初拟译以俗语，稍逸读者之思索，然纯用俗语，复嫌冗繁，因参用文言，以省篇页。"[3]

[1]孙毓修：《〈童话〉序》，王泉根评选：《中国现代儿童文学文论选》，广西人民出版社1989年版，第17页。

[2]少年中国之少年：《〈十五豪杰〉译后语》，陈平原、夏晓虹编：《20世纪中国小说理论资料》第1卷，北京大学出版社1997年版，第64页。

[3]周树人：《〈月界旅行〉辨言》，陈平原、夏晓虹编：《20世纪中国小说理论资料》第1卷，北京大学出版社1997年版，第68页。

中国古代语言、文字的长期分离造成了巨大裂缝，所以当晚清作家试图以白话文进行翻译和创作时，遇到了两难处境。一方面白话文的应用性强于文言文，也更符合文艺的发展趋向，但是白话文的浅近直白又限制了现代思想的传播和现代人感情的表达。

第二，孙毓修谈到了晚清教科书编撰的问题。众所周知，癸卯学制自1904年1月12日奏定颁行起，一直沿用到1911年清王朝被推翻，将近有8年。这是近代中国第一部以政府名义颁布并在全国实施的近代学制，从而结束了我国新学堂无章可循的历史。近代教科书的编撰事业随着新学堂的兴起而勃兴，多渠道编写教科书及审订教科书的制度也逐渐形成。当时有部编小学教科书（包括京师大学堂编译书局和学部编译图书局），商务印书馆编译小学教科书及其他机构编译小学教科书等等。新式学堂教科书的编写，受教科书编写者的思想素质和文化素质的制约，因此出现了新旧杂糅、良莠并存的现象，编者陷入固守教育宗旨与发展新教育的矛盾之中。比如1907年，编译图书局颁布《初小国文教科书》第一册，由于取材不合儿童心理，即为南方报纸所攻击。秋季第二册出版，"报纸又起纠弹之，于是学部教科书恶劣之声不绝于社会。"[1]商务印书馆在编译所所长张元济的主持下，

─────────

[1]陈学恂主编：《中国近代教育史教学参考资料》上册，人民教育出版社1986年版，第654页。

依据新的"学堂章程"，经过半年多的努力，编成了《最新初小国文教科书》第一册，发行后三日售完，多次再版，数年之间发行数十万册。他们继续努力，编成我国第一部完整的、符合学制要求的初等、高等小学教科书，总称《最新教科书》。《最新教科书》成为儿童的主要读物和教材，而且各书局编书及学部国家教科书多模仿此书题材。中国近代出版家、中华书局创始人陆费逵说，"至此中国的教科书之形式方备。"[1]从教科书史来看，近代分为两个阶段：文言文和白话文阶段。文言文形式的教科书始于1897年南洋公学的《蒙学课本》，五四运动前夕开始衰落；白话文形式的教科书始于1912年中华书局的《中华教科书》，五四运动时期得到大力提倡，到1920年商务印书馆的《新法教科书》和中华书局的《新体教科书》臻于完善。

孙毓修谈到的第三个问题是，儿童小说对儿童有巨大的影响力。首先他谈及小说有巨大的感染力和吸引力，儿童也能领略到小说的艺术魅力。"至于荒唐无稽之小说，固父兄之所深戒，达人之所痛恶者，识字之儿童，则甘之寝食，秘之于箧笥。纵威以夏楚，亦仍阳奉而阴违之，决勿甘弃其鸿宝焉。盖小说之所言者，皆本于人情，中于世故，又往往故作奇诡，以耸听闻。其辞也，浅而不文，率而不迂。固不特

---

[1]陈学恂主编：《中国近代教育史教学参考资料》上册，人民教育出版社1986年版，第653页。

儿童喜之，而儿童为尤甚。西哲有言：儿童之爱听故事，自天性使然。"[1]就小说与生活的关系问题上，孙氏认为小说是对生活的反映。就小说艺术的表现手法上，孙毓修的观点较为片面。小说的表现手法并不如他所说的"故作奇诡，以耸听闻"。小说较之散文诗歌而言，它更为复杂，因为散文和诗歌主要表现已经意识到的情感，而小说却是挖掘潜在的意识和人格，在情感的失衡和恢复平衡的过程中，揭示人性的奥秘。所以小说的叙事技巧、情节设计、心理描写等诸多手段都是为了表现人类内心的情感世界。就小说的表达工具——语言而言，他指出小说的语言"浅而不文，率而不迂"，这一点的确是小说的价值所在。小说大多以白话文创作，白话文是生活中的语言，消除了阅读的障碍，贴近大众尤其是儿童的生活，自然也能得到儿童的喜爱。但是孙毓修敏锐地提出，并不是所有的小说都适合给儿童阅读，"欧美人之研究此事者，知理想过高、卷帙过繁之说部书，不尽合儿童之程度也。乃推本其心理之所宜，而盛作儿童小说以迎之。说事虽多怪诞，而要轨于正则，使闻者不懈而几于道，其感人之速，行世之远，反倍于教科书。"[2]可见，孙氏

---

[1]孙毓修：《〈童话〉序》，王泉根评选：《中国现代儿童文学文论选》，广西人民出版社1989年版，第18页。

[2]孙毓修：《〈童话〉序》，王泉根评选：《中国现代儿童文学文论选》，广西人民出版社1989年版，第17页。

意识到儿童小说的价值所在——符合儿童心理。可见在文艺领域，时人注意到成人与儿童在阅读心理上存在着差别，并且这种差异导致成人与儿童的阅读文本各不相同。适合儿童读的小说的理想不能过高，文字不能过多，纵使语言有些怪诞，但只要有正确的道德主题，那么对儿童产生的影响将高于教科书。

孙毓修谈到的第四个问题是《童话》的取材（包括寓言、述事和科学三类），以及编排童话的原则。他自己解释说："书中所述，以寓言、述事、科学三类为多。假物托事，言近旨远，其事则妇孺知之，其理则圣人有所不能尽，此寓言之用也。里巷琐事，而或史策陈言，传信传疑，事皆可观，闻者足戒，此述事之用也。鸟兽草木之奇，风雨水火之用，亦假伊索之体，以为稗官之料，此科学之用也。神话幽怪之谈，易启人疑，今皆不录。文字之浅深，卷帙之多寡，随集而异。盖随儿童之进步，以为吾书之进步焉。并加图画，以益其趣。"[1]从刊载的作品来看，《童话》包括了小说、寓言、故事、神话、传记等几乎所有的儿童文艺体裁。《童话》根据不同年龄的读者分为初辑、第2辑和第3辑等。初辑专供7—8岁的儿童阅读，每本16页，限定5000字左右；第2、3辑专供10—11岁儿童阅读，每本32页，字数增加

---

[1]孙毓修：《〈童话〉序》，王泉根评选：《中国现代儿童文学文论选》，广西人民出版社1989年版，第18页。

一倍，文字也稍深。在具体编辑时，孙毓修每编完一种"童话"，就请同事高梦旦将书带回家给子女朗读，听取孩子们的意见和看法后再做删改："其事之不为儿童所喜，或句调之晦涩着，则更改之。"[1]

从总体上看，《童话》更像儿童文艺丛书，作品或者是译述，或者是改编，没有独立的创作作品，这表明我国儿童文艺事业尚属于萌芽期。但是《童话》规模之大、持续时间之长、拥有的小读者之多，足以说明其影响及儿童文学发展之态势。《童话》的第1辑第1编是《无猫国》，这是孙毓修根据《泰西五十轶事》编写的故事，全文采用边叙述边议论的白话文，浅显易懂。《无猫国》的影响非常大，它明确地将读者定位为儿童，是有意识自觉地为儿童编写的作品。从一出版到1924年的15年间，年年重版，发行达几十万册。许多著名的作家都提及他们幼时读过《无猫国》。冰心说，在她10岁左右时，她的舅舅从上海买到几本小书，如《无猫国》《大拇指》等，其中她尤其喜欢《大拇指》，她觉得那个小人儿，十分灵巧可爱，还讲给弟弟们和小朋友们听，他们都很喜爱这个故事。赵景深在1928年出版的《民间故事研究》一书中，提到孙毓修编辑《童话》的贡献中指出："孙毓修先生早已逝世，但他留给我们的礼物却很大，

[1]孙毓修：《〈童话〉序》，王泉根评选：《中国现代儿童文学文论选》，广西人民出版社1989年版，第18页。

他那七十七册《童话》差不多有好几万孩子读过。张若谷在《文艺生活》上说，'我在孩童时代唯一的恩物与好伴侣，最使我感到深刻影响的，是孙毓修编的《大拇指》《三问答》《无猫国》《玻璃鞋》《红帽儿》《小人国》等。'我也有同感，我在儿时也是一个孙毓修派呢。"[1]张天翼提到他在学校体育比赛中得到的奖品就是《无猫国》和《大拇指》，这两本书引导他日后走上童话创作道路。"在初小有一次开全城小学运动会，我去参加五十码赛跑，得第二，给了我许多奖品；十几册商务印书馆的童话，孙毓修先生主编的。"[2]1922年，郑振铎在《儿童世界》里还选入了《无猫国》和《大拇指》等几篇童话的缩写版。《童话》的出版，开启了中国编译、改写、出版儿童文艺的事业，标志着中国社会对儿童和儿童读物的观念发生了变化，是近代中国儿童文艺发展进程中不可或缺的一环。

第四节 学堂乐歌的开创

中国古代到近代音乐文化发展的历史可以分为五个时

---

[1] 赵景深：《孙毓修童话的来源》，王泉根评选：《中国现代儿童文艺文论选》，广西人民出版社1989年版，第18页。

[2] 张天翼：《我的幼年生活》，《张天翼文集》第9卷，上海文艺出版社1991年版，第475页。

期，公元1903年到1949年是第五个时期，即近代民族音乐探索时期。这一时期的开端为清末引进学堂乐歌的阶段，略加延伸到民国初年。[1]清末民初的学堂乐歌阶段非常短促，它在1898年戊戌维新变法影响之下方才起步，而民国初年的新文化运动开展之后，中西音乐交流又进入了一个新的发展阶段。学堂乐歌在中国音乐史上是新的品种，"新"首先体现在它的歌词上。当民族处于危难、社会处于急剧变革的时期，学堂乐歌的歌词鼓吹爱国民主的变革思想，发挥了救亡图存、启迪民智的社会作用。其次，学堂乐歌的新体现在它的演唱方式上。它区别于中国历史上民间的各种山歌、号子、俚曲、小调，文人的吟诗、琴歌，城乡中流行的戏曲、说唱等等，更适合群体思想感情的抒发，带有社会集结性特点。爱国、民主、启蒙的社会功利目的，奋发图强的精神风貌，集体抒发的演唱方式，这些因素都推动了学堂乐歌的迅猛发展。

一、学堂乐歌的演变

从缘起上看，学堂乐歌的兴起与戊戌维新思想的传播密切相关。我国音乐教育史上第一次提出在新式学堂开设音乐课的建议，即康有为在上书光绪皇帝的《请开学校折》中

---

[1]冯文慈主编：《中外音乐交流史》，湖南教育出版社1998年版，第298页。

说的：“举国之民，七岁以上必入之，教以文史、算数、舆地、物理、歌乐，八年而卒业。”[1]康有为所指的“歌乐”，在内涵上有别于中国历史上各种关于歌唱的术语和概念，乃是指新式学校开设的唱歌课，后来也兼指课堂上所教的歌曲。在变法主张中，康有为提出在学制方面应该效仿日本，这与当时日本的教育状况有关。1868年日本自明治维新后，迅速接受了西方的教育体制，规定了中小学的音乐教育制度。康有为设置学堂乐歌的主张，是维新派倡导新学在教育制度上的重要组成部分。戊戌变法不但在理论上强调兴办学校、废除科举的重要性，而且由皇帝发布诏令实行教育改革。1898年7月10日，光绪皇帝下令将“各省府厅州县现有之大小书院，一律改为兼习中学西学之学校”，“以省会之大书院为高等学，郡城之书院为中等学，州县之书院为小学”。虽然由于变法很快就失败，普遍兴办学校的措施没有得以实现，但是此后中国有了自己创办的新式中小学。戊戌变法时期到1904年癸卯学制颁布前后，上海、天津、武昌等地的一些新式学堂开始设置乐歌课程。比如1902年，严修在天津创办严氏女塾，聘日本教习山本教授日语和音乐。1905年，学校改名严氏女子小学，并设立培养幼儿教育师资的保姆传习所和蒙养院。保姆传习所和蒙养院聘请了日籍女教师

---

[1]康有为：《请开学校折》，《康有为全集》，上海古籍出版社1990版，第467—470页。

大野铃子教授音乐、弹琴以及其他课程。当时所唱歌曲大多采自日本，歌词经翻译以后进入课堂。[1]1903年2月，著名音乐教育家沈心工自日本留学归来，3月在上海南洋公学附属小学创设音乐课，选曲配歌，采用简谱，开国人推行新式音乐教育之先，对全国影响很大。[2]

晚清时期派遣留学生到日本的政策推动了学堂乐歌的发展。戊戌变法虽然失败，但是新学的影响深入人心，有志于音乐教育的有志之士，纷纷奔赴东瀛，以乐歌作为学习西方、救国图存的新起点。梁启超在日本期间，极力鼓吹音乐对思想启蒙的作用，积极提倡在学校中设立乐歌课，通过学校唱歌来传播新思想。他在1902年创办于日本的《新民丛报》上连续发表《饮冰室诗话》，鼓吹革新，也包括中国音乐的问题。他十分重视乐歌在新式教育中的重要作用和地位："今日不从事教育则已，苟从事教育，则唱歌一科，实为学校中万不可缺者。举国无一人能谱新乐，实社会之羞也。"[3]在《浙江潮》上，匪石撰文表示应仿效"明治维新"时期的方法，主张在中国设立音乐学校，以音乐为普通教育的一门科目，把西洋歌曲与维新思想、爱国民主的时代潮流融为一体。他说："西乐之为用也，常能鼓吹进取之思想，而又造国民合同一致之志意。"[1]1902年以后，不断有人志愿到日本及欧洲专学或者兼学音乐，比如萧友梅、李叔同、沈心工、曾志忞、高寿田等。作为音乐文化领域的先进人物，他们积极引进并传播新式音乐教育，尤其是在学堂乐歌的宣传和推广中做出了历史贡献。当时在日本留学的知识分子纷纷组织了音乐社团，比如梁启超在东京、横滨的大同学校所办的"大同音乐会"和1902年沈心工、曾志忞在东京留日学生中举办的音乐讲习会等。他们进行音乐、戏剧的学习和演出，发表音乐专题论文，出版音乐教材，创办音乐杂志等等。他们自发地将一些日本和欧美流行的曲调填上新词、编成新的歌曲。比如1902年梁启超在《新民丛报》上译配发表了《日尔曼祖国歌》3首，1903年曾志忞在《江苏》第六期发表了五线谱与简谱对照的《练兵》《春游》《扬子江》等6首歌曲，可谓乐歌出版物中最早的一批学堂歌曲。[2]

学堂乐歌的兴起与晚清政府教育体制变革关系密切。1901年清政府在西安颁布实行"变法新政"的决定，并任命张百熙为学部大臣，奏准订立的《奏定学堂章程》于1904年1月正式实行。《奏定学堂章程》改变了中国封建社会长期以来形成的官学、私学、书院的教育体系，适应了中国近代

---

[1]匪石：《中国音乐改良说》，《浙江潮》1903年第6期。
[2]孙继南、周柱铨：《中国音乐通史简编》，山东教育出版社1993年版，第210页。

教育发展的要求。就音乐教育而言，首先癸卯学制在"学务纲要"中，承认应该设置"唱歌音乐"课，这为学堂乐歌的兴起创造了基本条件。其次，学制颁布后，促进了新式学堂的发展。清末全国范围内新式中小学如雨后春笋般纷纷出现，如上海的南洋公学、中西学堂、两江师范、中西女塾学等。这些新式学堂开始附设"音乐唱歌课"，附教的歌曲被简称为"乐歌"，也叫"学堂乐歌"。随着乐歌课在新式学校的普及，乐歌编译及音乐教材建设也受到当时音乐家的重视，乐歌教材大量印行并迅速重编再版。如1904年到1907年，沈心工出版了《学校唱歌集》（共三集），1904年5月出版的第一集与4月曾志忞出版的《教育歌唱集》同为国内最早出版的学校唱歌教科书，1906年沈心工再出版《学校唱歌集》四集。沈心工借鉴日本和欧美国家的经验，十分重视音乐对塑造少年儿童完美人格中的作用。他的乐歌充满爱国民主的思想，宣传科学知识，鼓励少年儿童积极向上、奋发图强、热爱自然。因为沈心工创作的乐歌善于根据儿童的心理生理特点选词作曲，词曲结合较好，所以风靡一时，非常受少年儿童的喜爱。曾志忞是我国最早提出创造"新音乐"的音乐家，他十分重视音乐在社会变革中起到的积极作用，他的音乐著述曾经得到梁启超的肯定和支持。梁启超在《新民丛报》上发表他的论著，并在《饮冰室诗话》中肯定他的音乐成就。在学堂乐歌的推广上，曾志忞也做出了重要贡献。1904年4月，他出版了《教育歌唱集》，同年8月他编译出版了《乐典教科书》。《乐典教科书》是我国最早的一部中文乐理教材，其内容和术语等为后来的乐理教科书奠定了基础，在音乐教育方面有重大影响。

二、学堂乐歌与美育的关系

随着对学堂乐歌和音乐艺术认识的深化，时人展开了对美育的探讨。晚清时期，在美育理论上卓有功绩的是王国维。王国维在我国最早提出美育的观念。早在1903年8月，他在《教育世界》第56号发表《论教育之宗旨》一文。他借鉴了西方美学的基础理论，将人的精神分为三个部分：知力、感情和意志。真是知力的理想，美是感情的理想，善是意志的理想。教育为了实现这三种理想，也分为三个部分，它们分别是知育、德育（即意志）和美育（即情育）。王国维非常推崇美育，他说："盖人心之动，无不束缚于一己之利害。独美之为物，使人一己之利害而入于高尚纯洁之域，此最纯粹之快乐也。……要之，美育者，一面使人之感情发达，以达完美之域；一面又为德育与知育之手段。"[1]1907年10月，他在《教育世界》第148号发表《论小学唱歌科

---

[1] 王国维：《论教育之宗旨》，姚淦铭、王燕编：《王国维文集》第3卷，中国文史出版社1997年版，第58页。

之材料》一文中，提出设置唱歌科的本意，在于"（一）调
和其感情；（二）陶冶其意志；（三）练习其聪明官及发声
器是也。（一）与（三）为唱歌科自己之事业，而（二）则
为修身科与唱歌科公共之事业。故唱歌科之目的，自以前者
为重；即就后者言之，则唱歌科之补助修身科，亦在形式而
不在内容（歌词）。"[1]王国维清醒地意识到，唱歌科是
施行美育的手段，其最终目的不是灌输道德规范，而是在
完善人的品格，丰富人的情感世界。从王国维的思想中，
我们可以看出两个方面的认识：其一，音乐教育是美育的
组成部分，而美育的宗旨是培养完美的人格，使人的能力
得以充分、和谐的发展。其二，音乐艺术是独立的实体，
而不是任何现实世界的附庸。王国维对美育的提倡，对中
国近代音乐文化的深入发展大有裨益。美育理论的泉源是
西方哲学和美学，它与中国传统的"文以载道""有益于
世道人心"的文艺思想大相径庭，它使艺术摆脱附庸于政
治、道德的处境，获得本体的独立性。虽然王国维的超功
利的文艺思想是从人本主义的立场出发，一方面批判了传
统文艺对人的感性生命和人的主体性的压制，另一方面又批
判了在科学、政治层面上的现代性方案对人的忽视，但是因
为它回应不了急迫的救亡图存的时代要求，所以不可避免地

[1]王国维：《论小学校唱歌科之材料》，姚淦铭、王燕编：《王国维文集》第3
卷，中国文史出版社1997年版，第94页。

与主流的文艺观念相冲突。

三、学堂乐歌的意义与局限

总而言之，当时的学堂乐歌以爱国主义民主思想为主旨，先有康有为、梁启超的大力倡导，继而经曾志忞、沈心工、李叔同等人的积极实践，终于成为当时社会生活中的新风尚，形成了一场轰轰烈烈的乐歌运动。学堂乐歌最初是在新式学校中流传，但它在传播过程中又越出学校的范围，走向宽广的社会生活，它的历史意义不容低估。首先，它促成了中国音乐的近代化转变。随着学堂乐歌的引进，许多西方音乐品种陆续移植到中国，比如艺术歌曲、歌剧、器乐方面的独奏、重奏、管弦乐曲和交响乐等，这些通常被称作"新音乐"的音乐品种扩展了中国传统音乐的表现形式和内容。而且西方曲调的调式、节奏以及结构，都不同于我国古老的音乐传统，也不同于东方的音乐传统，适合表达近代人的思想情感。其次，学堂乐歌促进了传统社会的转型。学堂乐歌伴随着维新思想和民主革命思想而传播，是传统教育体制向近代教育体制转折过程中出现的新事物。先进的知识分子意识到，民族音乐的发展不是孤立的过程，它必须与时代的脉搏同步，必须适应新的教育制度、新的生活方式、新的思想追求、新的社会制度。学堂乐歌与社会发展是互动的，它固然是近代社会转型的必然结果，也同时推动了社会进步。

当然，由于传统文化的根深蒂固，近代新文艺的全面变革尚未展开，学堂乐歌在文化形态上的局限性也毋庸讳言。首先，作为中国近代史上最早的一次诗学变革，它对中国传统诗学的反抗和质疑并不像五四时期的新诗那么彻底。学堂乐歌与"诗界革命"密切相关，本身就不彻底的"诗界革命"，对学堂乐歌的制约和影响很大。梁启超的志向是，将新名词、新思想纳入传统诗歌的体裁中去，这类似"旧瓶装新酒"的做法既无助于推进传统诗歌的发展，也无助于传播新的思想内容。其次，学堂乐歌的旋律大量借鉴日本歌曲旋律和从欧美输入到日本的欧美歌曲旋律，或填词或改编，只有少部分是根据中国传统民歌填词和独创性的作品。在乐歌处于发轫期时，大量改编和借鉴西方和日本的歌曲旋律是不可避免的，似乎不能苛求。但是民族文化的发展，尤其是民族音乐的发展，必须要提倡独创性的作品，包括独创性的音乐和歌词创作。只有这样，中国文化才能在世界文化的大环境中，确认自己的文化民族身份。

第三章 民国儿童文艺的发展

经历过晚清的萌芽之后，儿童文艺在民国之初有了一定的发展。特别是随着五四新文化运动的潮流，一批五四作家与艺术家在现代儿童观的指导下，掀起了"儿童热"，创作了一批探讨"儿童问题"和反映童心世界的文艺作品，不但体现"儿童本位"的儿童文学涌现了大批优秀作家作品，而且儿童歌舞剧和儿童漫画也相继开创与萌芽。

第一节　五四时期的"儿童热"

　　1918年第1期的《新青年》刊登了一条启事，征求关于妇女问题和儿童问题的文章，进而又将"儿童问题"与"儿童文学"联系起来。鲁迅、周作人、胡适、茅盾、叶圣陶、冰心等文艺界的同仁，都对"儿童问题"予以关注，翻译和创作了大量的文艺作品；教育界的人士也形成了"儿童本位"的认识，主张教育从儿童的本能出发。所有这些关注儿童价值，认可儿童世界的举动形成一股热潮，即引人瞩目的"儿童热"。

一、"儿童热"的表现

首先，"儿童热"体现在新文化运动的领导人开始重视儿童问题。1917年陈独秀在天津南开学校演讲时以"近代西洋教育"为题，阐述了他的教育观念。他批判我国传统教育和西洋古代教育的性质是被动主义和灌输主义，"所谓儿童心理，所谓人类性灵，一概抹杀，无人理会。"相比之下，他非常推崇蒙台梭利的教育方法，"她的教授法是怎样呢？就是主张极端的自动启发主义：用种种游戏法，启发儿童的性灵，养成儿童的自动能力；教师立于旁观地位，除恶劣害人的事以外，无一不任儿童完全的自动自由。"[1]可见，儿童问题在五四运动前夕就引起新文化运动的领导人的关注。所以，《新青年》出现了这样的文章启事也是顺理成章的。李大钊在《少年中国的少年运动》《上海的童工》等文章中，经常提及中国少年儿童的新生和社会的改造问题。其发表的《关于中国少年运动的纲要》《儿童共产主义组织运动决议案》，先后谈到少年儿童共产主义组织运动，及"儿童读物必须过细编辑，务使其为富有普遍性的共产主义劳动儿童的读物"[2]等问题。

其二，先进的知识分子就儿童观念、儿童文艺的理论问

---

[1]陈独秀：《近代西洋教育》，戚谢美、邵祖德编：《陈独秀教育论著选》，人民教育出版社1995年版，第130页。

[2]张之伟：《中国现代儿童文学史稿》，华东师范大学出版社1992年版，第4页。

题展开深入的思考。1918年4月，《新青年》自第4卷第4期起设立《随感录》一栏，儿童问题成为鲁迅《随感录》的主题之一。他在《随感录》中，呼吁成人改变对儿童的态度，解放新生的一代。在著名的白话小说《狂人日记》中，他发出了"救救孩子"的呼声，堪称时代的最强音。1918年12月，周作人在《新青年》上发表了著名的《人的文学》。文章以西方"人"的发现历程为参照系，指出欧洲发现"人"，继而发现"女人"和"小儿"的历史。作者痛心疾首于中国儿童的生存状态，同情他们被成人误解的委屈，呼唤建立一种新型的、符合时代潮流的童年观。1919年3月，周作人在《祖先崇拜》一文中，再次剖析了"祖先崇拜"思想产生的两个根源：一是原始的万物有灵思想；二是"报本返始"的报恩思想。这两者在进化论思想的观照下，都丧失了存身之地。1920年10月26日，周作人在北平孔德学校应邀作了题为《儿童的文学》的讲演，更为具体、全面、深刻、系统地阐述了儿童文学的观念，抨击了漠视儿童个性和精神需求的传统儿童观念，肯定儿童生活上有文学的需要，为儿童文学建立"儿童的"与"文学"的双重立足点，并根据儿童心理学的研究成果将儿童文学分为三个层次。

其三，文艺界的人士纷纷加入到发现儿童的进程中。现代著名作家茅盾于1916年秋进入商务印书馆编辑《童话》

后，在译介外国科学文艺的同时，还改编了中国古典读物，创作了大量的童话作品。1921年茅盾出任《小说月报》主编，也注重刊登儿童文艺作品。1922年1月，郑振铎与研究会的同仁们创办了《儿童世界》周刊，这是中国历史上第一份以发表儿童文艺作品为主的周刊。1922年7月1日，他在《儿童世界》第2卷第13期明确办刊宗旨，"应当本着我们的理想，种下新的形象，新的儿童生活的种子，在儿童乃至儿童父母的心里。"[1]叶圣陶为《儿童世界》创作了优秀的童话，包括《小白船》等名作，后收入《稻草人》。"胡风在关于《儿童文学》一文中说：'五四运动以后不久出现的《稻草人》，不但在叶氏个人，对于当时整个新文学运动也应该是一部有意义的作品。当时从私塾的《三字经》和小学的《论说文范》等被解放出来的一部分儿童，能够看到叶氏用生动的想象和细腻的描写来解释自然现象甚至劳动生活的作品，不能不说是幸福。'"[2]黎锦晖的儿童歌舞剧名重一时，影响波及海外。《葡萄仙子》作为他的代表作，"这一歌唱和舞蹈的成就，非常出色，在当时，引起了全社会的轰动，几乎前无古人，后少来者。"[3]刘半农倡导新文化、从

---

[1]郑振铎：《〈儿童世界〉第三卷的本志》，王泉根：《现代儿童文学文论选》，广西人民出版社1989年版，第71页。

[2]商金林：《叶圣陶的童话出版》，《中华读书报》2007年6月21日第4版。

[3]陈伯吹：《怀念先行者黎锦晖先生》，《少年儿童研究》，1993年第3期。

事创建新诗和儿童诗，为儿童诗开创了一代诗风。其语言的民歌化，诗意的童趣化都值得后人肯定。冰心创作的散文颂扬母爱和纯美的童心，让人珍视童年尊敬儿童，体会到亲子之爱的可贵。"《繁星》《春水》《寄小读者》，便第一次以脱去传统框架的心态，用纯然娇弱的赤裸童心，敏感着世界和人生……"[1]

其四，教育界的人士也参与到这股热潮中，并将儿童教育与儿童文艺紧密联系在一起。吴研因在研究清末以来的小学教科书中谈到，小学教科书在民国六年以前都是文言文，文言不论如何浅显，儿童都很难理解；民国六年左右，教科书开始用白话文编辑，但是改变仍然不彻底；五四新文化运动掀起了文学革命和国语运用的高潮，所有的教科书都用白话文编辑，文言教科书几乎完全绝迹。儿童文学在教科书中开始抬头，自民国十年开始。"民十（1921年）左右又有人提倡儿童文学，他们以为儿童一样爱好文学、需要文学，我们应当把儿童的文学给予儿童。因此，儿童文学的高潮就大涨起来，所谓新学制的小学国语课程，就把'儿童文学'做了中心，各书坊的国语教科书，例如商务的《新学制》，中华的《新教材》，《新教育》，世界的《新学制》……就也拿儿童文学做标榜，采入了物话、寓言、笑话、自然故事、

---

[1] 李泽厚：《20世纪中国（大陆）文艺一瞥》，《中国思想史论》（下），安徽文艺出版社1999年1月1版，第1044页。

传说、历史故事、儿歌、民歌等等。"[1]虽然当时的儿童文学很幼稚，但是相比于抽象的说明文字，对儿童的吸引和感染不言而喻。"民十以后的教科书，采用了和儿童生活比较接近的故事诗歌，好比是比较有趣的画报、电影刊物，要看的人，自然多起来了。"[2]吴研因坚信，儿童文学决不会跟小学教科书分起家来，因为小学教科书的"儿童文学化"已经是世界潮流，是教育发展的必然趋势。

二、"儿童热"的成因

五四时期"儿童热"并不是独立发生的，而是两股重要力量推动的结果。

首先，"儿童热"是当时个人主义思潮高涨的产物。综观西方发现童年的历程，我们可以明显看出一条线索，即首先是发现人，其次是发现儿童。就儿童的发现而言，近代中国依旧是遵循西方的思想发展路径。个性的解放、个体意识的强化是导致童年开花结果的前提。

众所周知，"儿童问题"和"妇女问题"都是当时伦理革命的重要环节。在新文化领导人陈独秀的眼中，"儿童

---

[1]吴研因：《清末以来我国小学教科书概观》（节录），陈学恂主编：《中国近代教育史教学参考资料》（中册），人民教育出版社1987年版，第444页。

[2]吴研因：《清末以来我国小学教科书概观》（节录），陈学恂主编：《中国近代教育史教学参考资料》（中册），人民教育出版社1987年版，第444页。

问题"和"妇女问题"都要求将人性从封建宗法制度和伦理纲常的束缚下解放出来，以个人主义为最终的价值诉求。

"儒者三纲之说，为一切道德政治之大原：君为臣纲，则民于君为附属品，而无独立自主之人格矣；父为子纲，则子于父为附属品，而无独立自主之人格矣；夫为妻纲，则妻于夫为附属品，而无独立自主之人格矣。率天下之男女，为臣、为子、为妇而不见有一独立自主之人格者，三纲之说为之也。"[1]在中西文化激荡的新文化运动中，表征西方现代性伦理价值的个人主义、自由主义和功利主义，成为侵蚀和颠覆儒家伦理的外域思想泉源，以三纲之说为核心的封建伦理规范遭受西方现代性的全面挑战，"父为子纲"也不例外。陈独秀从反面着手，批判儒家伦理道德造就千百年的奴性思维；胡适则从正面论证西方个人主义的实质，鼓吹发展个性，认为首先要充分发展个人的才能，即"你要想有益于社会，最好的法子莫如把你自己这块材料铸造成器。"其次是要造成独立自主的人格。而"发展个人的个性，须要有两个条件：第一，须使个人有自由意志。第二，须使个人担干系，负责任。"[2]从现代伦理学的角度来看，个人为自己的

----

[1]陈独秀：《一九一六年》，任建树、张统模、吴信忠编：《陈独秀著作选》第1卷，上海人民出版社1984年版，第172页。

[2]胡适：《易卜生主义》，《胡适文集》（2），人民文学出版社1998年版，第30页。

行为负责任更有价值，因为"人类行为的尊严在于，它并不是简单的作为无意识的部分而构成一个全面的整体事件。每个人的生活更多的是一个自身意义之整体，个体无条件地对自己的行为负责。"[1]

批判儒家的三纲五常的伦理观念，只是解放个性的第一步，并不必然导致"童年"观念的清晰化。比如有论者说，"在将儿童个性解放上升到'父为子纲'的道德革命这一高度民主的基础上，新文化运动的倡导者把儿童个性解放问题与妇女个性解放问题联系起来，将其一并列为思想启蒙的重要内容和个性解放的中心环节。……而周作人在'人道主义文艺的著名宣言书'——《人的文学》一文中的如下表率，更是明晰而集中地体现了新文化运动倡导者关于女性、儿童个性解放问题的思想理路。"[2]这其实是将解放个性与"发现童年"等同了，或者说将"发现人"与"发现童年"等同了。首先，时人批判三纲的实质是批判以家族主义宗法伦理为基础的儒教专制主义的政治伦理。正如陈独秀所说，"儒者三纲之说，为吾伦理政治之大原，共贯同条，莫可偏废。三纲之根本义，阶级制度是也。所谓名教，所谓礼教，

---

[1][德]罗伯特·施佩曼著，沈国琴、杜幸之、励洁丹译：《道德的基本概念》，上海译文出版社2007年1版，第75页。

[2]参见北京师范大学95级博士生吴效马未刊发博士论文：《五四时期女性、儿童个性解放思潮研究》。

皆以此拥护此别尊卑明贵贱制度也。"[1]其次，时人批判三纲的目的是为个人主义的发展开辟路径。即陈独秀所说的："尊重个人独立自主之人格，勿为他人之附属品。"[2]个体意识可谓是现代价值精神和文明秩序的基础，但是单有个人主义并不能产生童年。童年需要对成人世界和儿童世界做本质上的区分；童年作为一种社会结构和心理条件，要求社会必须有一个将人划分为不同阶层的基础。而这个划分的原则是——知识，或者说是——理性。综上所述，批判"三纲"，尤其是批判"父为子纲"，这种行为容易让我们误以为"儿童的发现"是和"人的发现"同步的，其实不然。这只是一个必要的前提条件而已。

推动"儿童热"的第二股力量当属美国实用主义哲学家与教育家杜威来华。杜威作为西方现代教育理论的主要代表，倡导教育改革，鼓吹"儿童中心论"，将五四新文化运动以来的"儿童热"推上了顶峰。

1919年4月30日杜威夫妇抵达上海。杜威中国之行共计两年4月又3天，足迹遍及奉天（今辽宁）、直隶（今河北）、山西、山东、江苏、浙江、湖南、湖北、江西、福建、广东

---

[1]陈独秀：《吾人最后之觉悟》，任建树、张统模、吴信忠编：《陈独秀著作选》第1卷，上海人民出版社1984年版，第179页。

[2]陈独秀：《一九一六年》，任建树、张统模、吴信忠编：《陈独秀著作选》第1卷，上海人民出版社1984年版，第172页。

等11个省和北京、上海、天津3个城市。杜威总共作了200多次讲演，他讲演的内容主要是现代科学、民主、教育及其相互之间的密切联系。"在杜威访华前后，先后介绍过杜威实用主义哲学和教育思想的中国学者主要有蔡元培、黄炎培、胡适、蒋梦麟、郭秉文、张伯苓、陶行知、刘伯明、陈鹤琴、廖世昌、孟宪承、郑宗海、朱经农、俞子夷、郑晓沧、姜琦、常道直、崔载阳和吴俊升等。他们在《教育部公报》《新教育》《教育杂志》《中华教育界》《教育潮》等刊物，以及北京《晨报》、上海《时事新报》、上海《民国时报》副刊上发表的文章，在一定程度上推动了杜威实用主义哲学思想和教育思想在当时中国的传播。到1919年6月，仅江苏、浙江两省，就雨后春笋般地涌现了近200种期刊……杜威来华期间，这些流行的刊物转载了杜威的讲演，并把它们传播到中国的每一个学术中心。"[1]

杜威的实用主义哲学与教育思想以科学和民主精神为核心，与"五四"时期所提倡的科学与民主的潮流相一致，因此受到先进知识分子和新文化运动人士的普遍欢迎。杜威认为：成人社会是教育的目的，儿童是教育的起点，学校是二者之间一座过渡的桥。教育的目的，是要儿童走过这座桥，到成人社会里去做一个有用的分子。他批判旧教育有两个毛

---

[1]单中惠、王凤玉编：《杜威在华教育讲演》，教育科学出版社2007年版，第12页。

病：其一，将学科看作教育的中心，而不把儿童的真正需要看作教育的中心。他说："教育的最大毛病，是把学科看作教育的中心，不管儿童的本能经验如何、社会的需要如何，只要成人认为一种好的知识经验便炼成一块，把它装入儿童的心里面去。现在晓得这种办法是不对了。其改革的方法，只是把教育的中心搬一个家：从学科上面搬到儿童上面。依照儿童长进的程序，使他逐渐发展他的本能，直到他能自己教育自己为止。"[1]其二，学校教育的目的非常明确，都是为预备将来入社会之用，而不注意于眼前的现实生活。杜威认为："并不是说教育不应该预备将来，不过说预备的方法不是如此。预备将来应该是教育的结果，不是教育的目的。倘能把现在的生活看作重要，使儿童养成种种兴趣，后来一步一步地过去，自然就是预备将来。倘先悬一个很远的目的，与现在的生活截然没有关系，这种预备将来，结果一定反而不能预备将来。"[2]

　　在对近代教育的批判和对现代教育的倡导中，杜威要解决的无非是这样一个问题：我们如何来平衡文明的要求和尊重儿童的天性。杜威从哲学的框架出发，论证儿童的需求必

---

[1]单中惠、王凤玉编：《杜威在华教育讲演》，教育科学出版社2007年版，第13页。

[2][美]杜威：《关于教育哲学的五大演讲》，单中惠、王凤玉编：《杜威在华教育讲演》，教育科学出版社2007年版，第31页。

须根据孩子是什么，而不是将来是什么来决定。之所以要从孩子现在的需求出发，是因为儿童的能力、兴趣与习惯都建立在他的原始本能上，本能是儿童发展和教育的最根本的基础，儿童的心理活动实质上就是他的本能发展的过程。"如果我们了解和同情儿童期真正的本能和需要，"他说，"并且探求它的充分的要求和发展，那么成人生活的训练、知识和文化，在适当的时候就会来到。"[1]显然，杜威所倡导的"儿童中心主义"，正如他所说的"这是一种变革，这是一种革命，这是和哥白尼把天文的中心从地球转到太阳一样的那种革命。这里，儿童变成了太阳，而教育的一切措施则围绕着他们转动，儿童是中心，教育的措施便围绕他们而组织起来。"[2]

杜威的"教育即生活""学校即社会""做中学"及"儿童中心主义"思想广为我国教育界接受，成为他们反传统教育，进行教育改革的思想利器。1922年教育部通过的"壬戌学制"基本上是实用主义教育哲学的产物。该学制除采用美国的"六三三制"，将学习年限缩短了一年外，还规定废除教育宗旨而代之以"七项标准"，内容包括：适应社

---

[1] [美]杜威：《学校与社会》，赵祥麟、王承绪编译：《杜威教育名篇》，教育科学出版社2007年1月1版，第37页。

[2] [美]杜威：《学校与社会》，赵祥麟、王承绪编译：《杜威教育名篇》，教育科学出版社2007年1月1版，第27页。

会进化之需要；发挥平民教育的精神；谋个性的发展；注意国民经济力；注意生活教育；使教育易于普及；多留各地方伸缩地。[1]从这七项标准不难看出，新学制显然是受到杜威教育思想影响的。

三、"儿童热"的实质

首先，五四新文化运动是以道德革命和文学革命为其内容和口号的，它的目的是对国民性的改造，是对传统文化的摧毁。"儿童热"是五四新文化运动的领导人陈独秀发起的，这意味着"儿童热"不是孤立的潮流，而是新文化运动中的重要组成部分。茅盾在三十年代曾回忆说："大概是'五四'运动的上一年罢，《新青年》杂志有一条启事，征求'妇女问题'和'儿童问题'的文章。'五四'时代的开始注意儿童文学是把'儿童文学'和'儿童问题'联系起来看的，这观念很对。记得是一九二二年顷，《新青年》那时的主编陈仲甫在私人的谈话中表示过这样的意见，他不很赞成参与'儿童文学运动'的人们仅仅直译格林童话或安徒生童话，而忘记了'儿童文学'应该是

---

[1]单中惠、王凤玉编：《杜威在华教育讲演》，教育科学出版社2007年版，第15页。

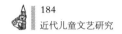
'儿童问题'之一。"[1]

其次，五四新文化运动时期出现的"儿童热"具有深刻的文化内涵：知识分子确立了儿童的价值，认可了儿童的意义。经过五四新文化运动的"儿童热"，儿童是人，儿童是儿童，教育必须以儿童为中心等关于儿童的看法，很快就成为社会的共识。从科学的框架里出发，弗洛伊德声称儿童的头脑里有一个无可否认的结构和特殊的内容，儿童的头脑的确最接近"自然状态"，因此天性的要求必须考虑在内，否则会造成永远的精神混乱；从人类文明进化的角度看，儿童必须要得到尊重，因为幼儿期的延长关系到儿童的未来，关系到智力的发展和文化的传输；从人类教育的角度来看，儿童必须要得到尊重，因为教育不是把外面的东西强迫儿童去吸收，而是要使人类与生俱来的能力得以生长。不尊重儿童的本能，不以儿童本能为出发点的教育只会导致南辕北辙的结果。中国的儿童在西方个人主义和儿童学的示范引导下被发现了，中国的儿童文艺实现了从自发到自觉的转变。

第二节　重要儿童文艺刊物的创办

陈伯吹在《儿童读物的检讨与展望》中指出，民国八

---

[1] 茅盾：《关于"儿童文学"》，王泉根：《现代儿童文学文论选》，广西人民出版社1989年版，第396页。

年至十四年，也就是从1919年新文化运动后，随着教育制度
与行政的革新，语体文教科书和辅助读物都有了划时代的变
革。"民国十一年新学制颁布，语体教科书印行，这在小学
教科书上有了划时代的改革；文体也兼采童话、小说、诗歌
等，内容注重欣赏吟味，注重想象，注重阅读趣味，是这时
期教科书的特色。至于辅助读物，恰好在这个时候，欧美的
文艺名著，大批被欢迎输入，翻译出版，盛极一时。……期
刊有《儿童世界》（民国十一年一月七日创刊）及《小朋
友》（民国十一年四月六日创刊）的发行，它们都是周刊，
而且也一样的注重阅读兴趣，刊载童话较多。"[1]陈伯吹提
到的《儿童世界》与《小朋友》都是当时非常著名的儿童文
艺刊物。

　　1922年1月7日，我国第一个以发表儿童文艺作品为主的
周刊《儿童世界》创刊，由商务印书馆出版发行，主编是现
代著名作家、学者、文艺研究会成员郑振铎。《儿童世界》
准备工作早在1921年5月即已开始，1921年9月22日，负责创
刊《儿童世界》的郑振铎草拟了《儿童世界》的宣言，并将
此文发表在1921年12月28日出版的《时事新报》的《学灯》
副刊上。《儿童世界》的问世，彻底改变了我国儿童刊物的
面貌，一扫过去儿童刊物"成人化"的弊端，以崭新的内

[1]陈伯吹：《儿童读物的检讨与展望》，王泉根：《现代儿童文学文论选》，广
西人民出版社1989年版，第402—403页。

容、浓郁的儿童气息、生动活泼的文字等赢得了小读者的欢迎，不但风行全国，而且流传海外，达到了以前儿童刊物从未有过的影响。在宣言中，郑振铎写道："以前的儿童教育是注入式的教育；只要把种种的死知识、死教训装入他头脑里，就以为满足了。现在我们虽知道以前的不对，虽也想尽力去启发儿童的兴趣，然而小学校里的教育，依旧不能十分吸引儿童的兴趣，而且这种教育，仍旧是被动的，不是自动的，刻板庄严的教科书，就是儿童的唯一的读物。教师教一课，他们就读一课。儿童自动的读物，实在很少。我们出版这个《儿童世界》，宗旨就在于弥补这个缺憾。"[1]从这段话可以看出几层意思：第一，郑振铎批判了中国传统的教育是注入式的，这基本沿袭了杜威对旧教育的意见。杜威说："从前，西方的人对于人心有两种很怪的观念：（1）把人心当作一个袋子，中间是空的，可以拿些东西装进去；（2）把人心看作白蜡白纸一样想做成什么就做成什么，要染上什么颜色就染成什么颜色。这两个比喻，可以证明古人把人心看作被动的，推到结果，必定把儿童也看作被动的，不相信他们有自己的本能。"[2]第二，新教育虽然是要学生自动，是

<hr>

[1]郑振铎：《〈儿童世界〉宣言》，王泉根：《现代儿童文学文论选》，广西人民出版社1989年版，第65页。

[2][美]杜威：《现代教育之趋势在北京美术学校的讲演》，单中惠、王凤玉编：《杜威在华教育讲演》，教育科学出版社2007年版，第304页。

以学生的本能做主，但是由于教科书的编辑与新教育的宗旨并不同步，也就是说教科书的编辑落后于教育的发展。

《儿童世界》的出版宗旨是从儿童内在的需要出发，吸引儿童的兴趣，使得教育真正变成自动的过程。郑振铎将《儿童世界》的内容分为十类，包括插图、歌谱、诗歌童谣、故事、童话、戏剧、寓言、小说、格言和滑稽画等，杂志面向的读者范围较广，包括初小二、三年级及高小一、二年级，幼儿园和家庭也可以用来当作教师的参考书。《儿童世界》出版两个月后，郑振铎总结了经验教训，明确了新的出版宗旨，即"一方面固是力求适应我们的儿童的一切需要，在别一方面却决不迎合现在社会的——儿童的与儿童父母的——心理。我们深觉得我们的工作，决不应该'迎合'儿童的劣等嗜好，与一般家庭的旧习惯，而应该本着我们的理想，种下新的形象，新的儿童生活的种子，在儿童乃至儿童父母的心里。因此纯粹的中国故事，我们是十分谨慎的采用的。有许多流行于中国各地的故事是'非儿童的'是'不健全的'。我们虽然反对教训主义，对于那种养成儿童劣等嗜好及残忍的性情的东西却要极力的排斥。在别一方面，一切世界各国里的儿童文艺的材料，如果是适合于中国儿童的，我们却是要尽量的采用的。因为他们是'外国货'而不

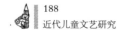
用，这完全是蒙昧无知的话。"[1]

可见，《儿童世界》坚持纯净优美的儿童文艺理想，表明了中国儿童文艺在发展中强烈的主体意识。主编郑振铎既坚持"儿童的"与"文艺的"办刊方针，更坚持兼收并蓄的开放性和高尚健全的自主性品格，同时注重刊物对儿童的积极的引导作用。《儿童世界》在新的指导思想下，主要做了四个方面的变更。一是在保存文艺趣味的同时，加入知识性的内容，比如自然科学和手工游戏等等，但这些仍要有趣味性。二是除了坚持养成儿童自动的读书的兴趣与习惯外，还要加强儿童的主动参与意识，增加"手工"与"游戏"的栏目。三是注重短篇的材料，在字句上力求更加适合儿童的。四是增加图画，尤其是彩色图画的篇幅。

1922年4月，另一份儿童文艺刊物《小朋友》由中华书局出版，主编为黎锦晖。早在1921年10月，当时在中华书局的陆费逵、黎锦晖、王人路、陆衣言、黎明等人就憧憬着创办一个儿童刊物，"建造一个小小的乐园……让亲爱的小朋友们，逍遥游玩于园内。"[2]他们经过多次协商，决定创办《小朋友》。他们约定一同供给稿件，各负其责。由陆费

---

[1]郑振铎：《〈儿童世界〉第三卷的本志》，王泉根：《现代儿童文学文论选》，广西人民出版社1989年版，第71页。

[2]黎锦晖：《〈小朋友〉创始时的经过》，《小朋友》第482期，1931年10月29日。

迖主持一切，指挥印刷发行；黎锦晖负责编辑；王人路负责绘画；陆衣言负责排校；黎明负责翻译。《小朋友》的办刊宗旨是为了弥补当时儿童读物的不足。《小朋友》的文艺性稍微差一点，不如《儿童世界》能经常介绍著名的世界儿童文艺作品，但是《小朋友》的优点在于刊载了较多的民间故事，比较民族化、大众化、儿童化。周作人在文章中提到："我的一个男孩，从第一号起阅看《儿童世界》和《小朋友》，不曾间断。我曾问他喜欢那一样，他说更喜欢《小朋友》，因为去年内《儿童世界》的倾向是稍近于文学的，《小朋友》却稍近于儿童的。"[1]《小朋友》以小学高、中年级为阅读对象，内容有故事、童话、小说、诗歌、歌曲等，此外还有滑稽画、故事画、小游戏、小戏法、小工艺、表演舞蹈，还有一种文艺图。《小朋友》刊发的文章，以黎锦晖的作品最多，最有特色。

《小朋友》非常注重加强与少儿读者的联系，调动儿童的兴趣，鼓励他们参与刊物的编辑工作。《小朋友》的刊名由各地小读者书写，一期一人，目录中刊出书写者的姓名、学校和省份。每期刊底刊登少儿读者的照片，而且附加有奖智力游戏，诸如此类的工作体现了《小朋友》的编辑们具备很强的儿童读者意识，将"儿童本位"的思想贯彻到编辑出

[1]周作人：《关于儿童的书》，王泉根：《周作人与儿童文学》，浙江少年儿童出版社1985年版，第49页。

版的方方面面，为中国儿童文艺的自觉化路程树立了不朽的丰碑。

除了《儿童世界》和《小朋友》以外，商务印书馆还出版了《少年杂志》（1909—1931）和《儿童画报》（1922—1932），中华书局出版了《中华童子界》（1914—？）等。引人瞩目的是由严既澄编辑、商务印书馆于1921年出版的《儿童文学丛书》。这套丛书共10种，以小学中高年级和初中学生为对象，包括"儿童小说""诗歌"等多种体裁的文艺作品。这是我国出版界最早以"儿童文学"命名推出的丛书。与此同时，中华书局也出版了类似的丛书。比如1921年出版的由徐傅霖主编的《世界童话》50种和由陆费逵、杨喆主编的《中国童话》30种。儿童文艺刊物和儿童文艺丛书的出版，表明儿童文艺已由理论上的倡导转变为实在的儿童文艺实践运动。

第三节　儿童文艺作品勃兴

"五四时期"是中国新文艺的起步阶段，也是新文艺一个重要的收获期，涌现了大批优秀的作家作品。五四新文艺是五四新文化运动的产物之一，五四新文化运动的主将们差不多都是新文艺的代表人物，如李大钊、陈独秀、鲁迅、瞿秋白、胡适等都是站在新文化运动的最前列。他们不但阐述自己的新文化理论，而且亲自参与新文化运动，特别是积极投身新文艺创作以及儿童文艺的创作实践。现代文艺史中的著名作家也投入到儿童文艺的创作实践中。1921年1月，中国新文艺第一个文艺团体"文学研究会"在北京成立，其主要成员周作人、茅盾、郑振铎、叶圣陶都是五四新文化运动的儿童文艺的主要倡导者和实践者。1921年7月，另一个文艺团体"创造社"在日本东京成立，郭沫若也积极倡导与实践儿童文艺。于是，几股势力汇合在一起，终于在1922年前后形成颇有声势的"儿童文学运动"。

这一时期，儿童文艺不再是对西方儿童文艺的译述，而是出现了大量的原创性作品。这些儿童文艺作品，无论是在题材，还是在体裁上都出现了突破。胡适认为，新文学运动之后的白话文创作取得了一定的成绩，具体体现在白话诗，短篇小说和白话散文上。[1]胡适的总结不仅适用于成人文艺界，也适用于儿童文艺界。

一、五四时期儿童散文创作概述

广义上的儿童散文，即除诗歌、小说、戏剧、童话、神话传说、故事寓言、科幻作品、报告文学等独立文体以外的

---

[1]胡适：《五十年来中国之文学》，姜义华主编：《胡适学术文集·新文学运动》，中华书局1993年版，第160页。

一部分文学作品，它们以儿童为主要阅读对象。五四时期许多作家都从事过儿童散文创作，其中以冰心的艺术成就最为突出。1923年8月冰心赴美留学，专事文学研究。出国途中，以及到达美国后，她陆续在《儿童世界》发表了给国内小朋友的29篇通讯，1926年5月由北新书局以《寄小读者》为名汇集出版，包括了17篇文章。《寄小读者》自1926年出版后，到1941年为止印行多达36版，可见它在小读者中受欢迎的程度。《寄小读者》开创了书信体散文文体，以饱满的情感和清新的文笔赞美和歌颂了母爱、童心和自然，字里行间洋溢着冰心独特的温婉凄清的抒情风格。

从新文学的发展史来看，散文的形式自由多变，适合抒发新鲜多样、朦胧未定的情感。这一时期涌现的许多散文作品，"如同它的新鲜形式一样，我总觉得，它的内容也带着少年时代的生意盎然的空灵、美丽，带着那种对前途充满了新鲜活力的憧憬、期待的心情意绪，带着那种对宇宙、人生、生命的自我觉醒式的探索追求。"[1]冰心的儿童散文也抒发了对自然、对生活的赞美和依恋，多愁善感而又颇具哲理。以李泽厚的话说，冰心的儿童散文"第一次脱去传统框架的心态，用纯然娇弱的赤裸童心，敏感着世界和人生：憧憬着光明、生长、忠诚、和平，但残酷的生活、丑恶的现

---

[1]李泽厚：《宗白华美学散步序》，《李泽厚哲学美学文选》，湖南人民出版社1985年版，第450页。

实、无聊的人世到处都惊醒、捣碎、威胁着童年的梦，没有地方可以躲避，没有东西可以依靠，没有力量可以信赖，只有逃到那最无私最真挚最无条件的母爱中，去获得温暖和护卫。"[1]郁达夫是这样评价的："冰心女士散文的倩丽，文字的典雅，思想的纯洁，在中国好算是独一无二的作家了。"[2]冰心自己对《寄小读者》也厚爱有加："这书中有幼稚的欢乐，也有天真的眼泪。"[3]

　　从哲理角度看：冰心的儿童散文中出现的"母爱"已超脱了伦理、情感意义上的母子依恋，而具备了哲学上的本体意义。这是一种崭新的世界观，"母爱"俨然成为衡量一切价值的标准，成为一切价值的来源。"当她说这些事的时候，我总是脸上推满着笑，眼里含满了泪，听完了用她的衣襟来印我的眼角，静静地伏在她的膝上。这时宇宙已经没有了，只有母亲和我。最后我也没有了，只有母亲，因为我本是她的一部分。"[4]从艺术角度看：冰心的儿童散文赞美童心，深切表达了对儿童的尊重和热爱。在《寄小读者·通讯

---

[1]李泽厚：《20世纪中国（大陆）文艺一瞥》，《中国思想史论》（下），安徽文艺出版社1999年版，第1044页。

[2]郁达夫：《中国新文学大系·散文二集》导言，《中国新文学大系》第7集，上海良友图书印刷公司1935年版，第25页。

[3]冰心：《寄小读者·自叙》，《冰心全集》，海峡文艺出版社1994年版，第6页。

[4]冰心：《寄小读者·通讯10》，《冰心全集》，海峡文艺出版社1994年版，第31页。

十五》中，这种对儿童的理解、尊重、甚至崇拜的感情比比皆是。冰心创作的儿童散文在题材和体裁上都以儿童为阅读对象，注重儿童的心理与儿童审美水平，语言流畅生动，具有强烈的艺术感染力，赢得了小读者的广泛好评。

二、五四时期童话创作概述

五四时期从事童话创作的作家有茅盾、陈衡哲、叶圣陶、郑振铎等人，其中以叶圣陶的童话创作成绩斐然。1923年11月，商务印书馆出版了《稻草人》，收入了叶圣陶1922—1923年间发表的23篇童话。1932年8月，该书又由开明书店作为《世界少年文学丛刊》之一重版。郑振铎评价道："在描写儿童的口吻和人物个性方面，《稻草人》也是很成功的。在艺术上，我们实可以公认圣陶是现在中国二三个最成功者当中的一个。"[1]

作为"文学研究会"的成员，叶圣陶的童话创作也贯穿着"为人生"的艺术理想。他的童话创作扩大了童话的题材，反映了形形色色的社会生活内容。叶圣陶最初动手创作童话，本意是创造美丽的童话的人生，一个儿童天真的国土。但是作为一位忧国忧民的爱国知识分子，叶圣陶无法对20世纪20年代残酷的社会现实视而不见。成人世界的悲哀悄

---

[1]郑振铎：《〈稻草人〉序》，王泉根：《现代儿童文学文论选》，广西人民出版社1989年版，第725页。

然渗入儿童世界的天真烂漫，以至于《稻草人》中现实生活的影像无处不在，可悲的人生图景如影随形。"我们看圣陶童话里的人生的历程，即可知现代的人生怎样地凄凉悲惨；梦想者即欲使它在理想的国里美化这么一瞬，仅仅一瞬，而事实上竟不能办到。"[1]

叶圣陶的童话形象的取材多样，不仅有现实生活中的人物，还吸收了民间文学中的人物形象，并以全新的童话手法赋予了他们新的艺术生命力。在这一点上，他跳出了西方童话中王子公主、巫婆精灵的形象束缚。农夫、小孩、燕子、玫瑰花、小黄猫、金鱼、稻草人等这些我们在日常生活中随处可见的人物，都成为叶圣陶童话作品中栩栩如生的艺术形象。比如稻草人，他就是人性与物性水乳交融的艺术形象。在童话作品中，稻草人被赋予了人的情感，他心地善良、乐于奉献；但是作为稻草人，他又不用吃喝也不用睡觉，更不能随意走动。他想变成柴禾，温暖受冻的孩子；他想走过去帮助可怜的渔妇，但是却动弹不得。他的想法与他的本性处于矛盾冲突中，而这种冲突构成了独特的艺术鉴赏价值。

叶圣陶的童话成功地运用了"三段式"的结构，无论在内容还是在抒情方式上都形成了一唱三叹，一波三折的艺术魅力。"三段式"的结构，在西方童话中很常见，因为

[1]郑振铎：《〈稻草人〉序》，王泉根：《现代儿童文学文论选》，广西人民出版社1989年版，第722页。

"'三'是一个神话式的而且常常是具有神圣意味的数字。它远在基督教义的三位一体之前就出现了。按《圣经》的说法，正是蛇、夏娃和亚当这三合一整体产生了凡世的知识。"[1]从文化渊源上看，数字"三"在西方童话故事中具备象征意义和神话意义。而在童话作品中，"三段式"的反复则强化了主题，使作品起伏跌宕。叶圣陶将"三段式"的结构完整自如地运用到自己的童话创作中，"在中国童话史上也是前所未有的。"[2]比如《稻草人》中的主人公稻草人在夜间目睹了三件悲惨的事，《小白船》中提出了三个意味深长的问题，以及《画眉鸟》中画眉看到的三种奇异景象，都采取了"三段式"的结构。

叶圣陶的童话作品营造了一个童心烂漫的儿童世界。在作品中，拟人化的动物、植物都是儿童世界的成员，他们的言行举止无不具有童年的纯真气息。叶圣陶认为，儿童文艺必须立足于儿童的想象，而儿童的想象是与成人截然不同的，所以创作儿童文艺的立足点必须是儿童。"我想我们不能深入儿童的心，又不能记忆自己童时的心，真是莫大憾事。儿童初入世界，一切于他们都是新鲜而奇异，他们必定有种种想象，和成人绝对不同的想象。……文艺家于此等处

[1] [美]布鲁诺·贝特尔海姆著，舒伟、樊高月、丁素萍译：《永恒的魅力——童话世界与童心世界》，西南师范大学出版社1991年版，第261页。

[2] 金燕玉：《中国童话史》，江苏少年儿童出版社1992年版，第253页。

若能深深体会，写入文章，这是何等的美妙。"[1]叶圣陶的作品正是发现了童心的可贵，并以优美的文笔展现出天真无邪、童心盎然的儿童世界。儿童的想象意义何在？叶圣陶提出了具有现代价值的认识："本来世界之大，人之渺小，赖有想象得以勇往而无惧怯。儿童于幼小时候就陶醉于想象的世界，一事一物都认为有内在的生命，和自己有紧密的关联的。这就是一种宇宙观，于他们的将来大有好处。"[2]将儿童的想象赋予了建构世界观的价值，这是叶圣陶对儿童文艺理论的卓越贡献。

三、五四时期儿童诗创作概述

儿童诗创作在五四时期的儿童文艺中影响非常大，创作成果非常多。胡适、刘大白、叶圣陶、冰心等作家在那一时段创作的儿童诗今天还在流传。

（一）儿童诗诗人的四种类型

五四时期的儿童诗创作成果是比较丰富的，从1915—1927年这十余年中，各路从事儿童诗创作的诗人按照他们的

---

[1]叶圣陶：《文艺谈·八》，王泉根：《现代儿童文学文论选》，广西人民出版社1989年版，第55页。

[2]叶圣陶：《文艺谈·八》，王泉根：《现代儿童文学文论选》，南宁：广西人民出版社1989年版，第55页。

社会身份和文化身份，大体可以分为四种类型：

第一是胡适、刘半农、刘大白、俞平伯等现代新诗的先驱。五四时期最积极地参与现代儿童诗创作的是一批现代新诗诗人，他们自觉地把儿童诗写作纳入到他们的新诗创作实践中。胡适是现代文艺史上第一个出版新诗集的作家，他的《尝试集》是现代白话诗的第一部。胡适也是第一个发表儿童诗的诗人，1916年8月23日他创作的《朋友》（后改为《蝴蝶》）一诗，便是一首童话诗，它也是胡适现代白话文艺创作的开山之作，这首诗奠定了他在现代新诗史上第一人的地位，也是他作为现代儿童文艺先驱的一个最好证明。在倡导新文化、从事现代新诗创作和儿童诗创作的先驱中，刘半农是可以与胡适比肩的一个诗人，刘半农第一个从理论上提出了诗歌改革的具体主张和意见。他发表在《新青年》第3卷上的《我之文艺改良观》一文的第三节，就专门探讨了诗歌的革新。他大力提倡"增多诗体"，"于有韵之诗外，别增无韵之诗"，这样才能冲破旧有诗律的束缚，在"形式一方面，既可添出无数门径，不复如此前之不自由，其精神一方面之进步，自可有一日千里之大速率"。这一主张既适应五四时代要自由、要解放的时代思潮，又符合语言发展的规律，同时又与少年儿童对诗歌的精神需求相吻合。因此，刘半农的主张一提出，很快得到了新文艺运动先驱们的响应，无韵诗迅速风靡了新诗创作界。[1]而刘半农本人为了实践自己的主张，他从学习民歌和童谣入手，在新诗的形式创新和民间口语的运用上做了大量的尝试。如他的"拟儿歌"体儿童诗，就是现代儿童诗的创新之作。他于1918年最早发表的两首儿童诗《相隔一层纸》和《题女儿小蕙周岁日造像》就明白晓畅，朗朗上口。此后，他又陆续创作了《学徒苦》《奶娘》《一个小农家的暮》《卖萝卜的人》《拟儿歌》等诗篇，用民歌的语言来抒发对苦难的哀唱和对底层儿童生活的关注。这些诗作都是五四时期的优秀儿童诗，其中《一个小农家的暮》曾多次入选小学语言课本，哺育了几代儿童读者。刘大白与刘半农齐名，也是新诗的倡导者和现代儿童诗的开创者之一。他很早就尝试用白话写诗，他的诗继承了中国诗歌的现实主义传统，如《卖布谣》《新禽言》《布谷》《秋燕》《捉迷藏》《燕子去了》等，不但具有民歌特色，而且还有旧体诗词的痕迹。他最有代表性的一首儿童诗是1920年11月发表的《两个老鼠抬一个梦》，这首诗以丰富的想象，用儿童的口吻表达了儿童的思维，这是五四时期最具有艺术性的一首童诗，有人认为"它的问世标志着我们儿童诗开始走向成熟"。[2]

俞平伯的新诗创作不可忽视，在儿童诗创作中也有着不

[1]蒋风：《中国儿童文学史论》，希望出版社2002年版，第163—164页。

[2]蒋风：《中国儿童文学史论》，希望出版社2002年版，第165页。

一般的贡献。1925年12月北京朴社出版的俞平伯的《忆》便是我国现代文艺史上第一部描写儿童生活的新诗集。朱自清在《中国新文艺大系·诗集》序言中对它做了很高的评价，认为"《忆》是儿时的追忆，难在还多少保存着那天真烂漫的口吻。做这种尝试的，似乎还没有别人"。的确，在五四时代能够以一颗跳跃的童心来写儿童生活与游戏的诗人，似乎不多。此外，汪静之、应修人等现代"湖畔派诗人"也创作了一些可圈可点的儿童诗，如应修人1920年4月写的童话诗《温静的绿情》就有一定的艺术质量。还有朱自清于1920年创作了《小草》，郭沫若1921年创作的《天上的街市》等儿童诗，在新诗史上都是代表性作品。

第二是郑振铎、叶圣陶、周作人、冰心、严既澄等文学研究会的作家。文学研究会是五四时期最具有现实主义精神的文艺团体，其主张艺术要"为人生"，因此文学研究会的作家们也是最关注儿童和妇女问题的，在儿童问题思考和儿童文艺创作方面也非常自觉。郑振铎不但是现代著名的儿童文艺作家，而且还是著名的儿童文艺编辑家。在儿童诗创作方面，他于1922年创作了《早与晚》《春之消息》等优秀之作。叶圣陶不但是现代文艺史上著名的小说家、儿童文艺作家，还是著名的儿童教育家。他历任小学、中学和大学教员，对儿童教育有着深刻的了解和专门的研究，因此他从儿童出发，创作了不少儿童诗。如《儿和影子》《拜菩萨》《成功的喜悦》《小鱼》《两个孩子》《损害》等，既可以给孩子阅读，也可以给孩子们的父母阅读，其旨向是引起成年人对儿童问题的重视。周作人是我国现代儿童文艺的先驱之一，他从事新诗创作较晚，但他发表于1919年的《小河》《两个扫雪的人》和收入1922年商务印书馆出版的《雪朝》中的《慈姑的盆》，都是早期新诗的代表作，尤其是《小河》被胡适认为"是新诗中的第一首杰作"。[1]朱自清撰文认为，这首诗的问世标志着新诗正式成立，也就是说，它摆脱了旧诗的影响，是新诗的里程碑式的作品。冰心的儿童诗创作应该来说是五四时期儿童文艺的重要收获，她的《繁星》写于1919年至1921年，在《晨报副刊》连载，1923年1月由商务印书馆出版，收入小诗164首。她的《春水》写于1922年3月至6月，也在《晨报副刊》连载，1923年5月由北京新潮社出版，收小诗182首。这两部诗集的主题都是歌咏母爱、童真、人类之爱、大自然之美，具有深广的反封建意义和浓厚的人道主义色彩，不仅被新诗界看作是新诗代表性著作，还是儿童诗的佳构。严既澄也是文学研究会的作家之一，他比较重视对儿童文艺和儿童教育问题的探讨，发表了《神仙在儿童读物上的价值》和《儿童文艺在儿童教育上之价值》

---

[1]胡适:《谈新诗》，姜义华主编:《胡适学术文集·新文学运动》，中华书局1993年版，第386页。

等一些文章，他的儿童文艺创作主要是诗，如《早晨》《竹马》《胰子泡》《小鸭子》《蝉》《黄牛儿》《玫瑰花》《地球》等，这些儿童诗都是从儿童生活和儿童思维来的，为儿童所喜爱。

第三是蒋光慈、彭湃、凌少然等左翼文艺作家。他们在20世纪30年代投入左翼文艺创作之前，就为儿童写过富有革命精神和苦难意识的诗作。蒋光慈在旅苏期间写下了《十月革命的婴儿——我对于皮昂涅儿（Pioneer）的敬礼》，回国后收在1925年出版的诗集《新梦》中。彭湃1921至1922年在广东海陆丰一带领导农民运动期间，利用当地方言创作了新童谣《劳动节歌》和《田仔骂田公》，这样的儿童诗因为体现了鲜明的阶级观点，而且表现的是农民革命的意识，后来被人称为"无产阶级的儿童诗"。凌少然1926年11月4日在《工人之路》上，发表了《敬赠与劳动童子团的革命礼物》等等，这些作品受到五四文艺革命与启蒙思想的影响，是左翼儿童诗的前奏曲。

第四是黎锦晖、陶行知等一些儿童教育家涉足儿童诗创作。黎锦晖是一个爱国的儿童诗人和儿童戏剧作家。早在1914年，他就开始了儿童诗和儿童戏剧创作，并通过儿童诗创作来寄托自己教育救国的理想。如他写于1923年，刊于《小朋友》70期的《国货打胜仗》："美大姐，/走进城，

/三街六巷闹尘尘。/……大家扔来大家砸，/劣货堆起一层层，/无情烈火烘烘起，/果断斩草要除根。"这首儿童诗正是配合当时上海各界抵制日货运动而写的，顺口易诵，语言铿锵有力，富有感召力。此外，他还从学校教育的特点出发，创作了《新年的礼物》《美丽的春天》《夏天的祝福》《秋天的红叶》《多听多看》等一些儿童歌曲，这些歌曲中的歌词其实都是适合朗诵的儿童诗。陶行知五四初期就把旧民歌改写为儿歌，创作了童话诗《为何只杀我》，1924年3月他又创作了两首童话诗《南下车中见山树奔过》和《与月亮赛跑》。当然，陶行知的儿童诗创作成就主要集中在30年代，不过他也算是五四时期出道的儿童诗诗人。

　　如果以胡适1916年创作的具有童话色彩的《蝴蝶》为现代儿童诗的开端的话，那么中国现代儿童诗的创作实践已整整百年。需要特别指出的是，五四时期的胡怀琛也是一位非常重要的儿童诗开创者，他早年参加南社，后转入出版界和教育界，他热心儿童诗创作，是1922年郑振铎主编的《儿童世界》的主要诗歌作者，写有《小人国》《大人国》《老鼠搬家》《月世界》等艺术质量很高的儿歌、童话诗，堪称中国现代童话诗的第一人。五四时期儿童诗作家一般都是借儿童诗创作来实践自己的儿童教育理念，有的还以儿童诗来传递革命理想。其中，陶行知、胡怀琛、郑振铎等人的儿童诗

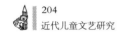

还进入小学国语教材，在儿童读者中产生了很大影响。

（二）五四儿童诗的三种艺术形态

五四儿童诗创作如果放在现代新诗创作中来考察的话，无疑它仅仅是很小的一部分，而且其影响力也不如现代新诗的影响力，但五四儿童诗在五四新文化运动中，尤其在启蒙与教育儿童中发挥了不可忽视的作用。受儿童观、文艺观的影响和诗人创作视角的制约，五四儿童诗创作大体呈现三种艺术形态：

1. 儿童视角的儿童诗。这类儿童诗是诗人作家们以儿童的立场和视角来创作的，是对童心世界的自觉的艺术展示。叶圣陶、胡怀琛、严既澄、朱自清等人的儿童诗大多是儿童视角的。如叶圣陶的《儿和影子》，该诗写儿童爱模仿、爱表演的精神状态，充满童趣。"儿见学生体操，回来教他的影子"，一遍一遍地问他的学生："你可懂了？你可懂了？"影子却不回答，他"也不灰心，更一遍一遍地教，一遍一遍地问"。他的《拜菩萨》也是一首耐人寻味的儿童游戏诗，它写了一个孩子把自己的爹拉过来当菩萨拜，最后却又推倒了这个"菩萨"。叶圣陶说"孩子有勇往无畏的气概，于一切无所惧怯。这该善为保育，善为发展，才可以使他们成为超过父母的人。"[1]《拜菩萨》彰显了叶圣陶所肯定的儿童的个性和勇气。严既澄的儿童诗创作基本上都是儿童视角的，他强调儿童文艺，应是"童谣，童话，故事，戏剧等类，能唤起儿童兴趣和想象的东西"，他还指出"儿童还他一个儿童，壮年还他一个壮年，老年还他一个老年，才是正当的办法"。这种看重儿童本位的观念，使得他的儿童诗大都站在儿童立场，如《早晨》："鸡阿鸡！/请你早些啼。/唤起小弟弟，/同看月儿落到西。/月儿落到西，/太阳东边起。/鸦也啼，/雀也啼，/啼醒小蝴蝶，/黄黄白白一齐飞。"他的《竹马》展示的是儿童日常生活的游戏，表现的是儿童内在的游戏精神："竹马儿，/大家骑上走如飞，/哥哥跑得快，/弟弟跑得迟；/妹妹年纪小，/有竹马也不能骑。"此外，严既澄的《地球》，可以说是五四时期第一首儿童科学诗："我们睡觉时，/地球并不睡；/他绕着太阳，/向东边滚去。/这边向太阳，/我们正游戏；/那边向太阳，/我们在做梦。"这首诗即反映了儿童日常的生活，又传达了科学的知识，还张扬了儿童的想象力，在今天看来，也是不可多得的儿童诗经典之作。

2. 成人视角的儿童诗。这类儿童诗是诗人作家的童心的自然流露，是对童心的世界的非自觉的艺术展示，但由于

---

[1]蒋风、韩进：《中国儿童文学史》，安徽教育出版社1998年版，第126页。

它们包含了创作主体内在的儿童心理和对童心世界的爱与崇拜，因此这些作品也非常具有艺术冲击力和情感张力。俞平伯的《忆》仅仅是对儿时的追忆，不是明确给儿童写的，所抒发的也是诗人想招回"那颗一丝不挂却又受着一切的童心"，而"凭你怎样招着你的手，总是不回到腔子里来"的"惆怅的味儿"；加之写得含蓄，重于艺术形式的散文化，因此在儿童读者中影响不大。冰心的儿童诗大部分是成人视角的，如其刊于1921年6月28日《晨报》的儿童诗《可爱的》："除了宇宙，/最可爱的只有孩子。/和他说话不必思索，/态度不必矜持。/抬起头来说笑，/低下头去弄水。/任你深思也好，/微讴也好；/驴背上，/山门下，/偶一回头望时，/总是活泼泼地，/笑嘻嘻地。"这首诗中的观察者和审视者就是成人——她赞叹儿童的天真活泼和纯洁无瑕。冰心的《繁星》《春水》也是站在成人立场来审视童心世界，歌咏童真的生命。

3．儿歌。五四时期不少诗人创作了儿歌和"拟儿歌"体诗，这些儿歌与前二者不一样，诗人作家们是在对民间童谣的模拟与对方言的学习的基础上创作的，带着强烈的母体文化的特点。这些儿歌和"拟儿歌"作品最有代表性的是周作人的《儿歌》、刘大白的《卖布谣》、刘半农的《拟儿歌》、汪静之的《我们想（拟儿歌）》、顾颉刚的《吃果果》和《老鸦哑叫》、胡绳的《儿歌——游火虫》、俞平伯的《儿歌二首》、胡怀琛的《儿歌四首》《儿歌》（游泳、割麦）等。如刘半农1919年创作的《拟儿歌》就是对传统民间童谣的借鉴，具有民歌的特点，同时也具有自由新诗的特征："羊肉店，羊肉店！/羊肉店里结着一只大绵羊，/吗吗！吗吗！吗吗！吗！……/苦苦恼恼叫两声！/低下头去看看地上格血，/抬起头来望望铁钩上！/羊肉店，羊肉店！/阿大阿二来买羊肚肠，/三个铜板买仔半斤零八两，/回家去，你也夺，我也抢——/气坏仔啊大娘，打断仔啊大老子鸦片枪！/隔壁大娘来劝劝，贴上一根拐老杖！"当然，刘半农的这首《拟儿歌》艺术水平不高，虽然有情节，有情景，也很传神，但失之油滑，且不是专门为儿童所写，仅仅是儿歌体的拟用。如汪静之的《我们想（拟儿歌）》："我们想生两翼，/飞飞飞上天，/做个好游戏；/白白云当作船儿飘，/圆圆月当作球儿抛；/平坦的天空，/大家来赛跑。"这首儿歌，既有自由新诗的直白和自由，又有传统童谣的语调和形式，可以说表现了儿童无拘无束的想象，体现了儿童内在的游戏心理。俞平伯也喜爱运用儿歌形式来表现儿童的纯真生活。他在《诗底自由和普遍》一文中说："我平素很喜欢读民歌儿歌这类作品，相信在这里边，虽然没有完备的艺术，却有诗人底真心存在。"他发表在《儿童世界》3卷9期

上的《儿歌二首》不但有现代新诗的特点，还表现了儿童的
好奇："老鸹，/老鸹飞。/怎么不在屋子里！/这个！这个
哼！""小葫芦儿呀！/小甜瓜儿呀！/甜瓜儿真是甜极了，/
小葫芦里有什么？/小葫芦里有什么？"俞平伯的儿歌创作是
与他的诗歌观念分不开的，他写诗"不愿顾念一切做诗的律
令"，"只愿随随便便的，活活泼泼的，借当代的语言，去
表现自我，在人类中间的自我"。

五四儿童诗的形式是非常多样的，有的是儿童叙事诗，
有的是童话诗，有的是儿歌、拟儿歌，还有的是儿童散文
诗、儿童朗诵诗和儿童诗歌剧，这也符合五四诗人革新诗
体，"增多诗体"，"于有韵之诗外，别增无韵之诗"的
主张。

（三）五四儿童诗发生的成因

五四儿童诗创作的发展是有其内在和外在的成因的，总
体上看来，五四儿童诗作为现代儿童文艺的一部分，它的出
现与发展和现代儿童文艺及中国现代文艺的进程是同步的，
而且其成因也基本上是一致的，但也有着其特殊的原因，具
体来说，大体包含了以下四个方面：

第一，文艺变革的要求促动了现代儿童诗的产生。五四
新文化运动高举的是"民主"和"科学"两面大旗，而其目

标则是"启蒙"和"革命"。"启蒙"是对愚昧落后的国民性的启蒙，是对人的意识的唤醒。而五四新文化运动闯将们认识到，对国民的启蒙必须从儿童抓起，也就是说，启蒙的一个重要目标就是"救救孩子"，使他们免于受到愚昧落后的封建意识的毒害，所以儿童的成长和教育就成了一件关系到民族未来的大事。这无疑促进了社会对于儿童的重视，对于儿童教育的重视。对五四文化先驱来说，"革命"的一个重要切入口就是文艺的革命，于是陈独秀、胡适、周作人等人就提出了"文艺革命"和"文艺改良"的观点，并且提出要打倒"贵族文艺""古典文艺"和"山林文艺"，而要提倡"国民文艺""写实文艺"和"社会文艺"，而且胡适还最早提出了"活的文艺"，周作人还首倡了"人的文艺""性灵的文艺"，这些文艺变革的观念无疑促进了新文艺的诞生，而且也促进了现代新诗和儿童诗的发生。

第二，现代儿童观和儿童文艺观的发生促动了现代儿童诗的产生。五四时期，胡适、严既澄、鲁迅、周作人、赵景深、魏寿镛、周侯予、王人路等新文艺的先驱和现代儿童教育的先驱都提出了现代的儿童观，并且提出现代儿童文艺观。1919年鲁迅在《我们现在怎样做父亲》一文中，就提出了"儿童本位论"的观点，对传统儿童观提出了质疑，并呼吁"一切设施，都应该以孩子为本位"，他在此文中对孩子寄予了希望，他说："现在的子，便是将来的父"。1920年，周作人发表了《儿童的文学》一文，此文堪称"中国现代儿童文学的宣言书"，周作人反复强调要把儿童当儿童看待，要尊重儿童的独立人格。周作人还在此文提出了儿童文学应该考虑儿童发展的年龄差异以及不同时期的不同心理及审美需求。鲁迅、周作人的儿童观和儿童文艺观为中国儿童文艺的现代转型和艺术化指明了方向，他们的观点也影响了其他关心和爱护儿童的作家与学者。严既澄在其演讲文稿《儿童文学在儿童教育上之价值》（刊于1921年11月出刊的《教育杂志·讲演号》）中，给儿童文学下了一个比较科学准确的定义："儿童文学，就是专为儿童用的文学。他所包含的，是童谣，童话，故事，戏剧等类，能唤起儿童的兴趣和想象的东西。"赵景深在其所著的1927年由北新书局出版的《童话概要》中，就儿童和儿童文艺发表了自己的观点，他认为："儿童实在和原人差不多。蛮性遗留于儿童者最深。儿童在故事中看到杀人，不会感到残忍，只觉得和看电影一样有趣。人类从原始进化到半开，从半开进化到文明，恰相等于人从儿童进化到少年，由少年进化到壮年。原始人类知识浅短，思想简单，儿童也是如此；原始人类分别不清人和动植物，儿童也是如此；原始人类信仰鬼神，儿童也是如此。""总之儿童就是原人的缩影，当然童话也可以算作原始社会的故事了。"赵景深的这些儿童观和儿童文艺观与周作人的儿童观与儿童文艺观有着惊人的一致。如王人路在其所著的1933年由上海中华书局出版的《儿童读物研究》中，就指出："儿童读物是供给儿童阅读的书籍，有活泼的思想，有动人的情感，有奇特的想象，用艺术的文字和图画，把他表现出来，而且能供普通的儿童懂得且感兴趣的。"[1]如此等等，他们的儿童观和儿童文艺观摆脱了传统儿童观的局限，引导了五四时期的儿童文艺创作，对儿童诗的现代性发生来说，是不可忽视的重要因素。

第三，童心世界的自然流露和"童心崇拜"意识使得许多新文艺诗人自然或自觉地走向儿童诗世界。诗人都是有童心的人。五四时期，人的发现带来了儿童的发现，进而产生了普遍的"童心崇拜"，[2]这种意识直接导致了新文艺作家对童心世界的由衷赞美和歌唱，尤其是对儿童无拘无束的生命状态和内在的游戏精神的赞赏，也直接导致了诗人们用诗歌来赞叹童心世界，来描绘童心世界的游戏精神和想象力。

第四，报纸和文艺刊物等媒介的出现，推动了现代儿童诗的发展。五四时期一些比较进步的文艺杂志和青年刊物

[1]张之伟：《中国现代儿童文学史稿》，华东师范大学出版社1985年版，第49页。
[2]谈凤霞：《论五四文坛的童心崇拜》，《江西师范大学学报》，2002年第1期。

都热切地关注着儿童文艺的新生，如《每周评论》《中国青年》《创造季刊》《少年中国》等都发表过一些儿童小说、诗歌和童话。但这些刊物都不是专门面向儿童的。1922年1月郑振铎主编、商务印书馆出版的《儿童世界》的诞生，标志着现代中国有了第一份儿童刊物。这份刊物致力于弥补"注入式儿童教育"的缺陷，把儿童感兴趣的知识传递给儿童。于是，在这个刊物里"既有自然界各种动植物的写照和插图，又有儿童自己所喜爱的新歌曲，既有各地的诗歌童谣，又有各种神仙和科学的故事，同时还有外国的童话、寓言，以及学校和家庭用的独幕剧等等，种类繁多，内容也新鲜，装帧与插图也力求做到尽善尽美，因此颇受到儿童的欢迎。"[1]这一时期，商务印书馆还出版了供七八岁的儿童阅读的《儿童画报》（半月刊）和供十一二岁少儿阅读的《少年杂志》（月刊，1909年创刊，孙毓修主编）。后来黎锦晖于1922年4月6日在中华书局创办的《小朋友》周刊（次年潘汉年担任该刊编辑），它虽迟于《儿童世界》，也是五四时期宣传新文化、普及国语拼音、提倡教育救国的儿童刊物。《小朋友》的读者对象主要是小学中年级和高年级的学生，也兼顾十岁左右的校外儿童。1937年上海沦陷后被迫停刊，但它对五四时期儿童文艺的发展起到了推波助澜的作用，也

---

[1] 张之伟：《中国现代儿童文学史稿》，华东师范大学出版社1985年版，第9—10页。

是后来的儿童文艺和儿童诗的重要园地。除了这些专门的儿童刊物外，还有一些报纸的副刊也刊登一些儿童文艺作品（包括儿童诗），有的还设置一些儿童诗栏目。如《晨报副刊》就刊登了冰心的儿童诗，团中央主持的《民国日报》副刊"平民之友"的"小孩子唱的歌"栏目也经常刊载一些具有革命思想的儿童歌谣。

　　总之，五四时期是中国现代儿童文艺的发生期，也是现代儿童诗的发生期和初创期，发生和初创意味着新的艺术思考和艺术形式的并立。研究五四儿童诗创作不但可以打开现代文艺研究的一扇新窗，还可以探入到中国儿童教育和儿童文艺的深层地带。

第四节　儿童歌舞剧的开创

　　中国戏剧的历史源远流长，在漫长的发展过程中，儿童一直是戏剧的基础力量。中国传统戏剧融歌唱、舞蹈、武术、杂技、表演于一炉，具有高难度的技巧，因此演员必须从幼年开始学艺。明清以来，各地方戏曲与昆曲、京剧都设有各自的科班传授技艺，培养新秀。比如著名京剧表演艺术家谭鑫培，"从小就跟他父亲学艺。咸丰年间，他跟随父亲来到北京，入金奎科班习文武老生。"[1]尽管少年儿童参与了戏剧的表演，但是在数以万计的戏曲曲目中，适合儿童观看的屈指可数。即使偶尔有一些反映儿童生活的剧目，如《三娘教子》《孙康映雪》《囊萤读书》等，仍是重在宣扬传统伦理道德，以培养顺民和忠臣孝子为目的，偏离了中国的近代文化发展的新方向。综观传统戏剧的发展，可以看出得出两个结论：其一，传统文化中没有发展出独立的儿童意识，所以适合儿童观看的曲目数量寥若晨星；其二，即使传统戏剧有一些适合儿童观看的曲目，但从表演内容和表演方式上均已落后于时代的发展。

儿童戏剧研究者程式如对儿童戏剧作了一个较为完备的定义。她说："儿童戏剧在我国古代早已有之。当然，它有自己的衍变发展过程：开初是唱歌、舞蹈、表演，以后才逐渐形成戏剧。儿童参加的戏剧活动，在一千多年以前就已经有了，但是，由儿童演出的戏剧，并不一定就是儿童戏剧。儿童戏剧的首要条件是为儿童演出，为儿童服务。"[2]换言之，儿童戏剧的性质取决于它的服务对象，因此它的题材、体裁、风格和样式必须适合于它的服务对象。从这个意义上

---

[1]龚书铎：《谭鑫培》，《中国近代文化探索》，北京师范大学出版社1997年版，第304页。

[2]程式如：《儿童剧的由来与发展》，《儿童剧散论》，中国戏剧出版社1994年版，第123页。

说，中国儿童戏剧只有九十多年的历史。现代剧作家包蕾也指出："正像其他形式的儿童读物（如诗歌、童话、小说）一样，儿童戏剧在我国之被重视并不是很久的事，更可以说，儿童戏剧之被单独提出，它的历史也许更短。"[1]

20世纪初，由于受到西方教育思想的影响，我国的中小学在改革教育的同时，引进了欧美学校设置的音乐、美术等课程，也致力于儿童戏剧的编撰与演出，并把儿童戏剧作为开展文娱活动与课外活动的重要内容。五四新文化运动以后，由于童年意识的发展，以及新的艺术表现方式的引入，再加上民国小学教育的发展，儿童戏剧得到了进一步的发展。儿童歌舞剧此时作为一个新的艺术品种，糅合了音乐、舞蹈、戏剧等多种艺术表演方式，成为儿童戏剧的重要门类。

一、儿童歌舞剧发展历程

近代儿童歌舞剧经历了从儿童剧到歌舞剧的发展过程。五四前夕，我国的中小学堂出现了一些在同乐会、游艺会演出的儿童剧，剧本大多由教师编写，内容有的来自课本，有的根据西方童话改编，有的是历史故事，大多与当时品德教育的修身课有关。五四新文化运动的发展，促使一批有远见

---

[1]包蕾：《儿童戏剧的地位与价值》，王泉根：《现代儿童文学文论选》，广西人民出版社1989年版，第633页。

卓识的作家开始主动为儿童创作。

最早创作儿童剧的是郭沫若，他曾于1920年9月在《时事新报·学灯》上发表了他的第一个剧本《黎明》。《黎明》的想象新奇，语言夸张，具有浓厚的童话色彩。剧本歌颂一对觉醒的少男少女对民主自由的渴望，也为中国儿童戏剧召唤来黎明的曙光。郭沫若说《黎明》"是我最初的一个小小的尝试，怕久已沉没在忘却的大海里去了。此种作品有待于今后新文艺家的创造。童话、童谣，除却有的须迅速采集而严加选择外，还是有待于新人的创造。创造的人希望出诸郑重，至少儿童心理学是所当研究的。"[1]郭沫若强调儿童剧的创造者应该研究儿童心理学。可见，郭沫若自觉地以儿童为作品阅读和表演的对象，并且以儿童的心理需求作为创作的出发点，强调作品的创作要符合儿童心理创造性的想象与感情。这在儿童戏剧的发展史上，可谓是破天荒的创举。

1922年1月1日，郑振铎的《儿童世界》周刊创办后，每隔两三期就会刊发一个儿童剧。郑振铎说："儿童用的剧本，中国还没有发见过。近来各小学校里常有游艺会的举行，他们所用的剧本都是临时自编的，我们想隔二三期登一篇戏剧。大概都是简单的单幕剧，不惟学校里可用，就是家

[1]郭沫若：《儿童文学之管见》，王泉根：《现代儿童文学文论选》，广西人民出版社1989年版，第209页。

庭里也可行用。"[1]郑振铎接受了五四新文化运动后确立的
"儿童本位"思想，批判传统中国缺乏为儿童使用的剧本，
主张要秉承为儿童服务的原则，为儿童创作适合他们演出的
剧本。《儿童世界》办了一年，共出版52期，共刊发了20多
个儿童剧，其中包括郑振铎自己创作的《风之歌》。这些儿
童剧为当时学校的儿童剧演出提供了很好的剧本。郑振铎的
努力昭示了儿童戏剧创作的一个新方向：即为儿童服务，以
儿童为戏剧表演艺术的参与者与欣赏者。这些剧本的发表，
虽然有益于学校的儿童剧活动的开展，但是由于艺术形式的
粗糙，所以没有形成广泛的社会影响。

　　直到黎锦晖的儿童歌舞剧的出现，儿童戏剧的艺术形式
才日臻完善，并且很快在中小学堂传播开来。黎锦晖早年从
事音乐教育，1922年4月，他创办并主编《小朋友》周刊，从
事童话歌舞剧的创作，不仅开创了儿童歌舞剧的新局面，而
且对我国的新歌剧也具有奠基意义。黎锦晖创作的重要作品
有《麻雀与小孩》《葡萄仙子》《月明之夜》《小羊救母》
《小小画家》《春天的快乐》《最后的胜利》《神仙妹妹》
《三蝴蝶》《小伊达之死》《七姐妹游花园》《苹果醒了》
《母亲呢》等十部歌舞剧和三部歌剧，其中《葡萄仙子》是
他的代表作。

──────────

[1]郑振铎：《〈儿童世界〉宣言》，王泉根：《现代儿童文学文论选》，广西人
民出版社1989年8月1版，第64—66页。

　　《麻雀与小孩》是黎锦晖第一次编的儿童歌舞剧，在《麻雀与小孩》的卷头语中，他说道："我第一次编的儿童歌舞剧，就是这一出《麻雀与小孩》，最初（1920年）在开封一师和女师附小排演过几次，还是一种表情对唱，不过略具歌剧的雏形而已。"[1]《麻雀与小孩》描写了麻雀妈妈出门寻找食物时，一个出来捕捉虫子的小孩看到了小麻雀，邀请小麻雀去吃虫子和青豆，把她骗到家里关进笼子里。麻雀妈妈回到家后，没有见到小麻雀，又焦急又伤心。小孩子看到麻雀妈妈如此伤心难过，为自己的行为感到内疚，并立即回去把小麻雀交还给麻雀妈妈。1922年《麻雀与小孩》在《小朋友》上刊载，黎锦晖感到剧本的曲调、演员的表情、舞式仍有不足，六年之后，经过较大的修改才出版单行本。

　　《葡萄仙子》在戏剧结构、音乐谱曲方面都显然取得了长足的进步，大量采用民歌童谣和民间戏曲的旋律，为中国新歌剧创作作了最早的尝试。它的情节是这样的：葡萄仙子在融融春光中生长，由春到冬。自然界的五位仙子——雪花、春风、雨点、露珠、太阳都关怀她，哺育她，慷慨地给予她无尽的关怀与爱，她慢慢长大了。许多动物本来想向她讨要枝干、嫩芽、嫩叶和果实吃，后来都听从了仙子的劝告，萌生怜爱之心，一同保护葡萄。等果实成熟的那一天，

---

[1]程式如：《儿童歌舞剧的创始人黎锦晖》，《儿童剧散论》，中国戏剧出版社1994年版，第198页。

葡萄慷慨地把自己的果实送给哥哥、妹妹和小朋友们吃。全剧情节生动有趣，充满了爱的温馨，具有浓厚的感染力，一直被认为是黎锦晖的代表作。1936年在上海举行的"建设中国新歌剧问题座谈会"上，著名剧作家田汉、阳翰笙和洪深都一致推崇《葡萄仙子》，认为黎锦晖"为中国旧歌剧改革做出了成功的榜样"，其他与会者说，"谈到新歌剧，首先要谈到黎锦晖，其次是田汉。"[1]

黎锦晖创作的作品从内容上看，大多数是教导孩子要热爱动物，热爱自然，传达了人道主义的思想，同时也表达了要因材施教，不能禁锢儿童天性的新教育观。从表现形式上看，他的歌舞剧继承了我国戏曲载歌载舞的传统表演手法，借鉴并介绍了西洋歌剧的曲式旋律，全部用白话文写歌词。他还亲自设计布景和舞台调度、舞蹈姿势与步伐，使歌舞剧易懂好学、便于推广，有助于培养儿童的审美能力，提高他们的艺术素养和趣味。

二、儿童歌舞剧与传统戏剧的差异

中国传统戏剧有三个特点：第一是既有生活化的对白，又有韵律的诗歌；第二是既有人物的扮演，又有对戏剧情境与情节的叙述；第三是既有剧中人的歌唱，又有伴唱，以及

---

[1] 程式如：《儿童歌舞剧的创始人黎锦晖》，《儿童剧散论》，中国戏剧出版社1994年版，第199页。

能将舞蹈、哑剧、武打、杂技等熔于一炉的综合艺术。东方传统戏剧注重将写实与写意相融合，具备现实主义、浪漫主义和表现主义等多重风格。

相比于传统戏剧，儿童歌舞剧的表演形式有三个特点：一是以儿童为表演者和观众；二是不用对白；三是载歌载舞。以儿童歌舞剧的创始者黎锦晖的话说，就是"一个从头到尾的故事，有歌谱含着歌词，有舞蹈，有幻术，一切布景、化装、音乐、表情等都有说明，熟练之后，便可以表演。"又说，"既用歌曲编成，就是歌剧。"[1] 儿童歌舞剧的功能即是"可以增进知识与思想，是普及民众教育的桥"。"儿童歌舞剧的内容旨趣，以表现好人好事为主，有利于当时的教育运动"。[2]

儿童歌舞剧作为新的艺术表演形式，与传统戏剧的相同之处在于二者皆是戏剧艺术。无论是传统戏剧还是儿童歌舞剧，都包含戏剧这一艺术形式自身的特质，即戏剧性。戏剧艺术之所以是独特的，因为它重在演员与观众即席的情感交流。包蕾在回顾我国儿童戏剧发展历程一文中，论证了儿童戏剧的价值。他说："儿童戏剧有它的特殊性，也有它特殊的价值。它不仅要求能够阅读，更要求能够上演，它不仅要求有文学上的价值，更要求有戏剧性，正像成人的戏

---

[1]《小朋友》第66期。
[2] 黎锦晖：《我和明月社》（上），《文史资料》第3辑。

剧一样；是一种综合的艺术，同时它该具有对儿童的教育意味。"[1]儿童戏剧融合了歌唱、舞蹈等多种艺术方式，极大地满足了儿童的好奇心与模仿欲望，同时儿童戏剧以艺术的方式慰藉着儿童的心灵，激发着他们的梦想。正如周作人所说："……使幼稚的心能够建筑起空想的世界来，慰藉那忧患寂寞的童年，是很可怀念的。"[2]

儿童歌舞剧与传统戏剧的差异也很大。作为一种新生的艺术形式，儿童歌舞剧首先是为儿童服务的，儿童剧"第一要紧的是一个童话的世界，虽以现实的事物为材而全体的情调应为非现实的，又如雾里看花，形色变易，才是佳作。"[3]以成人的眼光看，儿童剧里的现实可能是荒唐的，怪异的，虚幻的，但是儿童生活中的"真实"可能完全不同于成人生活中的真实。换言之，儿童需要的是想象的真实，他要借助想象的力量应付生活中的困惑。著名的儿童心理学家布鲁诺·贝特尔海姆给予儿童想象很高的评价，他认为想象并不会导致儿童漠视真实的现实，相反想象能帮助儿童更好地理解现实。"为了应付生活的重任，整个人格需要丰富

[1]包蕾：《儿童戏剧的地位与价值》，王泉根：《现代儿童文学文论选》，广西人民出版社1989年版，第634页。

[2]周作人：《儿童剧》，王泉根：《现代儿童文学文论选》，广西人民出版社1989年版，第621页。

[3]周作人：《儿童剧》，王泉根：《现代儿童文学文论选》，广西人民出版社1989年版，第621页。

的幻想支持，这种幻想与坚定的意识和对现实的明确掌握结合在一起。……自由浮动的幻想在想象形式中包含各种在现实中也能遇到的问题，为自我提供丰富的加工原料。"[1]因此，儿童歌舞剧以童话幻想的方式呈现给儿童，是有助于儿童理解现实世界并适应现实生活的。

三、儿童歌舞剧的艺术特色

现代剧作家包蕾提到，我国的儿童戏剧的基础是黎锦晖奠定的。他说："过去黎锦晖编写的儿童歌舞剧《小小画家》《月明之夜》《麻雀与小孩》，由于剧旨的浅显，剧情的生动，被一些小学采作了唱游的教本，从而奠定了我国儿童歌舞剧的基础，且不论这些作品的内容显得陈旧（实际上至今仍有许多学校在排演），而黎氏在启蒙工作上的成绩是不可抹杀的。"[2]王人路也高度评价黎锦晖的歌舞剧："自从一九二三年他的歌剧出世以来，在中国的小学教育上或者说儿童界里开辟了一个新纪元。从来在社会上没有地位和不引人注意的儿童，现在也有了一个新大陆了。"[3]

————————

[1][美]布鲁诺·贝特尔海姆著，舒伟、樊高月、丁素萍：《永恒的魅力——童话世界与童心世界》，西南师范大学出版社1991年版，第127—128页。

[2]包蕾：《儿童读物研究》，王泉根：《现代儿童文学文论选》，广西人民出版社1989年版，第633—634页。

[3]王人路：《黎锦晖的儿童歌舞剧》，王泉根：《现代儿童文学文论选》，广西人民出版社1989年版，第790页。

就黎锦晖歌舞剧的艺术特色，王人路提到了三点：一是儿童化，二是国语化，三是艺术化。第一点显然是指儿童歌舞剧是以儿童为主人公，也是以儿童为观赏者的，充满了浓郁的儿童情趣。中国传统戏剧诚然有能够为儿童欣赏的曲目，但是戏剧里的儿童的身份是"缩小的成人"，儿童面对的依然是成人的世界，接受的是成人世界里的文化观念，尤其是道德观念。黎锦晖的歌舞剧里出现许多鲜活的动物形象、神仙形象，这些艺术形象被作者赋予了博爱、平等、自由等新的人格力量，他们的世界就是儿童所喜爱并向往的自由的世界，所以能吸引和感染儿童。

第二点是国语化，这是黎锦晖受其胞兄黎锦熙影响的缘故。黎锦熙多年从事国语化运动，1918年，北洋军阀政府曾颁布过他设计的拼音字母。黎锦晖在1922年创办和主编《小朋友》杂志时，就以"宣传新文化，普及国语拼音，提倡教育救国"为宗旨。当时《小朋友》每期都登一首新歌，并且连载歌舞剧，儿童歌舞剧是黎锦晖推广国语的主要艺术形式。

第三点是艺术化。包蕾指出，儿童戏剧有它的特殊性和特殊价值："它不仅要求能阅读，更要求能上演，它不仅要求有文艺上的价值，更要求有戏剧性；正像成人的戏剧一样；是一种综合的艺术，同时它该有对儿童的教育意味。"[1]儿童歌舞剧从表演形式上看，它可以歌唱可以舞蹈，融合了音乐艺术、舞蹈艺术和舞台表演艺术，富有丰富和热烈的情感，可使儿童在欣赏和模仿中陶冶情操、升华人格。

第五节 儿童漫画的进展

漫画在中国有着悠久的历史，是中国传统文化中不可缺少的一部分。中国的象形文字就是由图画演变而来的。人类从很早就懂得把某些画面连接起来表述事物的演变，于是就有了早期漫画的雏形。虽然中国古代已有以讽刺为目的、具有漫画特点的绘画，但当时并未形成独立的画种，尤其是没有出现真正意义上的儿童漫画。清末民初，漫画作为独立画种迅速发展起来，当时称作讽刺画、寓意画、时画、谐画、笑画或滑稽画。1903年12月15日《俄事警闻》上刊登了中国历史上最早的漫画——《时局图》，此后该报改名后的《警钟日报》几乎每天都刊登一幅讽刺西方列强和清政府的漫画。上海《警钟日报》上发表的画作，就冠以"时事漫画"的名称。其后，许多报刊都有漫画刊出，1909年，上海时事报馆还编辑出版了一本近80页的《寓意画》，这是中国最早

---

[1]包蕾：《儿童读物研究》，王泉根：《现代儿童文学文论选》，广西人民出版社1989年版，第634页。

的一本漫画集。这一时期的漫画思想内容积极进步，具有较高的艺术水平，不少作品不仅在当时影响很大，而且至今也被美术界、史学界称道不已。[1]

　　儿童漫画的历史可以追溯到传统蒙学读物的插图。中国传统蒙学读物如《弟子规》《教儿经》《小儿语》《释音百家姓》《增注千字文》《神童诗》《新增故事琼林》《女二十四孝图说》等都配有插图。近代以降，西方文化涌入中国，国内出现了西方传教士创办的儿童刊物，其中以1874年美国传教士创办的《小孩月报》最为知名。刊物中出现了雕刻铜版印刷的插图，有鸟兽、花卉、树木等，线条非常优美。戊戌变法期间，涌现了一批新学堂。1897年在上海创办的《蒙学报》作为当时新学堂的课外辅助读物，儿童插画也成为儿童报刊的重要组成部分。但是无论是传统蒙学读物，还是晚清出现的部分儿童刊物，其中的儿童插画多没有明确的儿童意识。加之美术作为艺术门类，在中国也没有独立的艺术地位，儿童插画更是如此。这种境况到了五四新文化运动开展后才有了改观。郑振铎在《儿童世界》宣言中明确地提出，《儿童世界》的内容有十类，其中一类就是插图，"把自然界的动植物的照片，加以说明，使儿童懂得一点博物学的知识。"另一类则为滑稽画，"大约每期占两

---

[1]汪茂林：《晚清文化史》，人民出版社2005年版，第526页。

面。"[1]显然郑振铎一是注重的是插图的功能性，二是注重滑稽画的讽刺、幽默的艺术效果。这里的滑稽画也就是儿童漫画的雏形。自1922年4月起，《儿童世界》开始连载"图画故事"，以几幅甚至许多幅图画来叙述一个完整的故事。这些配合故事而创作的图画，画风简洁明快，具备良好的叙述性。

民国时期，连环画的发展迅速，1925年至1929年，上海世界书局先后出版了《西游记》《水浒》《三国演义》《世界封神榜》《岳传》的连环图画书，题名"连环图画"。1925年，上海世界书局出版《西游记》时，定名为连环图画，这是第一次以连环图画作为正式名称。20年代，连环画得到鲁迅、瞿秋白、茅盾等人的重视。鲁迅在《"连环画"辩护》中指出，不要认为连环画是不登大雅之堂的下等物事。茅盾在《连环图画小说》等文章中，提出当时遍布上海街头的连环画书摊是最厉害和最普遍的民众教育的工具。这一时期最为著名的作品为叶浅予的《王先生》和张乐平的《三毛流浪记》。不过，连环画中的图画只是文字的附属品，从属于故事情节的发展，因此图画的艺术特征较为薄弱。

专题创作儿童漫画并取得很大成就者，非丰子恺莫属。

---

[1]郑振铎：《〈儿童世界〉宣言》王泉根：《现代儿童文学文论选》，广西人民出版社1989年版，第67页。

有的研究者将丰子恺的漫画定性为抒情漫画，[1]有的研究者则称丰子恺的漫画为世象漫画。[2]丰子恺认为：自己的漫画"实际上把日常生活的感兴用'漫画'描写出来——换言之，把日常生活所见的可惊可喜可悲可哂之相，就用写字的毛笔草草地图写出来——听人拿去印刷了给大家看。"[3]可见，丰子恺的漫画取材于日常生活，以毛笔作为绘画工具。他的漫画富有笔墨情趣，寥寥数笔则能传情达意。丰子恺最早创作的儿童漫画是《清泰门外》，这幅画作于1918年他去日本留学前夕，这幅画是一幅速写，用简笔勾勒出一老妪携一幼童逛街的情景，用笔虽显稚嫩，但颇有意趣。1923年，夏丏尊根据日译本，把意大利亚米契斯所著《爱的教育》一书译成中文，在上海《东方杂志》上连载。由于喜爱丰子恺的画，夏丏尊请他为此书作了10幅插图，并设计封面。这些插画也算是丰子恺的儿童漫画创作，也是近代儿童插画艺术的代表性作品。该书后来出版单行本，风行中国二十余年，再版三十多次，不能说不与丰子恺的插画有关。1925年5月，郑振铎主编的《文学周报》上刊载了丰子恺的一些绘画作品，并从5月的第172期开始为丰子恺的作品标上了"漫画"

[1]毕克官：《中国漫画史话》，山东人民出版社1982年版。

[2]毛铭三：《世象漫画琐谈》，《新闻与写作》，2000年第12期。

[3]丰子恺：《谈自己的画》，《丰子恺经典作品选》，当代世界出版社2002年版，第126页。

的字样，这是丰子恺第一次以漫画家身份出现在大众面前。从此，丰子恺的画就以"子恺漫画"的名字风行于各种报刊上。1925年12月，《文学周报》社出版了《子恺漫画》，1926年1月，开明书店也出版了《子恺漫画》。

一、丰子恺儿童漫画的成因

丰子恺儿童漫画之所以形成了自己独特的艺术特征，具备优秀的艺术魅力，具体说来有以下几个原因。

首先，丰子恺的儿童漫画融会中西，这是近代美术转型的结果。晚清，新兴的市民社会以及市民文化的逐渐成形，加之现实政治变革潮流的激荡，以及西方美术思想和风格的影响，所有这些因素都推动了美术领域的新陈代谢。世俗化、写实主义和融会中西，这是清末画坛发展的总趋势，也是中国画变革的源头活水。20世纪初出现的文艺革新运动中，普遍存在着写实主义的倾向，因此中国传统的水墨画追求"神韵"的价值观被弱化，而西方国家具有世俗真实性的油画，具有社会写实能力的漫画受到了青年知识分子的欢迎。当时一些青年学子致力于引进西方美术，纷纷留学欧美和日本学习西洋绘画。其中有浙江人李叔同、上海人周湘人、广东人李铁夫等。他们是近代中国最早出国学习西画的人，更重要的是他们成为传播西方美术的播种者，近代美术教育的开创者。丰子恺在杭州读书期间，深受李叔同的影响。李叔同教自己的学生木炭石膏写生，丰子恺回忆道："我十七岁出外求学，从先生学了木炭写生画，读了美术的论著……"[1]除了李叔同的言传身教以外，丰子恺还负笈东渡，到日本去学习西洋画。在日本留学期间，丰子恺刻苦学习西洋画法，参观展览会，听音乐会，访图书馆，看opera，以及游玩名胜，钻旧书店，跑夜摊。由于经济困难，丰子恺在日本只逗留了短短十个月，但是他说："这时候我已觉悟了各种学问的深广，我只有区区十个月的时间，决不济事。不如走马观花，呼吸一些东京艺术界的空气而回国吧。"[2]丰子恺倾心于日本画家竹久梦二的画作，认为他的画构图是西洋的，画趣是东洋的，形体是西洋的，笔法是东洋的，不仅综合了东西洋画法，而且画作中蕴涵诗的情趣。丰子恺的漫画受竹久梦二的影响也十分明显。

　　丰子恺的儿童漫画之所以取得很大成就，其次是美术进入近代中国教育体系的结果。1902年，清政府颁布《钦定学堂章程》，学堂教育采取日本学制，明确规定高等学堂、中学堂和小学堂部分科别必须开设图画课程。1903年清政府颁

---

[1]丰子恺：《学画回忆》，《丰子恺经典作品选》，当代世界出版社2002年版，第79页。

[2]丰子恺：《学画回忆》，《丰子恺经典作品选》，当代世界出版社2002年版，第45页。

布《奏定学堂章程》取代了《钦定学堂章程》，新章程仍旧保留了中小学堂的图画和手工课程，被视为"实学"的图画和手工课程与"格致"列为同样重要的教学内容："格致、图画、手工，皆当视为重要科目。"章程中规定中、高等工业学堂必须开设图稿绘画科，要求初级小学堂的图画教学："图画之要义在练习手眼，以养成见物留心，记其实象之性情，但当示于简易之形体，不可涉复杂。"1904年清政府颁布《女子师范学堂章程》和《女子小学堂章程》，也规定开设图画课程。1909年颁布的《检定小学教员章程》中又规定了图画教员的考试科目。1910年清政府颁布《奏陈初等小学教科书情形》，规定教科书包括图画、手工课本。[1]总之，20世纪初年，中国近代美术教育诞生了，美术进入近代中国的教育体系，并且通过学校传播近代西方的美术知识。1902年以后，各地中小学堂纷纷开设图画课。1906年，南京两江优级师范学堂开设图画手工课，其后保定优级师范学堂、浙江两级师范学堂等也先后开办图画科。近代中国著名艺术家李叔同回国后担任了浙江两级师范学堂图画课教师，而丰子恺则毕业于这所学堂。丰子恺回忆自己上学时的情景时说："在我所进的杭州师范里，有一时情形几乎相反：图画、音乐两课最被看重，校内有特殊设备（开天窗、有画架）的

---

[1]舒新城主编：《中国近代教育史资料》，人民教育出版社1962年版。

图画教室，和独立专用的音乐教室（在校园内），置备大小五六十架风琴和两架钢琴。……图画教室里不断地有人在那里练习石膏模型木炭画，光景宛如一艺术专科学校。"[1]

最后，丰子恺从事儿童漫画与其受到五四时期的童心主义的影响有关。这可以从两个方面进行分析。第一，他认可儿童世界的存在。他说："由于'热爱'和'亲近'，我深深地体会了孩子们的心理，发现了一个和成人世界完全不同的儿童世界。……我当时认为由儿童变为成人，好比由青虫变为蝴蝶。青虫生活和蝴蝶生活大不相同。上述的成人们是在青虫身上装翅膀教它同蝴蝶一同飞翔，而我是蝴蝶敛住翅膀而同青虫一起爬行。"[2]五四新文化运动期间，先进的知识分子确立了人的意义和价值，也发现了儿童的存在。周作人作为理论上的先驱者，提出了儿童生活一面固然是成人的预备，一面也自有独立的意义和价值，从而揭开了近代"发现儿童"序幕。丰子恺所说的和成人世界完全不同的儿童世界，就是对五四新文化运动"发现儿童"最确切的诠释。丰子恺具体地阐述了儿童世界的特征。他说，"儿童富有感情，却缺乏理智；儿童富有欲望，而不能抑制。因此儿童世界非常广大自

---

[1]丰子恺：《李叔同的教育精神》，《丰子恺经典作品选》，当代世界出版社2002年版，第324页。

[2]丰子恺：《〈子恺漫画选〉自序》，《丰子恺经典作品选》，当代世界出版社2002年版，第287页。

由，在这里可以随心所欲地提出一切愿望和要求……成人笑他们
'傻'，称他们的生活为'儿戏'，常常骂他们'淘气'，禁止
他们'吵闹'。这是成人主观主义的看法，是不理解儿童心理
的人的粗暴态度。我能热爱他们，亲近他们，因此能深深地
理解他们的心理，而确信他们这种行为是出于真诚的，值得
注意的，因此兴奋而认真地作这些画。"[1]。

　　第二，丰子恺通过自己的漫画创作，不仅确认了儿童世
界的存在，并且对儿童世界充满了向往。丰子恺自称是"儿
童崇拜者"，他的散文随笔和漫画都流露出他对儿童生活和
儿童心灵的关注、欣赏、崇尚和赞美。他将自己的艺术创作
分为四个阶段，其中第二个阶段是描写儿童相的时代。他
说："我向来憧憬于儿童生活，尤其是那时，我初尝世味，
看见了当时社会里的虚伪骄矜之状，觉得成人大都已失本
性，只有儿童天真烂漫，人格完整，这才是真正的'人'。
于是变成了儿童崇拜者，在随笔中、漫画中，处处赞扬儿
童。现在回忆当时的意识，这正是从反面诅咒成人社会的恶
劣。"[2]可见，丰子恺认为纯洁浪漫的儿童世界是对肮脏现
实的成人世界一种抵御，对儿童世界的体认和讴歌实质是对

---

[1]丰子恺：《〈子恺漫画选〉自序》，《丰子恺经典作品选》，当代世界出版社
2002年版，第287页。

[2]丰子恺：《我的漫画》，《丰子恺经典作品选》，当代世界出版社2002年版，
第278页。

成人世界的否定和鞭挞。在丰子恺的眼中，儿童世界不仅是天真纯洁的，而且童心是艺术心、宗教心和赤子之心的"三位一体"，是最富于同情的，且其同情不但及于人类，又自然的及于猫犬、花草、鸟蝶、鱼虫、玩具等一切事物。儿童的同情心是艺术家的同情心的源泉，相比之下，却又真切而自然得多。他高度评价儿童的艺术价值："近来我的心为四事所占据了：天上的神明与星辰，人间的艺术与儿童，这小燕子似的一群儿女，是在人世间与我因缘最深的儿童，他们在我心中占有与神明、星辰、艺术同等的地位。"[1]

总之，丰子恺作为儿童漫画的开创者，不能不说是一种很自然的结果。

二、丰子恺儿童漫画的艺术特色

丰子恺一生创作了许多富有人生意趣的儿童漫画。具体地说，他的儿童漫画艺术有一个明显的特色，即追求神似而不求形似。

丰子恺说："作画意在笔先，只要意到，笔不妨不到；非但笔不妨不到，有时笔到了反而累赘。"[2]可见，在漫画

---

[1]丰子恺：《儿女》，《丰子恺经典作品选》，当代世界出版社2002年版，第29页。

[2]丰子恺：《我的漫画》，《丰子恺经典作品选》，当代世界出版社2002年版，第277页。

作品的创作中，丰子恺推崇的是意象，即一种稍纵即逝的，但能传情达意的形象。这种形象不必和具体事物一一对应，但是能够体现作者当时的感觉、情绪和思想。丰子恺的经典漫画中经常会出现人物没有眼睛，甚至连鼻子和耳朵都没有的情况。比如《村学校的音乐课》，作者作画时不施任何色彩，寥寥数笔，人物形态却跃然纸上，生动有趣。画面中的孩子一个个张大嘴巴唱歌，虽然没有一个孩子有眼睛、鼻子，但是观者仍能领会到孩子们的活泼热情、天真烂漫，感受到孩子们沉浸于音乐艺术天地的快乐。丰子恺认为绝对的写实往往会破坏艺术的美感，也远离了艺术家最初的情感状态。比如他说自己在读诗词时，"有时眼前会现出一个幻象来，若隐若现，如有如无。立刻提起笔来写，只写得一个概略，那幻象已经消失。我看看纸上，只有寥寥数笔的轮廓，眉目都不全，但是颇能代表那个幻象，不要求加详了。有一次我偶然再提起笔加详描写，结果变成和那幻象全异的一种现象，竟糟蹋了那幅画。"[1]为了捕捉稍纵即逝的灵感，为了能在寥寥数笔间传情达意，丰子恺以为不必刻意追求形似。

丰子恺向往诗的意境，他自称自己像沉郁的诗人，因为"诗人作诗喜沉郁。'沉郁者，意在笔先，神在言外。写

---

[1]丰子恺：《我的漫画》，《丰子恺经典作品选》，当代世界出版社2002年版，第277页。

怨夫思妇之怀，写孽子孤臣之感。凡交情之冷淡，身世之飘零，皆可于一草一木发之；而发之又须若隐若现，欲露不露。反复缠绵。终不许一语道破。'（陈亦峰语）此言先得我心。"[1]中国的诗以有意境为高格，追求情景交融，追求诗人的情感与景物间完美的融合。真正的艺术都是相通的，丰子恺的漫画艺术显然在有意无意间继承了中国传统艺术的审美价值观，用写实主义的风格，以简洁而意味深长的漫画手法创作了别具一格的艺术形式。这种艺术形式也得到了同行的认可。华君武说："子恺漫画深入浅出。乍看先生的作品，貌似不惊人，但和吃苹果一样，越到后来越感其味之隽永。"[2]可以说，丰子恺的儿童漫画艺术自成一格，既代表了当时儿童漫画艺术的最高成就，也成了后人效仿和研究的重要艺术门类。

[1]丰子恺：《我的漫画》，《丰子恺经典作品选》，当代世界出版社2002年版，第279页。

[2]华君武：《子恺先生》，《美术》1984年第12期。

第四章 近代儿童观的变迁

近代儿童文艺之所以出现飞跃性的转变，其关键在于对儿童的认识发生了飞跃。儿童期是人类个体生命周期中的起点，所以儿童期是客观的，它的存在不取决于人类是否发现了儿童。但是一个明确的儿童观念则不然，它取决于人们是否发现了成人与儿童的不同。就社会意识水平而言，传统文化缺乏儿童的观念，这体现在"人"的概念的匮乏，以及"儿童"概念的匮乏，即整个社会尚未从本质上区分儿童与成人。

第一节　晚清时期的儿童观

在20世纪的最后10年，由于改良运动的出现，思想变化的速度急剧加快。通过严复、梁启超等有识之士的努力，西学和传统文化之间建立了具有重大意义的学术交流。[1]严复、梁启超在与西学作了广泛地接触后，思考了许多新的问题，提出了许多新的观念，其中儿童问题也列入其中。

---

[1][美]张灏著，崔志海、葛夫平译：《梁启超与中国思想的过渡（1890—1907）》，南京：江苏人民出版社1997年版。

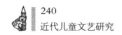
一、梁启超的儿童观念

19世纪末20世纪初，梁启超一直活跃在中国思想舞台的中心。他凭借富有感染力的笔墨和卷帙浩繁的论述，被时人称作"思想界的骄子"。梁启超在《论幼学》中，反思了传统的幼儿教育方式，提出建立新的知识体系，发展了自己的童年观念。

首先，梁启超建立了识字——阅读——理性——羞耻的逻辑关系。梁启超指出中国没有出现成熟的社会识字文化。"西人每百人中识字者，自八十人至九十七八人，而中国不逮三十人。"[1]虽然中国很早就创造出了文字符号，但是文字教育没有得到普及。我们定义识字文化，不是基于它是否拥有一个文字符号系统，而是基于社会上有多少人能够识字、能够阅读的状态。文字是阅读的前提，阅读是成年的途径。因为"阅读使人得以进入一个观察不到的、抽象的知识世界，它在不能够阅读和能够阅读的人之间产生了分化。阅读是童年的祸害，因为在某种意义上，它创造了成年。"[2]阅读有助于形成理性认识，而理性是创造力的源泉。梁启超接着指出，由于没有普及文字阅读，导致了国人缺乏创新能力，在机器制造及理论研究上都落后于西方的局面。"西人

[1]梁启超：《论幼学·变法通议》，华夏出版社2002年版，第100页。
[2][美]尼尔·波兹曼著，吴燕莛译：《童年的消逝》，广西师范大学出版社2004年版，第19页。

每岁创新法，制新器者，数十万计。著新书，得新理者，以万计，而中国无一人也。"一般地说，人们只注意到缺乏理性训练的结果，即国人匮乏创造精神，但是却漠视了导致国人理性缺乏的前提——社会中识字和能够阅读的人群比例非常少。阅读同样有助于形塑道德。梁启超将不读书与野蛮蒙昧联系在一起。他引用孟子的一句话，"逸居而无教，则近于禽兽。"他的潜台词为，读写能力是文化熏陶的产物，不读书则意味着没有经受文明的训练，无论个人从事何种职业，他的行为举止和野蛮的禽兽相差无几。人类学的研究表明：人与动物的根本差异在于人的未特定化，即人有超越自然的文化。文化的成果要以教育的方式代代传承下去，而教育的核心和重点是阅读教育，即通过阅读来培养人的理性，强化人的羞耻观念。梁启超说："执一人而目之曰禽兽，未有不怫然怒者，然信如子舆氏之言也，则今日近于禽兽者，何其多也？"[1]

其次，梁启超提出了解决问题的方法——改良幼学。从人之初着手改变，才能起到从根本上改变国民性的作用。教育学家洛克说过，人类的头脑中没有什么思想是与生俱来的，它是一块空白的白板，经验在上面印下所有的一切。这一理论为认真培养儿童作为国家优先的大事提供了心理上

---

[1]梁启超：《论女学·变法通议》，华夏出版社2002年版，第87页。

和认识上的根据，暗示了教育的重要性，展示了通过改善社会环境来改变人性的令人振奋的前景。梁启超指出中国人与西方人在智力上并没有差别，这是幼学改良的前提。他说："顾吾尝闻西人之言矣：震旦之人，学于彼土者，才力智慧，无一事弱于彼。其居学数岁，襄然试举首者，往往不绝，人之度量相越，盖不远也。而若是者何？梁启超曰：春秋万法托于始，几何万象起于点，人生百年，始于幼学。"[1]从国人到西方学习后成就斐然的事实，足以证明文化环境对个人成长的作用。接着，他提出了改良教育的具体方法：包括改良传统的私塾教育方式，重新编排出版符合幼儿生理心理发育的教科书，使用循序渐进的教育手段，树立正确的读书目标等等。梁启超指斥传统的私塾教育先后倒置、进退逆行的授课方式，提倡循序渐进的教育方式："其为道也，先识字，次辨训，次造句，次成文，不躐等也。"[2]梁启超认识到儿童发展变化的心理过程，主张根据儿童的大脑发育水平，提倡启发式、理解式教育等等，这些观念和传统的注入式教育、死记硬背式教育的方式大相径庭。他指出："人生五六年，脑囟初合（思从囟、心从囟，象脑初合形），脑筋初动，宜因而导之，无从而窒之。就眼前事物，随手指点，日教数事，数年之间，于寻常天地人物

---

[1]梁启超：《论幼学·变法通议》，华夏出版社2002年版，第100页。

[2]梁启超：《论女学·变法通议》，华夏出版社2002年版，第101页。

之理，可以尽始其崖略矣。而其势甚顺，童子之所甚乐。今舍此不为，而必取其所不能解者，而逼之以强记，此正《学记》所谓'苦其难而不知所益'也。"[1]梁启超从科学的认知出发，主张对儿童的教育方式因势利导，循序渐进。最后，就新教科书的编排出版，梁启超提出许多观念，比如出版发行新的识字书、文法书、歌诀书、问答书、说部书、门径书、名物书等多个门类，其中包括了许多新的学科，新的知识。可以说，梁启超的每一个建议都非常具有前瞻性，有助于建立一个良好的阅读环境，培养幼童的理性思维能力，并通过众多门类知识的学习来实现有价值的成长。

再次，梁启超发现，妇女在塑造童年和保护童年方面的重要作用。事实上，正是妇女也只有妇女，才是童年真正的监督人，是她们自始至终地在塑造和保护着童年。自古以来，在抚养孩子方面，一直是妇女扮演着重要的角色。梁启超说："西人分教学童之事为百课，而由母教者居七十焉，孩提之童，母亲于父，其性情嗜好，惟妇人能因势而利导之，以故母教善者，其子之成立也易；不善者，其子之成立也难，《颜氏家训》曰：'教儿婴孩，就傅以前，性质志量，皆已略定，少成若性，长则因之。'此实言教育学一起之始基也。苟为人母者，通于学本，达于教法，则孩童十

─────────

[1]梁启超：《论幼学·变法通议》，华夏出版社2002年版，第105页。

岁以前，于一切学问之浅理，与夫立志立身之道，皆可以粗有所知矣。"[1]中国传统的家庭教育理论，对妇女在教育上的作用多从胎教角度立论，而梁启超注意到妇女对儿童的知识、品格、气质培养等方面的引导塑造力量，认为妇学关涉到国家兴亡、民族强盛。他指出："故治天下之大本二，曰：正人心，广人才。而二者之本，必自蒙养始；蒙养之本，必自母教始；母教之本，必自妇学始。故妇学实天下存亡强弱之大原也。"[2]妇女的知识水平和道德素养，决定了蒙养的实际效果；而蒙养又是正人心广人才的根本途径，也决定着国家的兴旺和民族的强盛。梁启超就是根据这样的认识逻辑，发出重视妇学、提高妇女地位的呼声。

最后，梁启超反复强调要培养幼童的廉耻观。他批判传统的私塾教育弊病重重："今之教者毁齿执业，鞭笞角黄挞，或破头颅，或溃血肉，饥不得食，寒不得息。国家立法：'七年曰悼，罪且减等。'何物小子，受此苦刑！是故中国之人，有二大厄：男女罹毒，俱在髫年，女者缠足，毁其肢体；男者扑头，伤其脑气。……古之听讼，犹禁笞楚，所以养廉远耻，无令自弃；今于鼓箧之始，而日以囚虏之事待之，无惑乎世之妾妇其容，奴隶其膝，以应科第求富贵

---

[1]梁启超：《论女学·变法通议》，华夏出版社2002年版，第91页。
[2]梁启超：《论女学·变法通议》，华夏出版社2002年版，第92页。

者，日出而不可止也。"[1]对儿童施加暴力，一方面是对儿童人格的不尊重，没有将儿童视为有尊严、有人格的个体存在；另一方面也说明了成人缺乏对儿童心理和生理的正确认识，也没有发展出对儿童施以同情和爱护的机制。据梁启超看来，对儿童施加暴力的结果是既伤害了儿童的生理健康，又损害了儿童的个体尊严，更无助于发展儿童的廉耻观。在《论幼学》一文中，养廉耻的议论比比皆是，可见梁启超非常深入地思考了廉耻观的价值。传统文化中也多有关于廉耻的议论，《论语·学而》篇中说道："子曰：道之以政，齐之以刑，民免而无耻。道之以德，齐之以礼，有耻且格。"但是传统的养廉远耻主要针对的是成人，而梁启超则将羞耻观与儿童的尊严、儿童的成长联系起来，这种认识非常具有前瞻性。

　　在童年概念的演化中，将成长中的孩子同羞耻观念联系起来，这是非常关键的一步。尼尔·波兹曼指出："没有高度发展的羞耻心，童年便不可能存在。"[2]羞耻首先意味着文化能够并且情愿对儿童有所隐瞒。在《论女学》中，梁启超就指出，幼童由于缺乏母亲有理智、有文化的呵护，所以暴露在成人的大千世界中，他们有机会接触成人世界的

---

[1]梁启超：《论幼学·变法通议》，华夏出版社2002年版，第107页。

[2][美]尼尔·波兹曼著，吴燕莛译：《童年的消逝》，广西师范大学出版社2004年版，第12页。

一切秘密，包括性、暴力、本能和自我等等。"今中国小学未兴，出就外傅以后，其所以为教者，亦既猥陋灭裂，无所取材，若其髫龄嬉戏之时，习安房闼之中，不离阿保之手，耳目之间，所日与为缘者，舍窗第、筐箧至极猥琐之事，概无所闻见。其上焉者，歆之以得科第，保禄利，讳之以嗣产业，长子孙，斯为至矣。故其长也，心中目中，以为天下之事，更无有大于此者，万方亿事，同病相怜，冥冥之中，遂以酿成今日营私趋利，苟且无耻，固陋蛮野之天下。"[1] 由于儿童过早地了解到成人的秘密，他们的童年也就过早地结束了，这也是为什么当时的儿童一脱下开裆裤结束了婴儿期，便和成人的举止行为大同小异的原因。梁启超认识到，儿童缺乏羞耻的观念，不仅对儿童的成长不利，而且会危害国家的长远发展。因为儿童的发展意味着国家的未来。他将少年与国家的未来联系在一起："造成今日之老大中国者，则中国老朽之冤也；制出将来之少年中国者，则中国少年之责任也。彼老朽者何足道，彼与此世界作别之日不远矣，而我少年乃新来而与世界为缘。"[2] 在文章中，梁启超高度赞扬少年人的活力、热情、勇气、欢乐、好奇等天性，并将国家民族振兴的希望寄托在少年人的身上。

---

[1] 梁启超：《论女学·变法通议》，华夏出版社2002年版，第91—92页。

[2] 梁启超：《少年中国说》，陈书良选编：《梁启超文集》，燕山出版社1997年版，第80页。

总体上看，梁启超从四个方面阐述了自己对儿童的认识。他关注的重点是，儿童的知识教育和道德教育，并且他首次将儿童与国家发展的未来相提并论，赋予儿童新的意义。在梁启超之后，许多报纸都沿袭了《少年中国》说中出现的"少年"一词，可见他的理论在当时的影响力。

二、严复的儿童观念

严复是近代中国向西方寻求救国真理的先进人物、重要的启蒙思想家和最著名的翻译家。他将西方的社会政治学说介绍到中国，影响最为深远的是《天演论》。严复糅合了达尔文的自然选择和斯宾塞的社会竞争学说，将"物竞天择，适者生存"的社会达尔文主义介绍和传播到中国，这是对近代知识分子的知识启蒙，并影响了19世纪末和20世纪初一代中国知识分子的思想，在近代中国的变革中起到了重大的推动作用。社会达尔文主义经严复的诠释传播，形成了一种新的意识形态，它认为世界是发展的，人类社会进化的公例是："是故国之强弱贫富治乱者，其民力、民智、民德三者之征验也，必三者既立而后其政法从之。"[1]在严复看来，中国要想实现国富民强的目标，当务之急是鼓民力、开民智、新民德。显而易见，无论是鼓民力、开民智，还是严复

---

[1]严复：《原强修订稿》，王栻主编：《严复集》第1册，中华书局1986年版，第25页。

最为看重的新民德，其最终的落脚点都是儿童。

第一，就开民智而言，严复批判八股取士的目标和方法与开启民智的目标背道而驰，严重背离了儿童接受知识的心理条件。"今日之经义八股，则适足以破坏人材，复何民智之开之与有耶？且也六七龄童子入学，脑气未坚，即教以穷玄极眇之文字，事资强记，何裨灵襟！"[1]严复意识到，儿童的生理心理处于不断地变化发展中："其萌达有定期，而随人为少异，非教者之能察，而不犯凌节躐等之讥寡矣。是故教育者，非但曰学者有所不知，而为师者讲之使知；学者有所未能，而为师者示之使能也。"[2]教育必须和儿童变化的心理过程同步，既不能拔苗助长，也不能放任自流，何况儿童的个性并非千人一面，还存在因材施教的问题，这些都对教育者提出了不小的挑战。严复的论断和现代儿童心理学的理论是不谋而合的。"从人的社会性来说，儿童和成人是基本相同的，但从发展水平来说，他们之间却存在很大差别。……所有的父母和教师，以及其他一切儿童教育工作者，如果要想有效地把儿童塑造成优秀的一代，只有一种良好的教育愿望是不够的，必须同时理解儿童心理发展的特点

---

[1]严复：《原强修订稿》，王栻主编：《严复集》第1册，中华书局1986年版，第29页。

[2]严复：《论小学教科书亟宜审定》，王栻主编：《严复集》第1册，中华书局1986年版，第199—200页。

和规律，依据这些特点和规律进行教育时，既要考虑儿童现有的发展水平，又要恰当地提出要求，并把这种要求变为儿童自己的需要，才能使教育工作更好地进行，教育质量不断地提高。"[1]

严复深谙知识对于成长的重要性，他发现掌握知识的多少是区别成人与儿童主要标准。他明确指出："不幸吾国往昔舍科举而外，且无教育。使其人举业不成，往往终身成废。因缘事会，降就商工之业，则觉半世所为，无一可用。而此时愿有之知识，蒙蒙然与六七龄孩稚同科。"[2]在印刷文化时代，成人和儿童最主要的区别即在于他们阅读能力的差异，成人通过广泛、大量的阅读具备了活跃的个性意识，有逻辑和有次序的思考能力，能使个人和文字符号间保持距离的能力，能够操控高层次的抽象概念和延迟满足的能力。读书如果只是为了八股取士，为了科场中第而皓首穷经，将才智消磨于对儒家经典的注疏中，则导致知识内涵单薄，知识结构单调，知识视野狭隘，丝毫不能培养出真正的阅读能力，也无法在成人与儿童之间划分出明显的界限。

严复意识到了光有知识的积累并不足以培养新的国民，所以必须提倡个人的创新能力和创造精神，这才是开启民智

---

[1]朱智贤：《儿童心理学》，人民教育出版社2003年版，第7页。

[2]严复：《实业教育——侯官严复在上海商部高等实业学校演说》，《严复集》第1册，王栻主编，中华书局1986年版，第203页。

的精髓。严复指出西洋的学术就具备创新精神："言学则先物理而后文词，重达用而薄藻饰。且其教子弟也，尤必使自竭其耳目，自致其心思，贵自得而贱因人，喜善疑而慎信古。……故赫胥黎曰：'读书得智，是第二手事，唯能以宇宙为我简编，民物为我文字者，斯真学耳。'此西方教民之要术也。"[1]可见学问贵在创新，启发民智的重点不仅仅在于传播受众多少门类的知识，而在于通过阅读来培养受众的创新能力和追求新知的热忱。师者的教育目标显然不是单纯地传递知识，那么教育的真谛又是什么呢？严复认为："教育者，将以渝其天明，使用之以自求知；将以练其天禀，使用之以自求能；此古今圣哲之师，所以为蒙养教育之至术也。孟子曰：'引而不发，跃如也。'孔子曰：'举一隅必以三隅反。'夫非是之谓乎？"[2]显然，严复觉得教育重在启发，培养儿童的理性和创造精神才是第一位的。

第二，就新民德而言，严复非常看重德育，并且认为德育的重要性远胜于智育。严复提出："而德育之事，虽古今用术不同，而其著为科律，所以诏学者，身体而力行者，上下数千年，东西数万里，风尚不齐，举以大经，则一而

---

[1]严复：《原强修订稿》，王栻主编：《严复集》第1册，中华书局1986年版，第29页。

[2]严复：《论小学教科书亟宜审定》，王栻主编：《严复集》第1册，中华书局1986年版，第200页。

已。忠信廉真，公恕正直，本之修己以为及人，秉彝之好，黄白棕黑之民不大异也。不大异，故可著诸简编，以为经常之道耳。"[1]严复认为，德育的目标可以通过编排教科书来实现：尽管古今中外文明发展的进程存在着差别，但是就一些人类生存的普适性的道德原则而言，则古今中外大同小异。这些原则，比如忠实、廉洁、公正、宽恕、信任、正直、友好、严于律己宽以待人等等，都是人类公认并且推崇的道德品质，随时间变化的可能性不大，因此这些道德品质具有相对地稳定性，编入教科书也具有相对地牢固性，通过教科书来实现智育的目标也具有切实可行性。接着严复区别了智育与德育的目标。智育的目标是追求真知，求本溯原。"夫智育之为教也，贵求其所以然，如几何然。"[2]而德育的目标意在遵守而不是寻根究底。德育重在修身，即通过道德规范塑造一个理想人格——将外在的道德规范化为内在操守。"德育修身诸要道，固未尝无其所以然，第其为言也深，其取义也远，虽言之，非成童者之所能喻也。而其为用又之切，使必待知其所以然，而后守而行之，则其害已众

[1]严复：《论小学教科书亟宜审定》，王栻主编：《严复集》第1册，中华书局1986年版，第200页。

[2]严复：《论小学教科书亟宜审定》，王栻主编：《严复集》第1册，中华书局1986年版，第200页。

也。"[1]严复清晰地表明，道德规范不能等儿童理解了以后再去遵守，否则会造成严重的危害，所以教科书能够也必须将道德规范形诸文字，将文明的薪火世世代代传递下去。

严复的德育观有传统的层面，也有现代性的层面。传统层面体现在，严复秉持着传统的道器观，将德育与"道"相提并论，指出人伦天理对国家存亡、社会文明进步的决定性作用。他说："往自尧舜禹汤文武，立之民极，至孔子而集其大成，而天理人伦，以其以垂训者为无以易，汉之诸儒，守缺抱残，辛苦仅立，绵绵延延，至于有宋，而道学兴。虽其中不敢谓于宇宙真理，不无离合，然其所传，大抵皆本数千年之阅历而立之分例。为国家者，与之同道，则治而昌；与之背驰，则乱而灭。故此等法物，非狂易失心之夫，必不敢言破坏。"[2]严复不满于年轻一代对传统文化轻率的态度，认为他们并不明了传统文化的精髓，而只是抓住传统文化的流弊不放，动辄"乃群然怀鄙薄先祖之思，变本加厉，遂并其必不可畔者，亦取而废之。然而废其旧矣，新者又未立也。急不暇择，则取袭皮毛快意一时之议论，而奉之为无

---

[1]严复：《论小学教科书亟宜审定》，王栻主编：《严复集》第1册，中华书局1986年版，第200页。

[2]严复：《论教育与国家之关系——在环球中国学生会演说》，《严复集》第1册，王栻主编，中华书局1986年1月第1版，第168页。

以易。"[1]严复德育观现代性的一面体现在他敏感地觉察到现代科技的负面作用,高度赞扬人伦天理对科技发展的纠偏作用。"惟器之精,不独利为善也,而为恶者尤利用之。浅而譬之,如占之造谣行诈,其果效所及,不过一隅,乃今有报章,自有邮政,自有电报诸器,不崇朝而以遍全球可也,其力量为何如乎?由此推之,如火器之用以杀人,催眠之用以作奸,何一不为凶人之利器?"[2]技术的后果总是难以预料的,人们想当然地以为(也包括严复),只要以人伦天理来控制技术,便可以实现技术发展与应用的良性化。这只是一种美好的想象,而并非现实。因为任何一种技术都包含着无形的形而上学,它有自身的发展逻辑,技术从根本上来说,都是要创造出一种全新的人的环境。技术的正面作用和负面作用犹如硬币的两面,犹如水乳交融。

严复对德育的重视,有利于维护童年的成长。对儿童而言,羞耻感在他们正规和非正规的教育中具有无可估量的价值。成人通过分阶段地将他们的羞耻心转化为一系列的道德规范,从而让他们安全并逐步地了解这个世界。

---

[1]严复:《论教育与国家之关系——在环球中国学生会演说》,《严复集》第1册,王栻主编,中华书局1986年1月第1版,第168页。

[2]严复:《论教育与国家之关系——在环球中国学生会演说》,《严复集》第1册,王栻主编,中华书局1986年1月第1版,第167—168页。

第二节 民国时期的儿童观

在近代中国文化发展历程中，五四新文化运动是一个不可逾越的思想高峰。这一期间，思想精英思考和传播了许多重要的观念，"儿童本位"是这一时期涌现的重要理论观念。

一、鲁迅的儿童观念

1918年1月，《新青年》杂志刊登了征求关于"儿童问题"文章的启事，同年9月，鲁迅率先在《新青年》上发表《狂人日记》，发出了"救救孩子"的呼声。之后，他在《新青年》上陆续发表《我们现在怎么做父亲》《随感录》25、40、49、63等等阐述儿童问题的杂文，阐述自己的儿童观念。

在研究和分析鲁迅和周作人对儿童的贡献时，有必要区分两个重要的观念，一个是"幼者本位论"，一个是"儿童本位论"。众多研究者认为，五四时期的鲁迅和周作人以人道主义、民主主义为武器，重视人的价值，提倡人的解放；他们并肩反对封建礼教和伦理，一起反对封建妇女观，呼吁妇女解放；一起反对封建儿童观，呼吁儿童的解放。他们反对封建儿童观的利器，是西方社会以进化论和人本主义为依据的儿童本位论。[1]这些研究者的论述将鲁迅秉持的"幼儿本位论"与周作人提倡的"儿童本位论"相提并论，这其实混淆了二者的理论依据。

"幼儿本位论"是从人的生物属性上立论。鲁迅在《我们现在怎样做父亲》一文中，将自己的"幼儿本位论"阐述得非常清晰透彻。"生命何以必需继续呢？就是要发展，要进化。个体既然免不了死亡，进化又毫无止境，所以只能延续着，在这进化的路上走。走这路须有一种内的努力，有如单细胞动物有内的努力，积久才会繁复，无脊椎动物有内的努力，积久才会发生脊椎。所以后起的生命，总比以前的更有意义，更近完全，因此也更有价值，更可宝贵；前者的生命，应该牺牲于他。"[2]从这段话可以看出几层含义：一是鲁迅将进化等同于进步，这是典型的社会达尔文主义的论调；二是鲁迅认为物种变异是有"内的努力的"，换言之，物种变异不是偶然、不自觉的、随机产生的，这与达尔文的生物进化论其实是大相异趣的；三是鲁迅认为后起的生命比以前的更有意义、更有价值，这其实涉及价值判断、道德判

[1]宋其蕤：《鲁迅和周作人儿童与儿童文学观比较》，《广州大学学报》（社会科学版）2005年5月，相似论述有蒋风、韩进：《中国儿童文学史》（安徽教育出版社1998年10月版），孙建江：《20世纪中国儿童文学导论》（江苏少年儿童出版社1995年2月版），王泉根：《现代儿童文学主潮》（重庆出版社2000年版）等。
[2]鲁迅：《我们现在怎样做父亲》，《鲁迅杂文全编》（一），人民文学出版社2006年版，第130页。

断等深层次的理论问题。显然，鲁迅是用进化论的标杆衡量生命的意义和价值，自然就得出前者的生命应该牺牲于后者的结论。

"儿童本位论"着眼于人的社会属性，理论依据是现代儿童心理学、儿童哲学和教育学。"儿童本位论"强调以儿童为教育之本，提倡尊重并重视儿童，反对以教师为中心的教育方法，主张以儿童活动为教育的主要方式和内容。幼儿和儿童在概念上并不相同。幼儿是一个年龄上的描述，是一个生物学意义上的概念。以周作人的话言之，则是"儿童学上的分期，大约分作四期，一婴儿期（一至三），二幼儿期（三至十），三少年期（十至十五），四青年期（十五至二十）。"[1]显然，幼儿用来描述三到十岁的孩子。但是，儿童不是一个生物学意义的概念，而是一个社会学意义上的概念，描述的是孩子的文化属性。"童年的概念是文艺复兴的伟大发明之一，也许是最具有人性的一个发明。童年作为一种社会结构和心理条件，与科学、单一民族的独立国家以及宗教自由一起，大约在16世纪产生，经过不断提炼和培育，延续到我们这个时代。"[2]从传播学的角度看，儿童是

---

[1]周作人：《儿童的文学——一九二〇年十月二十六日在北平孔德学校演讲》，《儿童文学小论·新文学的源流》，河北教育出版社2002年版，第40页。

[2][美]尼尔·波兹曼著，吴燕莛译：《童年的消逝》，广西师范大学出版社2004年5月版，第2页。

一个不知道成人所知道的某些信息的群体，属于独立的社会结构，具有独立的意义和价值。周作人指出："以前的人对于儿童多不能正当理解，不是将他当作缩小的成人，拿'圣经贤传'尽量的灌下去，便将他看作不完全的小人，说小孩懂得甚么，一笔抹杀，不去理他。近来才知道儿童在生理心理上，虽然和大人有点不同，但他仍是完全的个人，有他自己的内外两面的生活。儿童期的二十几年的生活，一面固然是成人生活的预备，但一面也自有独立的意义和价值；因为全生活只是一个生长，我们不能指定那一截的时期，是真正的生活。"[1]因为"儿童"与"幼儿"的概念存在着本质上的不同，所以"幼儿本位论"和"儿童本位论"也存在着根本差异。

既然在理论上区分了"幼儿本位论"和"儿童本位论"，那么研究者面临的问题是：究竟鲁迅的"幼儿本位论"对构建近代童年有何贡献呢？

首先，鲁迅发展出了成熟的个性意识，他认为儿童是值得尊重的个体，有着独立价值和人格的存在。他批驳传统社会中漠视儿童的尊严、窒息儿童个性的观念："然而这许多人口，便只在尘土中辗转，小的时候，不把他当人，长大以后，也做不了人。……所有的小孩，只是他父母福气的材

[1]周作人：《儿童的文学——一九二〇年十月二十六日在北平孔德学校演讲》，《儿童文学小论·新文学的源流》，河北教育出版社2002年版，第38页。

料，并非将来'人'的萌芽，所以随便辗转，没人管他，因为无论如何，数目和材料的资格，总还存在。即使偶尔送进学堂，然而社会和家庭的习惯，尊长和伴侣的脾气，多与教育反背，仍然使他和新时代不合。大了以后，幸而生存，也不过'仍旧贯如之何'，照例是制造孩子的家伙，不是'人'的父亲，他生了孩子，便仍然不是人的萌芽。"[1]林毓生在分析鲁迅的个性论时，曾经精辟地指出："个人的尊严来自个人至高无上的、不可化约的价值。用卢梭的话来说：'每个人都是高贵的存在，他的高贵使得他不可成为别人工具的程度。'康德则说：'概括言之，人与一切理性的存在，其本身是作为目的存在的，而不是作为这个或那个意志任意使唤的工具而存在的。……因为作为理性的存在，人性的特质已使他显露出他的存在本身即是目的。这种人的自身目的性，不仅是从人的主观（主体性）存在来看是如此；从客观（客体性）存在而言，他是客体世界的目的。'"[2]林毓生在理论上廓清了个性的理论源头和表现方式，后者主要包括尊重个人的自主性、隐私权和自我发展的权利，这其实也是个人自由的三个面相。人的自由——人的自主性、隐

---

[1]鲁迅：《随感录二十五》，《鲁迅杂文全编》（一），人民文学出版社2006年6月第1版，第273页。

[2][美]林毓生：《丰饶的含混性》，林毓生著：《热烈与冷静》，上海文学出版社1998年6月版，第182页。

私权与自我发展的权利——正是个人主义坚实的核心。鲁迅在《我们现在怎样做父亲》中提出"一，要保存生命；二，要延续这生命；三，要发展这生命（就是进化）"[1]的观点，体现出他对个人主义的深刻理解。

其次，秉承着尊重儿童的原则，鲁迅在儿童教育问题上也独抒己见。在鲁迅眼中，传统中国只存在着"长者"对"幼者"的威权式教育或溺爱式教育。"中国中流的家庭，教孩子大抵只有两种法，其一，是任其跋扈，一点也不管，骂人固可，打人亦无不可，在门内或门前是暴主，是霸王，但到外面，便如失了网的蜘蛛一般，立刻毫无能力。其二，是终日给以冷遇或呵斥，甚而至于打扑，使他畏葸退缩，仿佛一个奴才，一个傀儡，然而父母却美其名曰'听话'，自以为是教育的成功，待到放他到外面来，则如暂出樊笼的小禽，他决不会飞鸣，也不会跳跃。"[2]鲁迅的这段话可以作两个层面上的理解：一是反映了传统社会的成人世界的不成熟。近代中国文化同时蕴涵着坠落与上升的文化趋势，一方面是传统的文化符号被逐渐消解，另一方面是西方的文化符号逐渐在中国安家落户，并得到了新兴知识分子的赞同与认

[1]鲁迅：《我们现在怎样做父亲》，《鲁迅杂文全编》（一），人民文学出版社2006年6月第1版，第128页。

[2]鲁迅：《上海的儿童》，钱理群编选：《鲁迅杂文选读》，人民文学出版社2005年3月版，第20页。

可，其中成人的内涵也被重新定义。戊戌维新时期的知识分子已经敏锐地认识到这一点，比如严复就说过："不幸吾国往昔舍科举而外，且无教育。使其人举业不成，往往终身成废。因缘事会，降就商工之业，则觉半世所为，无一可用。而此时愿有之知识，蒙蒙然与六七龄孩稚同科。"[1] 他的意思无非是在近代的文化环境中，成人的资格要以掌握知识的多少来确定。所以鲁迅讽刺一些愚昧无知的老先生 "以为父的资格，只要能生。能生这件事，自然便会，何须受教呢"[2] 的落后观点，在一定程度上提出了重新确定父亲资格的建议，也就是重新确定成人世界的边界。其二，鲁迅将两种不正确的教育方式相提并论，即溺爱和奴役都阻碍着儿童健康成长。溺爱孩子的实质是，父母放弃了自己的责任，自我丧失了对儿童的引导作用，虽然儿童有着成长的智慧，但是由于儿童缺乏足够的理性和自制力，在失去引导、示范、鼓励和适当惩罚的条件下，他的个性和能力都不能得到正常的舒展和发扬。而奴役孩子的实质则是，无视孩子心灵的独立和个性的完整，把孩子视做不完全的人。

第三，鲁迅发展了独特的 "爱" 的智慧。鲁迅从人的天

---

[1] 严复：《实业教育——侯官严复在上海商部高等实业学校演说》，王栻主编：《严复集》第1册，中华书局1986年1月第1版，第203页。
[2] 鲁迅：《随感录二十五》，《鲁迅杂文全编》（一），人民文学出版社2006年6月第1版，第273页。

性上立论，尖锐地批判传统的人伦道德的虚伪性和功利性，主张用一种健康的、符合社会和人类长远发展的新道德取代传统的三纲五常，"爱"就是他所提倡的新道德的核心。鲁迅区别了"爱"与"恩"，恩是没有脱离交换关系和利害关系的感情，是要求回报的；而爱是无私奉献的情感，是秉承着进化的原则，希望子孙后代一代比一代强的天性。在鲁迅看来，施"爱"比施"恩"更符合自然发展的规律，更能促进社会的进步。"爱"首先是爱己，这是生命存在的前提条件。在易卜生的《群鬼》中，由于主人公患上了遗传性的疾病，无法像正常人一样生活，最后要求自己的母亲结束自己的生命。当母亲震惊地说，"我，生你的人！"时，主人公回答："我不曾教你生我。并且给我的是一种什么日子？我不要他！你拿回去罢！"鲁迅举出这个例子，是从生物学的角度说明，保存自己的生命，对子孙后代的影响不可谓不大矣。然而身体健康，没有精神上体质上的缺点只是延续生命的第一步。生命不仅要延续，更要发展。因此，"爱"的第二步则是要发展生命。如果希望子孙后代一代比一代强，实现生命的超越，那么必须要改变传统的观念，例如"三年无改于父之道"之类。鲁迅认为："只要思想未遭锢蔽的人，谁也喜欢子女比自己更强，更健康，更聪明高尚——更幸福；就是超越了自己，超越了过去。"[1]将这种"爱"的天性发扬光大，对个人的意义不言自明；对国家和民族来说，则是在激烈的国际竞争中保存种族的前提。

近代以降，尤其是承受了中日甲午战争之巨大冲击后，仁人志士们无不感到危亡迫在眉睫，无不在思考救亡图存的道路。而欲要救亡图存，其最关键的问题在于——如何唤醒民众，将个人的力量整合到救国救民的时代浪潮中去。如果将个人视为启蒙的落脚点，那么"爱"无疑是培养一代代新人的有益路径。"爱"究竟意味着什么呢？首先，"爱"源于理解。鲁迅指出："往昔的欧人对于孩子的误解，是以为成人的预备；中国人的误解，是以为缩小的成人。直到近来，经过许多学者的研究，才知道孩子的世界，与成人截然不同；倘不先行理解，一味蛮做，便大碍于孩子的发达。所以一切设施，都应该以孩子为本位……"[2]鲁迅批判了两种童年观，一种是流行于西方的"成人的预备"，一种是盛行于国内的"缩小的成人"。所谓"成人的预备"，即是指教育者的唯一目的，他全部经历所指向的目的，就是让儿童为他将来必须参与的社会生活做好准备。成年人教给儿童的，

---

[1]鲁迅：《我们现在怎样做父亲》，《鲁迅杂文全编》（一），人民文学出版社2006年版，第133页。

[2]鲁迅：《我们现在怎样做父亲》，《鲁迅杂文全编》（一），人民文学出版社2006年版，第133页。

是他在文明社会中生活必须知道的东西。儿童不过是"一个未来的存在"，他不过是被看作一个"在生长"的人，因此在他达到成为一个人的阶段以前，他是无甚价值的。比如，洛克就认为儿童始终是潜在的公民和商人。虽然这种观点漠视了儿童的个性，违反了儿童的自然成长，但是它至少承认了儿童的主体性存在，即儿童是独立的社会结构。而"缩小的成人"缺少这种儿童是主体性存在的意识。中国传统的观念认为，儿童是不存在的。当然，从生物学角度看，人群中的确存在着年龄、体力、智力等等自然性的差异，但是从社会学角度看，传统观念还没有将成人与儿童作本质上的区分。

"爱"的第二个旨向是指导。指导是奠基于平等之上的，长者应该是指导者和协商者，而不是命令者。指导的结果是，养成幼者"耐劳作的体力，纯洁高尚的道德，广博自由能容纳新潮流的精神，也就是能在世界新潮流中游泳，不被淹没的力量。"[1]从理论发展脉络上看，鲁迅延续了"鼓民力，新民智，开民德"的新民观，并将前一代的认识加以进一步的阐述。他深入思考了教育的手段、方向、目的和作用，展望了教育的未来。"爱"的最终目的是要解放。"新教育的目的就是发现和解放儿童。与之有关的首要问题就是

[1]鲁迅：《我们现在怎样做父亲》，《鲁迅杂文全编》（一），人民文学出版社2006年版，第134页。

儿童的存在；其次是当他日趋成熟时，为他提供必不可少的帮助。这意味着必须有适合于儿童成长的环境。环境必须为那些发展儿童能量的活动的开展提供必要媒介，障碍物必须减少到最少。由于成年人也是儿童环境的一部分，他们也应该使自己适应于儿童的需要。"[1]何谓解放？鲁迅的理解是："子女是即我非我的人，但既已分立，也便是人类中的人。因为即我，所以更应该尽教育的义务，交给他们自立的能力；因为非我，所以也应同时解放，全部为他们自己所有，成一个独立的人。"[2]这一句话实际上是承上启下，上接"爱"是指导，即我们为什么应该教育孩子——因为子女是即我的人，他们经过我们来到这个世界，我们不能放弃指导他们的责任；下承子女是非我的人，他们和我们一样，是拥有不可化约之权利的个体，所以我们一是要必须尊重他们，二是要让他们成为独立的个人，这即意味着成年人不应该成为儿童独立活动的障碍，更不应该代替儿童去进行那些使儿童达到成熟的活动。

当鲁迅提出用崭新的"爱"的伦理替代压抑个性、伪善的三纲五常后，他预料到这种新伦理将遭遇许多反对的言

---

[1] [意]蒙台梭利著，江雪编译：《童年的秘密》，天津人民出版社2003年版，第112页。

[2] 鲁迅：《我们现在怎样做父亲》，《鲁迅杂文全编》（一），人民文学出版社2006年版，第134页。

论，为此他一一展开针对性很强的分析。首先，有人会担忧解放以后，父母从此以后会一无所有了。鲁迅指出，这种担忧纯属是杞人忧天。根据生物学原理，所有动物都具有定期性的繁殖本能，这是"爱"的一种表现形式。爱的这种表现形式是自然的需要，如果没有它，就不会有生命的延续。"爱"是和生命一同前行的，所以拥有"爱"的父母绝对不会一无所有。但是解放新生命的确会引发一个问题，即父母会丧失教育的权威性。然而，权威有合理和不合理之区别。鲁迅解释说，合理的权威来自于自己"独立的本领和精神、广博的趣味和高尚的娱乐"。也就是说，要想成为一个合格且称职的父母，必须自己有足够的能力才行。

　　其次，有人会担忧解放之后，父母和子女间的感情会疏远。鲁迅说，爱是比孝更正常、更有力的情感，它只会让父子之间的感情更加深厚。而"孝行"披的倒是伪善的外衣，违反人类的自然本性。虽然封建统治者百般提倡孝行，甚至将孝行与升官发财等物质性奖励联系在一起，而实际却是压抑了人的真情实感，助长了虚伪的道德行为。"父恩谕之于先，皇恩施之于后，然而割股的人物，究属寥寥。足可证明中国的旧学说旧手段，实在从古以来，并无良效，无非使坏人增长些虚伪，好人无端的多受些人我都无利益的苦痛罢了。"[1]鲁迅所珍视的"爱",并不只是父母对子女的爱,也包括子女对父母的爱,这种爱是双向的。蒙台梭利认为,爱的本质是伟大、崇高、恒久忍耐、仁慈、喜爱真理、包容、信心、制怒等种种优秀的人类品质。要是没有爱,人类创造的一切,即使是所谓进步的,都将化为乌有。从生命本身的角度来考虑,爱不是一种想象的或者是渴望的东西,而是一种任何事情都不能破坏的永恒力量的存在,它就是创造的本身。爱的本质和儿童的天性相契合,换言之儿童就是爱和爱的源泉。"爱是降生于我们世界的每一个儿童的秉赋,要是儿童爱的潜能得以发挥,或者其全部价值都得以发展,我们就会取得无法计量的成就。"[2]如果承认蒙台梭利对爱的认识是符合事物本质的,那么鲁迅所说的"独有'爱'是真的"也就顺理成章了。

再次,有人担忧解放以后,长者要吃苦了。"幼者本位"对千百年来的"长者本位"的确是一种颠覆,不啻为一场伦理革命,但是否一定会导致长者吃苦呢?鲁迅的回答是否定的。一来,以前的三纲五常都充满了伪善的气息,所谓的"孝"和"烈"都是长者强者收拾幼者弱者的方法,违反

---

[1]鲁迅:《我们现在怎样做父亲》,《鲁迅杂文全编》(一),人民文学出版社2006年版,第135页。

[2][意]蒙台梭利著,任代文主译校:《蒙台梭利幼儿教育科学方法》,人民教育出版社2001年版,第613页。

人的自然本性不说，关键是缺乏对人的尊重，抹杀了人的自由。随着社会的发展、文明的进步，这种伦理道德更显得千疮百孔，缺乏使人信服并遵从的力量。二来如果一切以老为尊，那么幼者永远没有出头之日。中国的现实是男人和女人往往未老先衰，本来是二十岁的年轻人，但早已老态龙钟。倘若还不用新伦理改造旧伦理，使人群过上合理的生活，那么连种族的存在都将成为一个问题。最后，有人担忧解放以后，子女要吃苦了。鲁迅觉得这一是因为老而无能，二是因为少不更事。如果依然使用传统的教育方法，要么让幼者与社会隔离，要么教会幼者坏本领以适应社会，实际情况是都不能使社会和人类得到进步和发展。

鲁迅觉得根本的方法，只有改良社会。鲁迅从推崇爱、讴歌爱的价值转到改良社会的道路上去，从表面上看好像是风马牛不相及，其实细细分析，其中自有严密的逻辑。"爱"是源自于人类内心的正常情感，"爱"和爱的欲望不是人们能够学到的东西，而是人类的本性。但是这种本性能否得到发挥，部分取决于人类生活的环境。如果社会文化环境是压抑人性的，爱虽然不至于荡然无存，但它的力量肯定不能得以正常的释放。所以为了能够珍重、扩展和扩充爱，我们必须把对它的障碍降到最低点，根本的途径就在于改造社会。改造社会的任务非常艰难，"中国觉醒的人，为想随顺长者解放幼者，便须一面清结旧帐，一面开辟新路。就是开首所说的'自己背着因袭的重担，肩住了黑暗的闸门，放他们到宽阔光明的地方去；此后幸福的度日，合理的做人。'这是一件极伟大的要紧的事，也是一件极困苦艰难的事。"[1]到底是知难而上还是畏缩不前，鲁迅的深意不言而喻。

二、周作人的儿童观念

五四时期，周作人发表了几十篇关于儿童问题的文章，他呼吁解放儿童、尊重儿童、理解儿童，并将儿童问题与解放人性联系在一起。

首先，个人主义是周作人童年观的出发点。周作人提出自己的人道主义其实是一种个人主义。"但现在还须说明，我所说的人道主义，并非世间所谓'悲天悯人'或'博施济众'的慈善主义，乃是一种个人主义的人间本位主义。……所以我说的人道主义，是从个人做起。要讲人道，爱人类，便须先使自己有人的资格，占得人的位置。耶稣说，'爱邻如己'。如不先知自爱，怎能'如己'的爱别人呢？"[2]人

---

[1]鲁迅：《我们现在怎样做父亲》，《鲁迅杂文全编》（一），人民文学出版社2006年版，第138页。

[2]周作人：《人的文学》，王泉根编：《周作人与儿童文学》，浙江少年儿童出版社1985年版，第24页。

道主义与个人主义在意义上是有重合的。人道主义提倡关怀人、尊重人、以人为中心的世界观，它的前提显然是对人的尊严的肯定与坚持。如果我们尊重一个人，我们就必须肯定（一）他的自主性，（二）他的隐私权，（三）他的自我表现发展的权利。这三方面对个人的尊重，实际上也就是个人自由的三个面相。而人的自由——人的自主性、隐私权与自我发展的权利——正是个人主义的坚实核心。[1]

为什么周作人如此坚持个人主义？他提出了两个理由。一是"人在人类中，正如森林中的一株树木。森林盛了，各树也都茂盛。但要森林盛，却仍非靠各树各自茂盛不可。"二是"个人爱人类，就只为人类中有了我，与我相关的缘故。墨子说兼爱的理由，因为'己亦在人中'，便是最透彻的话。"[2]这两点无非是从整体与个别的关系着眼，论证个体对整体的意义，并充分肯定个体的价值。个人主义关系到人类的福祉，是和文明、教化、教育、文化等一切东西并列的一个因素，而且本身也是所有这些东西的一个必要部分和必要条件。约翰·密尔指出："总之，在并非主要涉及他人的事情上，个性应当维护自己的权利，这是可取的。

[1][美]林毓生：《丰饶的含混性》，林毓生著：《热烈与冷静》，上海文艺出版社1998年版，第182—184页。
[2]周作人：《人的文学》，王泉根编：《周作人与儿童文学》，浙江少年儿童出版社1985年版，第24页。

凡在不以本人的性格却以他人的传统或风俗为行为的准则的地方，那里就缺少着人类幸福的主要因素之一，而所缺少的这个因素同时也是个人进步和社会进步中一个颇为主要的因素。"[1]个性与发展是一回事，只有培养个性才能促进人类社会的进步。相应于个性的发展，每人也变得对自己更有价值，因此对于他人也能够更有价值。这也就是周作人倡导个人主义的实质所在。个性观念发展的必然结果是——它也会应用到儿童的身上，即儿童也是具有个性的实体，儿童有其自身的重要性。"自从文章上有救救孩子的一句话，这便成为口号，一时也流行过。但是怎样救法呢，这还未见明文。我的'杞人之虑'是要了解儿童问题，同时对于人与妇女也非有了解不可，这须得先有学问的根据，随后思想才能正确。狂信是不可靠的，刚脱了旧的专断便会走进新的专断。"[2]可见，周作人认为个性观念是从成人扩展到儿童身上的。

其次，从个人主义的理论出发，周作人提出要尊重儿童。"古人说，父母子女的爱情，是'本于天性'，这话说得最好。因他本来是天性的爱，所以用不着那些人为的束缚，妨害他的生长。……近时识者所说儿童的权利，与父母

[1][英]约翰·密尔著，许宝骙译：《论自由》，商务印书馆1959年版，第66页。
[2]周作人：《〈长之文学论文集〉跋》，王泉根编：《周作人与儿童文学》，浙江少年儿童出版社1985年版，第36页。

的义务，便即据这天然的道理推演而出，并非时新的东西，至于世间无知的父母，将子女当作所有品，牛马一般养育，以为养大以后，可以随便吃他骑他，那便是退化的谬误思想。英国教育家戈思德称他们为'猿类之不肖子'，正不为过。日本津田左右吉著《文艺上国民思想的研究》卷一说，'不以亲子的爱情为本的孝行观念，又与祖先为子孙而生存的生物学的普遍事实，人为将来而努力的人间社会的实际状态，俱相违反，却认作子孙为祖先而生存，如此道德中，显然含有不自然的分子。'祖先为子孙而生存，所以父母理应爱重子女，子女也就应该爱敬父母。这是自然的事实，也便是天性。"[1]从这段话，我们可以看出几层意思。其一，周作人提出父母和子女之间的爱情，本来是天然的感情，无须人为的束缚。这里的束缚，指的应该是传统的孝道。也就是说，周作人认为封建伦理道德中的"父为子纲"是反人性的，是对人性的桎梏，是违反自然规律的。其二，周作人从生物学的角度指明，祖先应该为子孙而生存，这即是"儿童本位论"的滥觞。其三，周作人明确提出，子女不是成人的所有品。人的存在，首要的一点是不能将他视为任何人的工具，儿童也不例外。如果没有对儿童人格的尊重，自然也谈不上发展儿童的个性。

―――――――――
[1] 周作人：《人的文学》，王泉根编：《周作人与儿童文学》，浙江少年儿童出版社1985年版，第27页。

再次，周作人根据西方发现人、到发现女人和儿童的历史进程，提出中国的当务之急是——"从新要发现人"，这是发现儿童的前提条件。他说："欧洲关于这'人'的真理的发见，第一次是在15世纪，于是出了宗教改革与文艺复兴两个结果。第二次成了法国大革命，第三次大约便是欧战以后将来的未知事件了。女人与小儿的发见，却迟至19世纪，才有萌芽，古来女人的位置，不过是男子的器具与奴隶。中古时代，教会里还曾讨论女子有无灵魂，算不算得一个人呢。小儿也只是父母的所有品，又不认他是一个未长成的人，却当他作具体而微的成人，因此又不知演了多少家庭与教育的悲剧。自从Froebel与Godwin夫人以后，才有光明出现。到了现在，造成儿童与女子问题这两个大课题，可望得出极好的结果来。中国讲到这类问题，却须从头做起，人的问题，从来未经解决，女人小儿更不必说了，如今第一步先从人说起，生了四千余年，现在却还讲人的意义，从新要发见'人'，去'辟人荒'，也是可笑的事。但老了再学，总比不学该胜一筹罢。我们希望从文学上起首，提倡一点人道主义思想，便是这个意思。"[1]研究者批评周作人的论点"惟套袭欧洲史上人的发现，引来中国之'人'的发现，实充分暴露浅薄无识。中国史上'人'的发现，早在先秦时代

[1]周作人：《人的文学》，王泉根编：《周作人与儿童文学》，浙江少年儿童出版社1985年版，第22页。

延展数百年，诸子百家之精神表现、言论孑遗，多可覆按。此时竟一概抹杀，视为四千年创举，真是无知，自视轻贱之论。"[1]王氏批驳周作人提出的"人"的发现，完全模仿了欧洲史上之"人"的发现，是对民族文化的自我菲薄。

那么我们如何理解周作人阐述的从"人"的发现，到"女人"和"小儿"的发现呢？或者说，中国近代的童年建构是否因袭了欧洲文明史上儿童的发现呢？为此，我们需要区别王尔敏先生所指的"人"与周作人所指的"人"。几个世纪以来，众多领域和学科里的专家对人性进行了广泛深入地探讨，有的说"人性本善"，有的说"人性本恶"，说"人性非善也非恶"，有的认为人类天生是竞争性和个人主义的，有的说人类天生是互助、合作和集体主义的，等等。但是正如马克思在《资本论》中所论述的那样："如果一个人想要通过效用原理来判断所有的人类行为、运动、关系等，他就必须首先要涉及人类的一般本性和不同的历史时期的不同人性。"[2]这句话一方面说明人性中有不变的一面，另一方面这种不变的本性得以实现和无法实现的情形取决于它所遇到的和它创造的情境。周作人提到的欧洲文艺复兴时

---

[1]王尔敏：《近代文化生态及其变迁》，百花洲文艺出版社2002年版，第263页。

[2][英]彼得·狄肯斯著，涂骏译：《社会达尔文主义》，吉林人民出版社2005年版，第113页。

期"人的发现"，其实汇入了当时思想自由和个性解放的时代浪潮中。他的命题侧重于依赖特定的社会和特定的历史时期的人性，即文艺复兴时期人性解放的潮流。王尔敏所说的中国史上"人的发现"，主要指的是先秦以来的诸子百家对人类不变之本性的探讨。就人性得以发挥的社会条件而论，中国几千年的封建专制实则泯灭了人的本性，禁锢了人的个性尊严、人格独立和人性价值，损害了人性的实现。既然周作人谈的是人性变化的一面，王尔敏谈论的是人性不变的一面，所以王尔敏对周作人的批评属于无的放矢。

第二个问题是，在近代中国的历史情境下，童年的概念是如何从成人世界中分离出来的呢？从表面上看，周作人的理论是对西方思想观念的移植。既然西方经历了发现人，继而发现女人和儿童的思想历程，那么中国也不例外。但是从深层次的分析看，实际情况并不如此。诚如梁启超所言，维新运动前后属于中国文化思想上的"饥荒时代"。早在洋务时期，北京同文馆、上海广方言馆，特别是江南制造总局附设的翻译馆就翻译了大量的西学书籍，涉及法学、经济学、历史学、化学、物理学、数学、天文艺、生理学、历法等各种知识门类，这对中国的思想界而言，完全是新知识和新学问。到了维新运动时期，以上海为中心，在《强学报》《时务报》创刊以后，介绍新思想、新学说的书刊层出不穷。大量涌入的新知识，使得时人必须借助于书本去思考与探索他们以前不曾知道也不曾了解的世界。当成年人意味着掌握更多的信息，并且通过阅读形成了足够的理性精神时，成年人与儿童的区别也就显而易见了。阅读定义了成年人，也将儿童从成年人的世界驱逐出来，在另外的世界安身，这另外的世界就是众所周知的童年。可见，近代中国经历了一个知识上的储备期，从而为分离成人和儿童提供了前提条件。所以周作人的说法是从近代中国的社会现实出发，并非是对西方文明史的简单移植。

最后，周作人批判了三种传统的儿童观，一是将儿童视为"不完全的小人"；二是视儿童为"缩小的成人"；三是将儿童视为"成人的预备"，从整体上说，周作人批判的重点是第三种。周作人一直强调"人"的价值，并且把儿童也列入"人"的行列。但是现实生活的情形是"西洋有一个时候把儿童当作小魔鬼，种种的想方设法克服他。中国则自古至今将人都做魔鬼看，不知闹到何时才肯罢休。"[1] 儿童连做人的资格都没有，何谈人的尊严呢？如果承认儿童是人，那么必须要确认儿童自身的目的性，以及否认儿童为任何意志的工具，包括视儿童为"成人的预备"。周作人批判把儿童视为"成人的预备"，其实就是批判否认儿童自身独立性

---

[1]周作人：《体罚》，王泉根编：《周作人与儿童文学》，浙江少年儿童出版社1985版，第30页。

的观念，也就是批判否定儿童是人的观念。这一点正是五四时期的知识分子与维新时代的知识分子在童年理论上的分水岭。从以前对梁启超思想的分析中可以看出，他之所以看重儿童，是因为儿童是中国的明天，肩负着救国救民的时代重任，但在他眼中，成人与儿童之间根本的差异并不存在。儿童自身的独立意义被抹杀了，儿童不过是"一个未来的存在"，他成长的终点才是他成长的意义。

有研究者认为，批判"不完全的小人"和"缩小的成人观"反映了周作人思想的进步，而周作人强调"顺应自然的生活各期"，则说明他思想的局限性。"在诗歌里鼓吹合群，在故事里提倡爱国，专为将来设想，不顾现在儿童生活的需要的办法，也不免浪费了儿童的时间，缺损了儿童的生活。"[1]反映了周作人由于"片面强调儿童心理个性，强调儿童文艺'务在顺应自然'，这就从一个极端走向另一个极端，陷入了'儿童本位论'的消极因素的泥淖，致使他有些观点自相矛盾。从人道主义与'儿童本位论'出发，凡是不合'人性'的，不能'顺应自然'的，不符合儿童心理与趣味的，他都排斥反对，他尤其反对儿童文艺的教育方向性与

---

[1] 周作人：《儿童的文学——一九二〇年十月二十六日在北京孔德学校所讲》，王泉根编：《周作人与儿童文学》，浙江少年儿童出版社1985版，第42页。

社会功能。"[1]这也是大多数研究者的观点。必须要澄清的两点是：其一，周作人的个人主义思想与他的"顺应论"，其实并不如有些论者所说的自相矛盾，恰恰相反的是，这两者是殊途同归的。也就是说，当周作人将人道主义作为自己的追求和信仰时，他自然将儿童视为独立的个人，拥有个人的主体价值，并且他承认儿童具有的纯真、活力等与生俱来的品质，主张不是用压抑而是用顺应的态度看待儿童的成长。其二，周作人反对"现在的教育想把儿童做成一个忠顺的国民"，相比于其他的启蒙人士，周作人更多地重视儿童的个人意义，唱响了属于童年的另一组旋律。

第三节　近代儿童观的特点

近代中国的儿童观发轫于晚清，成熟于五四，大约用了四十年的时间，而西方的童年概念大约从16世纪产生，用了将近四百年的时间。近代中国的儿童观既遵循着西方童年观发展的规律，同时也具备独特的民族性。

首先，和西方童年观相比，近代中国的童年观同样经历了一个从"洛克派"到"卢梭派"的发展历程。西方的童年观由两组知识旋律构成，分别为"洛克派"和"卢梭派"，就

[1]王泉根：《论周作人与中国现代儿童文学（代前言）》，王泉根编：《周作人与儿童文学》，浙江少年儿童出版社1985年版，第15页。

认识论而言，这两者不存在孰优孰劣之分，它们分别从两个角度完善对儿童的认识。"洛克派"站在成人的立场上，认为儿童是未成形的人，只有通过识字、教育、理性、自我控制、羞耻感的培养，儿童才能成为一个文明的成人。他们强调对儿童的知识教育、理性教育以及羞耻心的培养。"卢梭派" 则是站在儿童的立场上，认为儿童期的存在是自然规律，人们应当尊重儿童，尊重儿童期。晚清时期的思想精英的儿童观类似"洛克派"，五四时期思想精英的儿童观类似"卢梭派"。

洛克重视知识教育，提出书本学习和童年之间具有不可否认的内在联系。儿童需要不断学习知识，才能获得成年人的身份，因为儿童和成人的本质区别是通过知识的多少来衡量的。同时洛克把开发儿童的理性作为教育的目的，严格注意儿童的智力发展和培养他们的自控力。通过对梁启超、严复儿童观的整理，可以得出一个结论：他们发展了启蒙运动时期约翰·洛克的童年思想。梁启超主张提高知识教育的地位，不仅丰富了知识教育的内涵，也扩大了知识教育的外延。当梁启超提出建立新的知识体系时，比如重新编排蒙学教科书，实际上是在知识层面上发展了童年的概念。严复明确了成人与儿童在知识层面上的区别。他说："不幸吾国往昔舍科举而外，且无教育。使其人举业不成，往往终身成废。因缘事会，降就商工之业，则觉半世所为，无一可用。

而此时愿有之知识，蒙蒙然与六七龄孩稚同科。"[1]严复也重视儿童理性的培养。他说："教育者，将以渝其天明，使用之以自求知；将以练其天禀，使用之以自求能；此古今圣哲之师，所以为蒙养教育之至术也。孟子曰：'引而不发，跃如也。'孔子曰：'举一隅必以三隅反。'夫非是之谓乎？"[2]显然，严复觉得教育重在启发，培养儿童的理性和创造精神才是第一位的。

洛克抓住了羞耻感的重要性，使羞耻感成为保持童年和成年之间区别的工具。"'在一切事物中，名誉和耻辱，'他写道，'一旦人们喜欢上它们，是最能刺激心灵之物。假如你能使孩子形成珍惜名誉、憎恨耻辱，你就已经在他们心中植下了正确的原则。'"[3]西方学者说："羞耻是野蛮行为得以控制的机制，如切斯特顿所认为，它的主要力量来自于围绕着各种行为的神秘感和敬畏感。"[4]梁启超从两个角度批驳传统社会缺乏对儿童羞耻感的培养：第一是批驳传统蒙学的体罚手段损害儿童的个体尊严，无助于发展儿童的

[1]严复：《实业教育——侯官严复在上海商部高等实业学校演说》，《严复集》第1册，王栻主编，中华书局1986年版，第203页。

[2]严复：《论小学教科书亟宜审定》，王栻主编：《严复集》第1册，中华书局1986年版，第200页。

[3][美]尼尔·波兹曼著，吴燕莛译：《童年的消逝》，广西师范大学出版社2004年5月版，第82页。

[4][美]尼尔·波兹曼著，吴燕莛译：《童年的消逝》，广西师范大学出版社2004年5月版，第123页。

廉耻观。他说："今之教者毁齿执业，鞭笞角黄挞，或破头颅，或溃血肉，饥不得食，寒不得息。……古之听讼，犹禁笞楚，所以养廉远耻，无令自弃；今于鼓箧之始，而日以囚房之事待之，无惑乎世之妾妇其容，奴隶其膝，以应科第求富贵者，日出而不可止也。"[1]第二是痛斥传统文化缺乏隐藏秘密的意识："今中国小学未兴，出就外傅以后，其所以为教者，亦既猥陋灭裂，无所取材，若其髫龄嬉戏之时，习安房闼之中，不离阿保之手，耳目之间，所日与为缘者，舍窗第、筐篋至极猥琐之事，概无所闻见。其上焉者，歆之以得科第，保禄利，讳之以嗣产业，长子孙，斯为至矣。故其长也，心中目中，以为天下之事，更无有大于此者，万方亿事，同病相怜，冥冥之中，遂以酿成今日营私趋利，苟且无耻，固陋蛮野之天下。"[2]传统文化缺乏对信息加以控制的机制，导致儿童暴露在成人的大千世界中，有机会接触成人世界的一切秘密。一个缺乏秘密的社会也就是缺乏羞耻感的社会，一个没有羞耻感的社会也就是道德堕落的社会。

卢梭坚持儿童自身的重要性，儿童不只是达到目的的方法。他说："大自然希望儿童在成人以前就要像儿童的样子。如果我们打乱了这个次序，我们就会造成一些早熟的果实，它们长得既不丰满也不甜美，而且很快就会腐烂：我们

---

[1]梁启超：《论幼学·变法通议》，华夏出版社2002年版，第107页。

[2]梁启超：《论女学·变法通议》，华夏出版社2002年版，第91—92页。

将造就一些年纪轻轻的博士和老态龙钟的儿童。"[1]显然，卢梭肯定儿童具有独立的存在价值，否认儿童期是为将来的成人生活做准备的概念。五四新文化运动的两位先驱鲁迅和周作人，秉承着人道主义思想，真正体现了对儿童的尊重，对儿童世界的认可。鲁迅对儿童充满深厚的感情，所以有岛武郎在著作《与幼者》中说的话，正是鲁迅的心声。"人间很寂寞。我单能这样说了就算么？你们和我，像尝过血的兽一样，尝过爱了。去罢，为要将我的周围从寂寞中救出，竭力做事罢。我爱过你们，而且永远爱着。这并不是说，要从你们受父亲的报酬，我对于'教我学会了爱你们的你们'的要求，只是受取我的感谢罢了……象吃尽了亲的死尸，贮着力量的小狮子一样，刚强勇猛，舍了我，踏到人生上去就是了。"[2]与伪善的封建道德观念相比，这种立基于平等、尊重、奉献的爱，正是鲁迅极力追求的。鲁迅深刻地指出："往昔的欧人对于孩子的误解，是以为成人的预备；中国人的误解，是以为缩小的成人。直到近来，经过许多学者的研究，才知道孩子的世界，与成人截然不同；倘不先行理解，一味蛮做，便大碍于孩子的发达。所以一切设施，都应该以

---

[1] [法]卢梭著，李平沤译：《爱弥尔》，商务印书馆1994年版，第91页。
[2] 鲁迅：《随感录六十三》，《鲁迅杂文全编》（一），人民文学出版社2006年版，第341页。

孩子为本位……"[1]周作人也曾说："我们承认儿童有独立的生活，就是说他们内面的生活与大人不同，我们应当客观地理解他们，并加以相当的尊重。"[2]尊重儿童的个性，承认儿童的价值，这些观念和见解在鲁迅和周作人的文章中比比皆是。

其次，如果把晚清时期的儿童观念同五四时期的儿童观念略作比较，就可看到两者之间有一个根本性的区别。这就是，晚清时期的儿童观念是以民为本，而五四时期的儿童观念是以人为本，其思想基础正如周作人所言是个人本位的人道主义。

晚清时期，基于开民智、培养新人以实现救国存亡的现实需要，长期被漠视的儿童问题得到了先进知识分子的日益关注。显然，儿童之所以重要，是因为他象征着国家的前途，是民族未来的拯救者。从某种意义上说，这种儿童观属于"成人的预备"。总体上看，梁启超、严复等先进知识分子主张塑造新国民，他们的儿童观建立在"新民"的基点上，儿童被纳入了他们启蒙的对象范畴。如何将儿童从传统文化的偏见中解放出来？他们作了两方面的努力。一是颠

---

[1]鲁迅：《我们现在怎样做父亲》，《鲁迅杂文全编》（一），人民文学出版社2006年版，第133页。

[2]周作人：《儿童的文学——一九二〇年十月二十六日在北京孔德学校所讲》，王泉根编：《周作人与儿童文学》，浙江少年儿童出版社1985版，第42页。

覆成人与儿童的关系，把人生价值的砝码明显地偏向儿童。比如梁启超在脍炙人口的《少年中国说》中撰写的："老年人如夕照，少年人如朝阳；老年人如瘠牛，少年人如乳虎"，[1]他将国家的希望，民族的未来完全寄托在儿童身上："少年强则国强，少年独立则国独立，少年自由则国自由，少年进步则国进步，少年胜于欧洲，则国胜于欧洲，少年雄于地球，则国雄于地球。"[2]这些洋溢着激情，充分肯定儿童的文字，在当时广为流传。二是他们纷纷倡导儿童教育。梁启超在《变法通议·论幼学》中，指斥传统私塾教育先后倒置、进退逆行的授课方式，提倡循序渐进的教育方式："其为道也，先识字，次辨训，次造句，次成文，不躐等也。"[3]同时他也提出了改良蒙学教育的具体方法，包括重新编排出版符合幼儿生理心理发育的教科书。严复立足于开民智，批判八股取士的目标和方法与开启民智的目标背道而驰。"今日之经义八股，则适足以破坏人材，复何民智之开之与有耶？且也六七龄童子入学，脑气未坚，即教以穷玄

[1]梁启超：《少年中国说》，陈书良编：《梁启超文集》，燕山出版社1997年版，第75页。

[2]梁启超：《少年中国说》，陈书良编；《梁启超文集》，燕山出版社1997年版，第81页。

[3]梁启超：《论女学·变法通议》，华夏出版社2002年版，第101页。

极眇之文字，事资强记，何裨灵襟！"[1]他主张教育应顺应
儿童的心理，并和儿童心理的发展同步。

五四时期的儿童观念是以人为本的，其思想基础是个
人本位的人道主义。人的觉醒与个性主义是五四时期最强大
的文化口号。在新文化人看来，个性主义是指充分肯定个人
的独特性和个人的价值，提倡个性解放和人格独立，使个人
的人格和个性得到自由、健全的发展。新文化人大力提倡以
个性自由和人格独立为核心的个性主义，其目的是为了从封
建宗法制度和纲常伦理的束缚下解放人的个性，从而实现国
民性改造和社会改造。陈独秀深刻批判儒家的三纲五常窒碍
个性独立的弊端，他说："儒者三纲之说，为一切道德政治
之大原：君为臣纲，则民于君为附属品而无独立自主之人格
矣；父为子纲，则子于父为附属品而无独立自主之人格矣；
夫为妻纲，则妻于父为附属品而无独立自主之人格矣。率天
下之男女，为臣、为子、为妇而不见有一独立自主之人者，
三纲之说为之矣。"[2]将个人从宗法主义的家族伦理束缚中
解放出来，其实质是以个性解放的名义摧毁君主的威权、摧
毁丈夫的威权、摧毁父亲的威权。儿童就是在批判"父为子

---

[1]严复：《原强修订稿》，王栻主编：《严复集》第1册，中华书局1986年版，第29页。

[2]陈独秀：《一九一六年》，任建树、张统模、吴信忠编：《陈独秀著作选》第1卷，上海人民出版社1984年版，第172页。

纲"的训令中，在摧毁父亲的威权中被发现了。

发现个人是发现儿童的前提。如果人的意义没有凸显，那么儿童的意义也是模糊的。周作人曾经感叹道："中国还未曾发现儿童，——其实连个人与女子还未发现，所以真的为儿童的文学也自然没有。虽市场行摊着不少卖给儿童的书本。"[1] 要发现儿童，当务之急是先确立人的意义。"人的问题，从来未经解决，女人小儿更不必说了，如今第一步先从人说起，生了四千余年，现在却还讲人的意义，从新要发见'人'，去'辟人荒'，也是可笑的事。但老了再学，总比不学该胜一筹罢。我们希望从文学上起首，提倡一点人道主义思想，便是这个意思。"[2] 周作人通过描述西方发现人、妇女和儿童的历史，阐述了以"立人"为中心的人道主义思想，并且以对人性全面发展的关怀延伸到对儿童问题的真诚讨论，初步建立了"儿童本位"的儿童观。而鲁迅则发展出了成熟的个性意识，他认为儿童是值得尊重的个体，有着独立价值和人格的存在。他批驳传统社会中漠视儿童的尊严、窒息儿童个性的观念："然而这许多人口，便只在尘土中辗转，小的时候，不把他当人，长大以后，也做不

---

[1] 周作人：《儿童的书》，《儿童文学小论·新文学的源流》，河北教育出版社2002年版，第57页。

[2] 周作人：《人的文学》，王泉根编：《周作人与儿童文学》，浙江少年儿童出版社1985年版，第22页。

了人。……所有的小孩，只是他父母福气的材料，并非将来
'人'的萌芽，所以随便辗转，没人管他，因为无论如何，数
目和材料的资格，总还存在。即使偶尔送进学堂，然而社会
和家庭的习惯，尊长和伴侣的脾气，多与教育反背，仍然使
他和新时代不合。大了以后，幸而生存，也不过'仍旧贯如
之何'，照例是制造孩子的家伙，不是'人'的父亲，他生
了孩子，便仍然不是人的萌芽。"[1]将儿童置于"人"的高
度上，赋予儿童人格价值，这是一个开创性的理论贡献。著名
的意大利教育家蒙台梭利说过："如果我们总是按照单纯的传
授知识的陈腐的教育方式，就不会有丝毫的希望来改善人类的
未来。因为如果个性的整个发展落后了，传授知识还有什么用
呢？因此我们必须重视心理的实质、社会个性、新世界的力量
以及至今仍被埋没和忽视的无数因素的总体性。要想帮助和拯
救世界只能依靠儿童，因为儿童是人类的创造者。"[2]

显然，近代中国的儿童观是在近代中国风雷激荡的社会
环境和复杂多变的文化环境中形成的。因此它的发展绝不是
一个孤立的过程，需要置于社会和文化的大背景中考虑。它
既受社会文化发展的制约，也迈开了勇于探索的步伐。

---

[1]鲁迅：《随感录二十五》，《鲁迅杂文全编》，人民文学出版社2006版，第
273页。
[2][意]蒙台梭利著，任代文主译校：《蒙台梭利幼儿教育科学方法》，人民教育
出版社2001年版，第335页。

第五章 近代儿童文艺的价值与启示

近代儿童文艺无疑是有历史价值与现实价值的，它不但是现代儿童文艺的奠基，而且也是现代儿童教育的有效资源，更不可忽视的是，近代儿童文艺对当代儿童文艺的发展也有着借鉴与启示意义。

第一节　近代儿童文艺的基本脉络

研究近代儿童文艺，其实是从一个虽小但有力的角度切入对近代文化的研究。前文在讨论任何一个儿童文艺形态时，不是就儿童文艺而谈儿童文艺，而是结合社会变革、文化变迁的时代背景，探讨儿童文艺在整体文化的归约、调整下发生的嬗变。传统儿童文艺是传统文化的产物，近代儿童文艺是近代文化的产物，研究者从来不能脱离文化场景来研究任何一个文化因子。

一、关于晚清儿童文艺

对于晚清儿童文艺的萌芽，笔者概括了四个方面的内容，分别是儿童诗歌、翻译国外儿童小说、童话和学堂乐歌。儿童诗歌的历史源远流长，传统儿童诗歌的资源非常丰富，有儿歌和童谣，浅显易懂的启蒙诗歌以及作家创作的富有儿童生活情趣的能为儿童理解和喜爱的诗歌作品。晚清儿童诗歌一方面继承了传统儿童诗歌优秀的创作手法，同时也借鉴了西方诗歌的意境和语句，另一方面则丰富了传统儿童诗歌相对狭窄的诗歌内容，鼓吹民主科学的新知识，传播爱国救亡的时代要求。总之，晚清的儿童诗歌热是在著名诗人黄遵宪等人的倡导下蔚然成风的，而且和当时的学堂乐歌的兴起，新教育体制的颁布关系甚切。但是从总体上看，晚清儿童诗歌仍处于脆弱的萌芽期。这体现在以下几点：一是儿童诗歌主要是以"学堂乐歌"的歌词形式出现，儿童诗歌自觉的主体意识尚不明确。二是儿童虽然跃入了启蒙者的视野，但是儿童仍旧被视为"缩小的成人"，所以儿童诗歌也相应作为"简化的成人文艺"，供给儿童的诗歌主要是从国家、民族、教育为着眼点，强调对未来国民的启蒙和教化，而不是满足儿童的情感需要，对于儿童诗歌的艺术形式、艺术标准、艺术表现力和艺术价值，时人尚未做深入的分析。三是对儿童诗歌的衡量标准是政治思想，而不是艺术价值。这其实偏离了儿童诗歌的艺术性追求。

翻译国外儿童小说的兴起，源于时人改变了对小说功能的认识。"小说界革命"彻底改变了传统小说的地位，小说的政治功能、社会功能、教育功能得到前所未有的重视。时人也看中了儿童小说的智育和德育功能。除了梁启超在理论上大力提倡儿童小说的翻译外，林纾在实践中也翻译了大量儿童小说，虽然林纾的翻译普遍存在失真和走样，但是他的翻译起到了"媒"的作用，引发读者抛开译作、阅读原作，直接领略西方作品的艺术魅力。当时翻译的儿童小说主要集中在三个类型：一是科学小说，二是教育小说，三是冒险小说。大量儿童小说译作可谓增进了少年儿童对西方文艺的认识，从而引领少年儿童进入了一个全新的艺术天地。从翻译小说的盛行可以看出，儿童小说的功利性追求非常明显。梁启超说，小说有不可思议的力量，其力量能够支配人心。所以要改良政治，只需译印政治小说；改良教育，只需译印教育小说；改造国民性，培养少年儿童的冒险精神，只需译印冒险小说。纵使梁启超也从文艺心理学的角度阐述小说的"熏""浸""刺""提"等四力，但是他所提倡的小说存在着价值超载的现象，他对儿童小说的认识也显得粗率和鄙陋。这也是晚清小说在艺术上不成熟的表现。

　　童话则以孙毓修创办《童话》期刊为标志。《童话》的出版，开辟了中国编译、改写、出版儿童文艺的新事业，标志着中国社会看待儿童和儿童读物的观念发生了变化，是近代中国儿童文艺发展进程中不可或缺的一环。孙毓修所言的童话并不是文体意义上的童话，更多的是指儿童文艺。在《童话》的序言中，孙毓修集中表达了自己对童话的看法，生发了许多具有前瞻性的观点。首先，他认为儿童文艺的语言不能过于典雅，深奥含蓄的文字不会对儿童产生亲和力，反而容易引发他们的反感和厌恶情绪。其次，他在谈及《童话》的取材时，分为寓言、述事和科学三类，并对这三类文体做了简明扼要的描述，这是孙氏颇具独创性的见解。因为中国传统儿童文艺的文体类别首先就很少，其次对各种儿童文艺文体的特征、艺术衡量标准、艺术价值的定位也很模糊，所以孙氏的分类其实是一种开创性的工作。实践证明，在《童话》刊物中出现了几乎所有的儿童文学体裁，比如小说、寓言、故事、神话、传记等。由此可见，这一时期对儿童文艺的认识仍然是不全面的。值得肯定的是，孙氏注重儿童对稿件的意见，并根据儿童的喜好修改编写的初稿。从这一点上看，《童话》的创办具有承前启后的历史意义，它一方面接续了晚清时期的儿童刊物按年龄编辑的做法，另一方面深化了对儿童文艺的艺术认识，提出并贯彻了尊重儿童意见、儿童心理的观念。

晚清学堂乐歌在中国音乐史上是新的品种，"新"首先体现在它的歌词上。学堂乐歌的歌词鼓吹爱国民主的变革思想，发挥了救亡图存、启迪民智的社会作用。其次，学堂乐歌的"新"体现在它的演唱方式上。它区别于中国历史上民间的各种山歌、号子、俚曲、小调，文人的吟诗、琴歌，城乡中流行的戏曲、说唱等等，它更适合群体思想感情的抒发，带有社会集结性特点。从缘起上看，学堂乐歌是在戊戌维新思想影响下带有自发性质的一场活动。晚清时期派遣留学生到日本的政策、晚清政府教育体制的变革，都推动了学堂乐歌的发展。随着对学堂乐歌和音乐艺术认识的深化，时人还展开了对美育的探讨。学堂乐歌首先促成了中国音乐的近代化转变。随着学堂乐歌的引进，许多西方音乐品种陆续移植到中国，比如艺术歌曲、歌剧、器乐方面的独奏、重奏、管弦乐曲和交响乐等，这些通常被称作"新音乐"的音乐品种扩展了中国传统音乐的表现形式和内容。其次，学堂乐歌促进了传统社会的转型。学堂乐歌伴随着维新思想和民主革命思想而传播，是传统教育体制向近代教育体制转折过程中出现的新事物。先进的知识分子意识到，民族音乐的发展不是孤立的过程，它必须与时代的脉搏同步，必须适应新的教育制度、新的生活方式、新的思想追求、新的社会制度。

二、关于民国儿童文艺

民国时期的儿童文艺相比晚清有了新的发展。尤其是五四新文化运动中出现了引人瞩目的"儿童热"。儿童问题和妇女问题是当时伦理革命的重要环节，"儿童热"是当时个人主义思潮高涨的产物。在中西文化激荡的新文化运动中，以三纲之说为核心的儒家伦理道德规范遭受西方现代性的全面挑战，"父为子纲"也不例外。当人性从封建宗法制度和伦理纲常的钳制中解放出来时，人的尊严得以确立，人的价值得以承认。需要强调的是，解放个性并不必然导致儿童的发现。也就是说，"人的发现"并不等同于"儿童的发现"。个体意识的确是现代性价值精神和文明秩序的基础，但是单有个人主义并不能产生童年。它只是发现儿童的一个必要前提罢了。童年的发现还需要时人确认两个世界的存在，即成人世界和儿童世界在本质上是不同的，儿童需要特殊形式的抚育和保护。而美国教育家、哲学家杜威的来华，将五四新文化运动的"儿童热"推上了顶峰。作为现代教育派理论的主要代表，他提倡教育改革，鼓吹"儿童中心论"，强调儿童是教育的起点和教育的中心。他所传播的"儿童中心论"提高了儿童在教育上的地位和作用，促进了近代中国"儿童的发现"。中国最早发现儿童的是周作人，他在《新青年》第8卷第4号刊发了《儿童的文艺》一文，提出了两点思想：第一承认儿童有独立的生活，即他们内面的生活与大人不同，我们应该客观地理解他们，并加以相当的尊重；第二肯定儿童的生活是转变的生长的。这些观点表明，儿童的生活是独立的，儿童有与大人不同的本质也有着不同的需求，而这些需求应该被尊重也应该被满足。这是真正现代意义上的儿童的发现。由于发现了儿童，认识到了儿童有自己的世界，有自己的精神需要，儿童文艺则出现了根本性的改变，人们关注了儿童文学、儿童戏剧、儿童歌曲、儿童漫画等儿童文艺的各种形态，并按照儿童的生理和心理特点加以研究。

新文化运动后，在文学革命和国语运动的推动下，小学语体文教科书和辅助读物都有了划时代的变革。1920年北洋教育部明令把小学一、二年级的国文改为白话文，并于1922年废止旧时的小学文言教科书，于是白话文教科书蔚为大观。小学教科书兼采童话、小说、诗歌等，内容注重欣赏吟味，注重想象，注重阅读趣味。辅助读物以《儿童世界》及《小朋友》最受少年儿童的欢迎。《儿童世界》的问世，彻底改变了我国儿童刊物的面貌，一扫过去儿童刊物"成人化"的弊端，以崭新的内容、浓郁的儿童气息、生动活泼的文字等赢得了小读者的欢迎，不但风行全国，而且流传海外，达到了儿童刊物从未有过的繁荣局面。《儿童世界》坚持"儿童的"与"文学的"原则，代表了中国儿童文艺所具备的强烈的主体意识。主体意识的存在防止儿童文艺丧失自我表现，消融到没有原则的低级趣味，坚定了发展的动力和方向。《小朋友》刊载了较多的民间故事，比较民族化、大众化、儿童化。《小朋友》以小学中、高年级为阅读对象，内容有故事、童话、小说、诗歌、歌曲等，此外还有滑稽画、故事画、小游戏、小戏法、小工艺、文艺图、表演舞蹈等众多文艺样式。《小朋友》注重与儿童的联系，调动儿童的兴趣，鼓励他们参与刊物的工作，将"儿童本位"的编辑思想落实到方方面面，为中国儿童文艺的自觉立下了不朽的功勋。

一些优秀的作家和作品纷纷涌现。以《儿童世界》《小朋友》《少年杂志》为主要阵地，陆续出现了一批以教师和文学编辑为主体的作家队伍，他们踊跃尝试儿童文艺的各种题材，并且取得了值得称道的成果。儿童诗、儿童散文、童话、儿童戏剧、儿童故事、儿童小说、译介小说等领域都有佳作问世。就儿童诗而言，五四时期儿童诗创作不仅是新文学的重要组成部分，也是现代儿童文学的重要组成部分。这一时期儿童诗的创作成果丰富多彩，从事儿童诗创作的诗人按照社会身份和文化身份，大体可以分为四类；第一是现代新诗诗人的先驱，如胡适、刘半农、刘大白、俞平伯等人，他们自觉地将儿童诗创作纳入到新诗创作实践中。第二是文学研究会的作家，如郑振铎、叶圣陶、周作人、冰心、严既澄等人，他们主张艺术要"为人生"，关注妇女和儿童问题，尤其自觉地思考儿童问题和创作儿童文艺作品。第三是蒋光慈、彭湃、凌少然等左翼文学作家，他们在投入左翼文学创作之前，就为儿童写过富有革命精神和苦难意识的诗歌作品。第四是一批儿童文艺作家、教育家和编辑家，如黎锦晖、陶行知等人参与了儿童诗的创作。

值得一提的是，这一时期儿童歌舞剧的成就斐然。20世纪初，随着中国教育制度的变革，新式的中小学纷纷设立了艺术课程，其中包括音乐、美术等等。儿童歌舞剧作为一个新的艺术品种，糅合了音乐、舞蹈、戏剧等多种艺术表演方式，成为儿童戏剧的重要门类。其代表人物为黎锦晖，黎锦晖的歌舞剧在剧本和唱词上基本实现了独创性。他在儿童歌舞剧中采用西方歌剧的分幕和分场，有别于传统的戏剧；他的歌舞剧的故事情节，也具备矛盾冲突的西方戏剧特征；他广泛吸收多种传统音乐和西方音乐素材，在融会贯通后塑造出符合剧情的人物角色，努力实现歌舞剧的本土化和音乐化。他创造的《麻雀和小孩》《葡萄仙子》无论在构剧水平和音乐创作上都实现了很大的突破，在当时非常受儿童欢迎，当时全中国甚至南洋各属华侨都表演他的歌舞剧。现代剧作家包蕾提到，我国的儿童戏剧的基础是黎锦晖奠定的。黎锦晖的歌舞剧里出现许多鲜活的动物形象、神仙形象，这些艺术形象被作者赋予了博爱、平等、自由等新的人格力量，他们的世界就是儿童所喜爱并向往的自由的世界。

儿童插画与漫画也有了发展。虽然五四时期出现的刊物如《儿童世界》和《小朋友》刊登的文章都配有插图，并且也连载图画故事，但是五四时期并没有出现专门的儿童插画家。直到民国十六年，也就是1927年为止，只有两三家书局出版连环画，从事连环画创作的不超过十人。而丰子恺的漫画由于童趣盎然而被时人推崇，并且郑振铎在其编辑的《文学周报》上冠名，"子恺漫画"被置于十分显眼的位置，1925年12月文学周报社还出版了《子恺漫画》。《子恺漫画》问世后，得到了文艺界的一致好评。夏丏尊、朱自清、俞平伯、朱光潜等人都给丰子恺的漫画非常高的评价。夏丏尊评价丰子恺的漫画于画作中传达生活的真意。朱自清认为，丰子恺的漫画富有诗意，意味深长。俞平伯赞美丰子恺的漫画既有中国画风的疏淡清远，又有西洋画风的活泼酣畅。朱光潜高度评价丰子恺的漫画艺术造诣，认为他的画作是真性情的流露，于平淡中孕育隽永的意致。

第二节 近代儿童文艺的特点

儿童文艺作为近代新文艺的有机组成部分，既具备新文艺的特征，也有自己的特点。从20世纪80年代起，儿童文艺界就儿童文艺的本质展开了广泛深入地讨论。传统的研究方法不外乎两种：一种是从一般文艺是社会生活的反映着眼，或者是站在"童心"的角度看待文艺对生活的反映；另一种是从人的生理——心理角度探索文艺产生的心理和社会动力。显然，无论何种角度的研究方法都离不开对社会发展的关注。近代儿童文艺的发生发展也和社会变革息息相关。作为近代社会的产物，近代儿童文艺与中国近代化发展，尤其是文艺近代化发展的步履一致。总体上看，近代儿童文艺的特点如下：

首先，近代儿童文艺的发展与儿童观念的演变息息相关。

艺术源于人类的审美需要，儿童艺术则源于儿童的审美需要。自有人类社会以来，人们通过改造自然界，逐步解决基本的生存问题时，人类的审美需要和审美活动也得以形成，成人艺术诞生了。而儿童文艺对社会发展的要求远比成人文艺要高。儿童的生理和心理特征与成人相比尚未成熟，虽然他们也有审美情感的需要，但是他们缺乏足够的思维能力和艺术技能，很难创造出供自己欣赏的艺术品。所以，只有当成年人拥有儿童观念，承担了为儿童创作艺术作品的重任时，才能使他们的情感需要和审美需求得到满足。在漫长的封建社会发展阶段，绝大部分儿童连生存都没有保障，更谈不上得到应有的权利，当然也不会有人去满足他们的审美需要。观照西方儿童文艺的发展，我们可以发现：直到启蒙运动强调的自由、平等、博爱、人权等价值观念波及儿童，儿童的地位和权利才得以确认，同时为儿童创作的艺术品出现了。

而中国直到戊戌维新时期，"天赋人权"论才被维新志士所提倡。严复提出"鼓民力、新民智、开民德"的口号，梁启超随后提出了"新国民"的观念，都是要以崭新的西方知识、思想和道德来改造落后的国民性。儿童作为国家和民族的未来跃入启蒙者的视野，长期被漠视的儿童得到了启蒙者的关注。维新志士们抨击传统的伦理道德观念摧残人性，尤其是"父为子纲"更是儿童的精神桎梏。但是就理论上看，当时的个性主义思想处于萌芽状态，儿童的个性解放思想也缺少理论上的系统性。维新志士们没有从"父为子纲"的批判中导引出儿童个性自由的命题。就社会影响力来看，只有少数理论家提出了儿童的个性问题，儿童的个性解放观念未得到多数人的关注，未形成强有力的社会思潮。儿童文艺主要是从国家、民族、教育为着眼点，强调对未来国民的启蒙和教化；对于儿童文艺的艺术形式、艺术标准、艺术表现力和艺术价值方面，时人尚未做深入的分析；衡量儿童文艺的标准是政治价值、教育价值，而不是艺术价值。所以，晚清时期的儿童文艺诸形态的艺术创新性不强，多是用传统的文艺形式装载新的时代内容。

而五四新文化运动的个性主义思潮汹涌澎湃，儿童个性解放思想也成为具有较大影响的社会思潮。不仅五四新文化运动的主要领导人关注儿童问题，而且思想文化界的许多人士都开始重视儿童。在儿童教育界，从教育宗旨到教育方法都立足于儿童的本能和需要；在儿童文艺界，以鲁迅、周作人为代表的新文化运动的倡导者，明确地提出了"儿童是人"，"儿童是儿童"的观念。从此，儿童作为权利和文化主体的地位得以确立。当儿童权益、儿童教育问题得到社会的重视时，成人艺术家才产生了为儿童创作的动机，他们从儿童的角度观察生活，体察童心之美。只有真正发现了儿童，基于儿童审美需要的儿童文艺才会有所发展。这一时期，儿童文艺有了自己的发表园地，一是当时几乎所有的进步报刊都为儿童教育和儿童文艺开辟专栏，专门面向儿童的文艺刊物也纷纷面世；二是随着教育改革一步步深入，教科书选用白话文做教材，并且大多以儿童文艺为内容。所有这些因素都推动了儿童文艺的发展，儿童文艺的诸形态也开始成熟起来。

第二，近代儿童文艺与传统儿童文艺相比，更为深刻地体现了艺术家卓越的创造性。

众所周知，传统儿童文艺中包含神话等在民间口耳流传的文艺作品。从艺术的起源上看，在生产力低下的古代，人们无法理解和征服自然，成人的审美欲望和情感表现为对宇宙的起源、自然的畏惧产生的主观的臆测和天真的想象，这就是神话。神话即是人类处于童年时期创作的文艺作品。它们洋溢着纯真、朴素的情感，充满大胆、奔放的想象，给人以纯洁、生机勃勃的不可穷尽之美。由于人类童年时期的心理和儿童的天性不谋而合，因此神话、传说成为儿童的喜闻乐见的艺术品。以周作人的话说："童话本质与神话世说实为一体。"[1]周作人吸收了当时人类学的研究成果，提出童话是原始人的文学，而儿童的行为举止类似原始人，所以童话也即是儿童的文学。

进入近代社会，人与人之间的关系变得复杂起来，先进科学技术带来的现代文明和环境污染，使原始的自然美受到挑战，饱经沧桑的成年人仍然需要纯洁无邪、天真烂漫的童心美的陶冶，也需要不满足于现状、不为世俗羁绊的精神激励。神话继续熏陶着人类的心灵，也培育着成人艺术家的心理素质。成人艺术家一旦产生为儿童创作的欲望，即对神话进行再创作，并将它们构思成生动的艺术形象。许多民间童

---

[1]周作人：《童话略论》，《儿童文学小论·中国新文学的源流》，河北教育出版社2002年版，第4页。

话其实就是对神话和传说的加工整理，或进行的再创造。即使后来以现实生活为素材的文学童话，也不失神话的泛神色彩和幻想的奇特奔放。比如叶圣陶收入《稻草人》一集中的作品《梧桐子》，作者笔下出现的梧桐子，他们穿着碧绿的新衣，对着深蓝的天空，笑嘻嘻的月亮和美眼流转的星星，玉桥一般的银河高兴地唱歌；合着梧桐子歌声的，有柿子，秋海棠，还有阶下的蟋蟀。在作者优美细腻的文字描写中，我们能够张开幻想的翅膀，感受到作品动人心弦的艺术力量。这样的文字构思在叶圣陶的作品中比比皆是，他的文学童话吸收了中国传统神话中的想象因子，并加以艺术的再创造，开辟了中国现代童话的新路径。

第三，相比于传统儿童文艺，近代儿童文艺的社会功能更加丰富。

艺术的社会功能有许多种，但主要的有审美认识作用、审美教育作用和审美娱乐作用三种。从审美认识作用来看，近代儿童文艺较之传统儿童文艺，能让儿童更为深刻地认识自然、认识社会、认识历史和认识人生。近代社会面临数千年未有之变局，这是传统儿童文艺是无论如何也反映不出的社会现实。学堂乐歌诞生于中华民族的危难之机，承担着思想启蒙、重塑人格的时代重任。乐歌的歌词重在灌输新思想、提倡文明的习俗，培养美的情操。一些从西方输入的新

思想、新情感都被谱写成歌词，时人期待能培养少年儿童
的爱国主义情感和积极向上的思想意识。从审美教育功能来
看，近代儿童文艺较之传统儿童文艺，能引导少年儿童正确
地理解和认识生活，树立正确的人生观和世界观。儿童文艺
的核心价值在于帮助儿童寻找人生的意义。传统儿童文艺将
人生的意义狭隘化，"万般皆下品，唯有读书高"成为士子
们终身追求的目标。鲁迅深刻批判传统道德观念的伪善，尤
其对儿童的欺骗和误导更是贻害无穷。而近代儿童文艺较之
传统儿童文艺，显然丰富了人生的意义。晚清出现的译介儿
童小说，其中一个重要门类则是科幻小说。科学第一次进入
了完全被道德文化占据的中国小说阵地。晚清短短数年中，
中国文学领域中出现许多以科学或科学幻想为特征的作品，
出现了许多赞美科幻、讨论科幻文学理论的文章，这些都有
助于传播科学精神，刺激少年儿童对科学的向往和追求。从
审美娱乐功能来看，近代儿童文艺较之传统儿童文艺，能
让少年儿童体会到真正的快乐。孙毓修编的七十七册《童
话》，给无数孩子带来幸福和欢乐。张若谷声称，《童话》
是他孩提时代唯一的恩物与好伴侣。类似的话有许多作家说
过。《童话》中的大部分作品改编自外国儿童文艺，它给少
年儿童带来新鲜奇异的阅读快感，而这些是传统儿童文艺作
品匮乏的。

第四，相比于传统儿童文艺，近代儿童文艺强化了它的历史参与功能。

作为社会意识形态的组成部分，文艺产生于熙熙攘攘的社会历史中，也有参与社会现实的功能。但是在不同的历史阶段，文艺参与历史的强度却有所不同。文艺作为审美主客体的最高形式，包括两方面的内容：一方面艺术是对客观社会生活的反映，另一方面艺术凝聚着艺术家主观的审美理想和情感愿望。可见，艺术美既有客观的因素，也有主观的因素，艺术美应当是主观和客观的统一。近代社会生活产生了翻天覆地的变化，文艺反映社会现实的内容无比广阔，复杂多变的社会现实为文艺提供了丰富的题材；同时作为艺术创造主体的艺术家，既有强烈的现实参与感，又有丰富的艺术表现的手段和方法，所以艺术品对社会历史的参与功能前所未有的强烈。近代儿童文艺也不例外，作为面向儿童的文艺品，近代儿童文艺无论在表现内容上，还是表现形式上，抑或是表现强度上，都较之传统儿童文艺更为丰富和强烈。

近代中国面临数千年未有之变局，随着民族危机的加深，爱国知识分子目睹祖国濒于沦亡，竭力发挥文艺的社会功能，以文艺启迪民众，唤醒民众。晚清时期出现的学堂乐歌，多是来自爱国知识分子的创作。这些爱国歌曲强烈地激发了儿童的爱国热情。比如李叔同创作的《祖国歌》，歌颂了祖国大地的辽阔富饶，历史文明的悠久灿烂；并且驰骋浪漫主义想象，祝愿祖国如雄狮怒吼，摆脱屈辱现状；期待祖国如黄鹤展翅高飞，自强于世界民族之林。歌曲的最后将希望寄托在新的一代身上：谁为祖国驱除列强？谁为祖国励精图治？谁能承担振兴祖国的历史重担？《祖国歌》以炽热的情感，激发了少年一代的爱国热忱。爱国主题的儿童歌曲在当时迅速传播并广为流传。对少儿的启蒙作用也不言而喻。丰子恺多年以后回忆儿时唱的歌时，仍对爱国歌曲昂扬斗志、振奋精神的作用赞叹不已。

五四新文化运动中的一个重要内容就是文学革命，改变传统文学的面貌。不仅成人文艺需要用新的语言表达新的内容，儿童文艺也要以白话文的创作，体现丰富多彩的社会生活。许多艺术家都以巨大的创造力和热忱投入到白话文的普及和宣传工作中，黎锦晖则借助儿童歌舞剧的形式，在少年儿童中普及国语，贯彻新文化运动所倡导的美育方针。黎锦晖认为学国语最好的方式就是唱歌，所以他竭力鼓吹寓教于乐的音乐教育观念。在他著名的儿童歌舞剧作品《葡萄仙子》中，白话文的运用自然生动。比如其中一段："仙子唱：高高的云儿罩着，淡淡地光儿耀着，短短的篱儿抱着，弯弯的道儿绕着，多好啊！这里真真好，好！静悄悄的，谁料是春天到了！我先把芽儿排起，我再把叶儿发起，还要把花儿开起，更要把果儿挂起。我结果，结得十分多，多！到那时候，无论谁都要爱我。"[1]这是现代的语言，表达的也是现代的情感。这部作品首先是呼应了当时的社会思潮，具有强烈的社会参与功能。其次是如此寓教于乐，普及新的语言和思想的艺术作品对儿童的影响力极为深远，它不是昙花一现的应时、应景之作，而是具有超越时空的艺术价值。

第三节 近代儿童文艺的价值与启示

近代儿童文艺虽然是历史的产物、时代的产物，但它在社会转型和文化变革的特定时期发挥了不可小视的作用，也具有作为文艺的本体价值。同时，近代儿童文艺对于当代儿童文艺的发展也有一定的启示意义。

一、近代儿童文艺的价值

近代儿童文艺的价值是多方面的，它不但有着不可忽视的思想价值，还有着不可忽视的审美价值、教育价值和道德价值。

（一）近代儿童文艺的思想价值

---

[1]黎锦晖:《葡萄仙子》，鲁迅等:《从百草园到三味书屋》，湖北少年儿童出版社2007年版，第399页。

近代儿童文艺是在儿童观的转变中发生的，而且与启蒙、革命、现代性等意识联结在一起，它本身就承载着时代的精神内涵，同时它在新的思想、观念的传播方面，在儿童美德的熏染方面都起着重要的作用。

就具体的儿童文艺形态的价值而言，晚清的学堂乐歌传播了新的观念和新的思想。梁启超、曾志忞、沈心工等人注意到音乐对改造国民素质的启蒙作用，重在通过歌曲对民众尤其是中小学生进行思想启蒙的教育、国民意识的建构，以及爱国情操的培养，所以学堂乐歌的歌词和社会进步、政治变革的时代潮流紧密结合，题材重在灌输先进思想、提倡文明习俗、培养美的情感上，以达到振奋民族精神的作用。他们开风气之先，汲取日本和欧美儿童音乐的形式，把歌曲同中国的维新思想和爱国民主要求融为一体，开创了学堂乐歌发展的新局面。比如《中国男儿》《祖国歌》等传达的是富国强兵的爱国主义思想；《欧美二杰》表达了对资产阶级共和政体的向往；《体操——兵操》宣传了体育锻炼的意识；《文明婚》主张妇女解放的思想等。

儿童小说则融入了科学意识、探险意识、创新意识等新的时代精神，弘扬了爱国主义的情感，启发了少年儿童对民主自由的向往。就冒险小说而言，梁启超身体力行于儿童小说，他翻译的《十五小豪杰》通过描写英国殖民地的十五个少年漂流到荒岛上的种种遭遇，歌颂了冒险意识与进取意志，并借少年组织议会的雏形，宣传资产阶级共和制度，这或多或少地冲击了中国的专制制度。晚清时期，"科学"与"小说"两大因素的结合，迎合了一代文化先驱欲借"小说"的形式传播"科学"内容的愿望。就科学小说而言，其激发了少年儿童的好奇心和幻想力，引导他们进入一个全新的世界——一个以张扬科学梦想、追求科学真理为终极目标的世界，而这个世界迥然不同于中国传统文化推崇的道德世界。

五四时期儿童的发现，带来了创作者们对童心世界、儿童情感的关注。在儿童诗、童话、儿童剧、儿童小说、儿童散文和译介童话等文体上都涌现了一批佳作，其中以童话、儿童诗和儿童剧的成绩最为显著。就儿童诗而言，刘半农作为新诗创作与儿童诗创作的先驱，不仅从理论上提出诗歌改革的具体主张，而且积极学习民歌和童谣，陆续创作了《拟儿歌》等作品，用诗歌的语言抒发对苦难的哀唱和对儿童生活的关注。刘大白创作的《两个老鼠抬一个梦》无论是内容还是表现形式都与传统诗歌大相径庭，它以儿童的口吻表达儿童思维，能让读者充分领略到儿童世界的欢乐情绪。冰心创作了大量新诗，歌咏母爱、童真、自然。她笔下的母爱不再是伦常意义上的，而是返璞归真，回到了纯真无私、充满

人性的亲子之爱。

此时期儿童戏剧创作丰盛，郑振铎主编的《小朋友》仅在1922年就刊登了二十多部儿童剧。儿童戏剧着力表现"爱"与"美"，蕴涵着作者对儿童的尊重与关爱之情。1919年11月，郭沫若的儿童歌剧《黎明》拉开了中国现代儿童戏剧的序幕。这出独幕剧的唱词充满激情与诗意，主人公是一对先知先觉的儿女。剧作具有浓厚的浪漫主义情调，奠定了中国现代儿童剧黎明时期的抒情浪漫基调。成就最高的黎锦晖于1922年创作的《葡萄仙子》，标志着儿童剧的高峰的到来，是中国现代儿童戏剧史上的一座里程碑。《葡萄仙子》跳出了"文以载道"的传统文艺观念，全剧渲染"爱"与"美"的主题，唱词幽雅而富有诗情画意。剧作着重于儿童性的观察，从知（科学知识）、美（美感教育）、情（高尚的情操）等三方面着手，来陶冶少年儿童的心灵，培养儿童的仁爱、快乐、宽容的情感。

（二）近代儿童文艺的审美价值

近代儿童文艺在形式上继承民族风格的同时也融合了西方儿童文艺的有机因子，因此形式上和内容上都有创新，具有较高审美理想与审美价值。

学堂乐歌以现代情调代替了陈腐的审美趣味，它以崭新的音乐形式和歌词建立了一种现代的、大众的音乐文化模式。在音乐形式上，学堂乐歌以现代性的五线谱取代了传统的工字尺，这是一个质的飞跃。西方曲调的调式、节奏与结构，既不同于中国古老传统的音乐，也不同于东方的音乐传统，它的旋律与气质适宜表现近代人的思想和感情，适合时代发展的需要。在歌词内容上，学堂乐歌运用了文白相杂的浅显文言，歌词的性质、功能与表现形式等方面都发生了变异，体现了从传统歌词向现代歌词的过渡性。学堂乐歌一方面成熟运用了中国传统文学技巧，流露出浓厚的古典文学的韵味。比如李叔同的《送别》，他通过乐歌的新形式，再度展现了中国古典诗词的经典意象和无穷魅力，呈现出与民族诗歌、歌谣一脉相承的特点。另一方面，学堂乐歌突破了旧体诗词的束缚，用韵灵活，有些句子使用散文的造句法，使得词句富有弹性和更强的表达力。有论者认为，从诗歌的现代转型及其与之相关的发生机制、生产手段、传播方式等角度考察，学堂乐歌是中国诗歌由古典到现代的一次重要尝试。

五四时期的儿童戏剧，在内容题材上多为童话剧；艺术形式上为诗歌剧或歌舞剧，情节结构多为独幕剧；戏剧冲突单一，戏剧语言具有强烈的抒情性，洋溢着乐观向上的积极情绪，充满浓厚的浪漫主义气息和唯美主义色彩。黎锦晖儿童歌舞剧不仅跳出了中国传统戏曲以旧曲填新词的陈陈相因，也打破了学堂乐歌的先行者依曲填词的惯例，在剧本和唱词上基本做到了自创，而真正的歌剧需要的正是独创性音乐；黎锦晖在儿童歌舞剧中采用西方歌剧的分幕和分场，也有别于传统的戏曲；他的歌舞剧的故事情节具备了矛盾冲突的西方戏剧特征；他的歌舞剧注重写实性的心理描写，并以此展示儿童歌舞剧的戏剧性内容；更重要的是，他广泛吸收了传统音乐、西方音乐素材，在融会贯通之后塑造出符合剧情的人物角色和人物性格，努力使角色本土化和时代化，这些因素使得他的儿童歌舞剧创作独步一时。比如黎锦晖的儿童歌舞剧代表作《葡萄仙子》剧情简单，感情浓烈，故事中的人物语言和性格都十分符合儿童的欣赏习惯。全剧采取的是递进的表演模式，以不同的唱腔和舞蹈来表现不同人物的性格，受到代代儿童真心的喜爱。

五四时期以丰子恺儿童漫画的艺术成就最高。就绘画形式而言，丰子恺的儿童漫画在中国传统绘画基础上吸收了日本漫画的有机因素，作品的构图简洁流利、变化而又稳妥，题字立意新奇。丰子恺儿童漫画的艺术特色非常鲜明，他着力于绘画的立意，注重人物内在精神的表现，将中国古代画论中"意到笔不到"的美学思想与自己的创作实践糅合在一起，形成了属于自己独特的漫画风格；丰子恺强调绘画要达到"曲高和众"的艺术效果，既追求艺术的通俗易懂，又注重艺术格调的完美。作为文学研究会的会员之一，他坚持艺术是生活的反映，艺术是为人生的，他以将艺术普及于大众为己任，同时不放弃艺术的标准。就绘画内容而言，他的儿童漫画取材于儿童丰富多彩的日常生活，展现了儿童世界的清新、真实、活泼和自由，具有强烈的艺术感染力。他厌恶成人世界的虚伪骄矜，向往儿童世界的纯洁、真实，因此他自称自己是儿童的崇拜者，以一颗率真的童心去观察儿童，体会儿童生活的乐趣，描绘儿童的情趣与志向。

（三）近代儿童文艺的教育价值

传统中国对儿童的教育多注重日常事务与日常伦理，而近代中国的教育则效仿西方先进的儿童教育观念。近代儿童文艺随着教育观念上的改变，在内容和形式上也有了新的变化，并且在儿童教育中发挥了良好的媒介作用。

学堂乐歌向西方式的教育迈出了一步。歌词洋溢着爱国、民主和健康向上的精神气质，传播了新的科学知识，描写了学堂新鲜有趣的生活，这些都是传统儿歌所缺乏的。梁启超等人就是注意到音乐在振奋精神、激扬思想、抵制颓气等方面的启蒙作用，才强调诗歌音乐是精神教育的要件，在学校中不可或缺的地位。爱国歌曲在学堂乐歌中占有很大比重，这是时代精神的体现。李叔同的《祖国歌》歌颂祖国大地的辽阔丰饶，祖国历史的文明悠长，以炽热如火的激情，点燃了少年儿童的爱国烈焰。这首歌一经发表立刻不胫而走，成为全中国各地学校的教材。向少年儿童传播新的生活方式和新的价值观念，也是学堂乐歌的主题之一。比如沈心工的《兵操》，形象生动、节奏明快、韵律铿锵，无论是构思还是文字都别具匠心，在少年儿童之间竞相传唱。有的学堂乐歌是对科学前景的展望，吸引少年儿童探索宇宙的奥秘，激励少年儿童勇于攀登科学高峰。比如《格致》《月界旅行》等歌曲就属于这类作品，为少年儿童打开了一扇通向科学的大门。有的学堂乐歌反映民间疾苦，表达了对物质创造者的钦佩与同情，有助于塑造儿童崭新的世界观。

文艺在一定程度上反映了教育观念的改革，民国时期兴起的国语运动和白话文教科书的盛行可谓明证。1917年左右，北洋政府教育部黎锦熙等竭力提倡国语，成立"国语统一筹备会"，主张用白话文教育儿童，白话文教科书有了产生的前提。1919年五四运动后，"全国教育联合会"和"国语统一筹备会"建议北洋教育部改小学"国文"为"国语"，1920年北洋政府教育部就明令把小学一、二年级的国文改为白话文，并规定于1922年废止旧时的小学文言教科书，白话文教科书开始盛行。新的教科书采用白话文，这是一种重大的进步，增进了少年儿童阅读的能力，这是教科书改革的第一步；为了提高儿童阅读的兴趣，满足儿童的精神需要，教科书开始选用文艺作品，这是教科书改革的第二步。民国十年左右掀起了儿童文学的高潮，新学制的小学国语课程将"儿童文学"作了中心，教科书的文学趣味较之以往有了很大程度的提高。商务印书馆、中华书局和世界书局的国语教科书都采用了大量的儿童文艺作品。这些作品对儿童的人格引导、情感培育、知识丰富、意志塑造等方面都起到了重要的促进作用。比如叶圣陶的《弯弯的月亮小小的船》，不仅教育了当时的孩子，对今天的孩子仍有强烈的感染力。

黎锦晖创作儿童歌舞剧，一是要有效地普及国语，二是为了实现新文化运动所倡导的美育方针。黎锦晖在其兄黎锦熙的鼓励和支持下，积极参与了"平民文化"热潮，致力于白话文、国语和平民音乐的儿童教育。他是现代文化史上第一个提出"学国语最好从唱歌入手"的人。他竭力倡导寓教于乐的音乐戏剧教育理念，希望在学校中把戏剧的教育价值发挥到最大化。他清醒地认识到儿童歌舞剧能够增进知识和思想，也可以在无形中使儿童萌生尊重一切艺术的心理；歌舞剧的演出可以训练儿童们美的语言、动作和姿态，也可以养成儿童们守秩序与尊重艺术的好习惯；歌舞剧的演出使用的道具和化装都要儿童身体力行，可以锻炼儿童思想清楚和处事敏捷的才能。为了实现这些目标，黎锦晖要求自己的创作不仅深有趣味，富有情感，而且饱含艺术意味。黎锦晖创作的儿童歌舞剧贯穿了启蒙主义和平民主义的思想方针，他的戏剧教育观念对当今社会依然富有启发意义。

（四）近代儿童文艺的道德价值

道德作为一种社会意识形态，它本身是由经济关系决定的，并随着经济关系的改变而改变。道德具有时代性和社会性的特点，道德观念的变化发展，必然会通过文艺作品体现出来。

鲁迅在《我们现在怎样做父亲》中系统地提出，传统的三纲着眼于利害关系和交换关系，是伪善的感情；而爱是人类的天性，是符合人性和社会发展的道德。相应的，亲子之爱在封建蒙学读物中体现为古板、生硬的家庭训诫，而在近代儿童文艺中，亲爱之爱呈现出亲密的血脉之情。比如叶圣陶创作的童话《芳儿的梦》，描写小女孩芳儿幻想着把星星项链作为生日礼物送给妈妈，表达自己对母亲比海还要深的爱。王统照的小说《春雨之夜》，以细腻温柔的笔调描写手足之情。徐志摩的童话《小赌婆儿的大话》，则是通过小雀儿对妻子小灵儿和对孩子小淘气的疼爱，展现了整个家庭夫妻相爱、父子相亲的温馨和睦。与亲密无间的亲情相媲美的是无私的友情和对天地万物的同情。比如曾志忞创作的乐歌《蚂蚁》，其中如"莫说蚂蚁蚂蚁小，一团意气真正好。人心齐，谁敢欺？一朝有事来，大家都安排。千千万万都是一条心，邻居也是亲兄弟，朋友也是自家人。你一担，我一肩，个个要争先。你莫笑，蚂蚁小，意气真正好"的诗句，以拟人的方式讴歌蚂蚁团结互助的友情，这种友情充满了积极向上的乐观情绪，对传统儿童文艺鼓吹的"君子之交淡如水"的观念即是否定又是超越。陈衡哲的《小雨点》、叶圣陶的《小画眉》等童话和冰心的《最后的安息》等小说都表达了怜悯之情和平等之爱。

　　众所周知，儿童在传统社会是毫无地位的，尽管在哲学、艺术和宗教领域中出现"童心"说，但"童心"只是一个抽象概念，形容一种未经雕琢的自然状态，古人并没有因为"童心"的存在而尊重儿童。而近代儿童文艺，"童心"的概念是和生命力旺盛的儿童联系在一起的，因为儿童有着单纯快乐的童真，因为儿童意味着不断地创新和无法预知的未来，因为儿童有着旺盛的斗争和勃勃的生机，所以时人尊重儿童，理解儿童，讴歌儿童。儿童从被压制、被漠视的地位变为被赞美、被讴歌的对象，这种道德观念上的转变看似突然，然而却合情合理。道德观念的变化在文艺创作中也体现出来。比如冰心的儿童散文多处赞美童心，讴歌儿童的纯真。她以充满爱心和童稚的语言，对儿童道出心声。她诉说自己曾经是一个小孩子，现在有时还是一个小孩子，她要做小读者最忠实最热情的朋友，以纯净的童心来和孩子们交流，从而引导他们热爱生活，认识社会。这样的文字在传统儿童文艺当中是不可能出现的，因为作品中传达的观念与主流意识形态相冲突，而且作家对儿童的态度也与古人截然不同。

二、近代儿童文艺的现代启示

研究近代儿童文艺，学习近代儿童文艺的具体作品，不仅仅是对儿童文艺发展历史的一种回顾，也是对近代儿童文艺价值的一个重估，同时从近代儿童文艺的梳理中，也能获得现代启示。

一是近代儿童文艺启示了今天的儿童文艺不要忘记了儿童这个根本，不要忘记儿童文艺的艺术使命。儿童文艺的对象就是儿童，其根本目的不仅仅是为了促进儿童教育、儿童的审美需要，还是为了建构未来一代的精神世界。近代儿童文艺的先驱们始终没有忘记自己的责任感和使命感。比如郑振铎在《儿童世界》的办刊宗旨中就明确规定，该刊物一方面要力求适应儿童的一切需要，即以儿童为真正的出发点，但是另一方面却决不迎合当时社会的心理。郑振铎认为他们的工作要忠于他们的理想，要播下新的儿童生活的种子，建立一个新的、符合时代特征的儿童世界。黎锦晖的儿童歌舞剧大多都富有童趣，角色紧紧扣准童心，以此展现儿童天真活泼、喜爱歌舞的天性。剧中的角色都是具有童稚美的儿童和为孩子们喜爱的拟人化的动植物，使用的戏剧语言既符合儿童的语言习惯，又符合他们的生理和心理特征。今天的儿童文艺工作者，也不能忘记近代儿童文艺先驱们这种具有"儿童本位"、体现人文主义情怀的艺术追求。

二是近代儿童文艺告诉我们，儿童文艺在儿童素质教育当中有着不可忽视的作用。因此要充分地利用儿童文艺，给予儿童文艺新的发展空间。从丰子恺的成长之路，我们可以清晰地看出儿童文艺的教育价值。丰子恺16岁时考入杭州的浙江省立第一师范学校，当时学校对艺术教育非常重视，并且有李叔同、夏丏尊等一批具有进步思想和改革精神的教师。在浓郁的艺术氛围中，丰子恺也成长为一代艺术大师。丰子恺对艺术教育有一段精辟的论述，大意是艺术教育的重点不在于培养圆熟的技巧，而在于培养爱美之心，培养对世界万物深广的同情，从而完善儿童的人格。因为儿童的本质是艺术的，因为儿童富有同情心，他的同情不但及于人类，而且及于世界万物。艺术教育与知识教育不同，但都是儿童

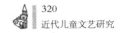

素质教育中不可缺少的组成部分。

　　三是近代儿童文艺的发展告诉我们，今天的儿童文艺要想创新，首先是观念上的更新，然后是艺术上的扎实的实践。五四时期儿童文艺出现了突破，固然离不开儿童中心观的确立，但也和当时的知识分子勇于实践、扎实创作息息相关。比如周作人，他广泛传播自己对儿童文学的见解，一方面在北平的孔德学校作演讲，另一方面将演讲词刊登在当时影响很大的《新青年》杂志上，终于推动整个时代更新儿童意识，确认儿童文学的艺术价值。郑振铎是"文学研究会"的重要骨干，他不仅致力于宣传新的童年意识，而且创办《儿童世界》杂志，发表了大量儿童文艺作品，培养了一大批儿童文艺工作者，也为小读者提供了真正的精神食粮。还有叶圣陶、赵景深、黎锦晖等不但进行儿童文艺的理论探索，还积极参与创作与推广。

后 记

大约是在女儿上幼儿园的时候，我读到纪伯伦的一首诗，其中一句是，你的孩子经由你而来，却不属于你。即便是你赋予了他生命，你承担了养育的责任，他也不是你的附属品。

然而，在传统中国，孩子就是父母的附属品。不止孩子是父母的附属品，而且女人是男人的附属品，臣子是君王的附属品。这就是传统中国的伦理秩序，其实质就是等级秩序，儿童处于等级生物链的最底层。几千年来，朝代换了一个又一个，皇帝换了一个又一个，然而专制制度未变，等级秩序也未变。直到十九世纪中期，西方以武力敲开中国的大门，专制制度开始岌岌可危，等级秩序也摇摇欲坠。强力冲击纲常伦理的，就是来自西方的"人人平等"的观念。

人人平等，意味着儿童和成人一样，享有不可让渡的个人权利：生存权，自由权与追求幸福的权利。可见，儿童当然不是成人的附属品。可见，"附属品"之说的荒谬。首先，它不承认儿童是人，没有个人权利。其次，它不承认儿童的独立，所以儿童的思想与行为皆受父母的控制，是父母手中的牵线木偶。从晚清到民国，近代的有识之士为儿童创作了许多文艺作品，比如校歌，漫画，童话，小说等等，其实都是观念进步的表征。没有对三纲五常的厌恶，没有对人人平等的向往，绝不会有崭新的儿童文艺作品。

当然，仅有观念的变革是不够的，儿童在近代的"被发现"，其实与很多原因相关，比如新媒介的诞生，教育的改革等等。晚清以来，西方传教士开始在中国创办报刊，其中也包括儿童刊物。在传教士刊物的示范与引导下，国人开始创办自己的儿童刊物，为儿童文艺作品提供发表与传播的渠道。晚清改革学制，新式学堂如雨后春笋，儿童文艺由此获得了巨大的发展空间。尤其是民国新式教科书的出版，儿童文学作品得以名正言顺地进入教材。

总而言之，各种合力推动了近代儿童文艺的诞生与发展，我们由此看到转型时代儿童文艺作品的丰饶。毋庸否认的是，来自西方的平等与自由，需要制度强有力的保障。比如，如果法律不惩处溺婴，那么儿童的生存权就是自欺欺人之说。所以，观念只有借助制度的保障，才能真正地改变个人，改变社会。

在北师大历史学院攻读近现代史博士学位时，女人的体验和母亲的身份，加上专业的阅读，让我对"儿童"这个概念有了新的认识，也使我下定决心以"近代儿童文艺研究"为题撰写博士论文。

在撰写论文的过程中，遇到了很多问题，得到了很多老师的指导和帮助。尤其是我的导师史革新教授，他的严谨的专业精神，他对学术的苦力坚守，深深感动和指引了我。可惜，史革新教授在我博士毕业第二年后，罹患癌症去世。在这里，我要表达对史革新教授的深深怀念！

《近代儿童文艺研究》这个题目，是一个史学题目，也是一个文艺题目。如果这本书能让文与史这两个领域真的实现沟通，那我就算没有虚度几年的学术光阴。

未来出版社是一家非常专业的儿童读物出版社，愿意出版我这部书稿，是我的幸运！非常感谢陆三强总编辑和责编白海瑞老师。

岁末有佳音，人生须欢笑。我是一个幸运儿！

谢毓洁

2016年11月

主要参考文献

一、国外著作

1. [美] 杜威著, 单中惠、王凤玉编译:《杜威在华教育讲演》, 北京: 教育科学出版社2007年1月版。

2. [美] 杜威著, 赵祥麟、王承绪编译:《杜威教育名篇》, 北京: 教育科学出版社2007年1月版。

3. [美] 玛格丽特·米德, 周晓虹、周怡译:《文化与承诺——一项有关代沟问题的研究》, 石家庄: 河北人民出版社1987年版。

4. [意] 蒙台梭利著, 江雪编译:《童年的秘密》, 天津: 天津人民出版社2003年版。

5. [美] 尼尔·波兹曼著, 吴燕莛译:《童年的消逝》, 桂林: 广西师范大学出版社2005年版。

6. [美] 张灏:《幽暗意识与民主传统》, 北京: 新星出版社2006年版。

7. [美] 张灏著, 崔志海、葛夫平译:《梁启超与中国思想的过渡(1890—1907)》, 南京: 江苏人民出版社1997年版。

8. [美] 微拉·施瓦支:《中国的启蒙运动》, 太原: 山西人民出版社1989年版。

9. [美] 周策纵著, 周子平等译:《五四运动: 现代中国的思想革命》, 南京: 江苏人民出版社1996年版。

10. [美] 本杰明·史华慈著, 叶凤美等译:《寻求富强: 严复与西方》, 南京: 江苏人民出版社1990年版。

11. [美] 哈佛燕京学社编:《启蒙的反思》,南京:江苏教育出版社2005年版。

12. [美] 洪长泰著,董晓萍译:《到民间去——1918—1937年的中国知识分子与民间运动》,上海:上海文艺出版社1993年版。

13. H. Cunningham, Children and childhood in western society since 1500.Longman 1995.

14. Farquhar, Mary Ann. Chilkdren's Literature in China: from Lu Xun to Mao Zedong.New York: M.E.sharpe,1999.

二、国内著作

1. 冰心:《冰心全集》,福建:海峡文艺出版社1994年版。

2. 陈平原、夏晓虹编:《20世纪中国小说理论资料》(第一卷),北京:北京大学出版社1997年版。

3. 陈学恂主编:《中国近代教育史教学参考资料》,北京:人民教育出版社1986年版。

4. 陈驹主编:《传统童稚蒙读新编》,南宁:广西人民出版社等1992年版。

5. 戈公振:《中国报学史》,上海:上海古籍出版社2003年版。

6. 郭绍虞主编:《中国历代文论选》上海:上海古籍出版事业2001年版。

7. 姜义华主编:《胡适学术文集·新文学运动》,北京:中华书局1993年版。

8. 姜义华主编:《胡适学术文集·教育》,北京:中华书局1993年版。

9. 郭沫若：《郭沫若文集》，北京：科学出版社2002年版。

10. 郭长海编：《李叔同集》，天津：天津人民出版社2005年版。

11. 张国岚等编：《俞平伯全集》，石家庄：花山文艺出版社1997年版。

12. 《康有为全集》，上海：上海古籍出版社1990版。

13. 梁启超：《变法通议》，何光宇评注，北京：华夏出版社2002年版。

14. 梁启超：《饮冰室诗话》，北京：人民文学出版社1959年版。

15. 《鲁迅杂文全编》，北京：人民文学出版社2006年版。

16. 《鲁迅全集》，北京：人民文学出版社1981年版。

17. 璩鑫圭、唐良炎主编：《中国近代教育史资料汇编·普通教育》，上海：上海教育出版社1995年版。

18. 璩鑫圭、唐良炎主编：《中国近代教育史资料汇编·学制演变》，上海：上海教育出版社1995年版。

19. 任建树、张统模、吴信忠编：《陈独秀著作选》，上海：上海人民出版社1984年版。

20. 舒新城主编：《中国近代教育史资料》，北京：人民教育出版社1962年版。

21. 王文彬编著：《中国现代报史资料汇辑》，重庆：重庆出版社1996年版。

22. 王泉根评选：《中国现代儿童文学文论选》，南宁：广西人民出版社1989年版。

23. 王栻主编：《严复集》，北京：中华书局1986年版。

24. 茅盾:《茅盾全集》,北京:人民文学出版社1987年版。

25. 《中国新文学大系》:①《建设理论卷》,胡适编选。②《文学论争集》,郑振铎编选。③《小说一集》,茅盾编选。④《小说二集》,鲁迅编选。⑤《小说三集》,郑伯奇编选。⑥《散文一集》,周作人编选。⑦《散文二集》,郁达夫编选。⑧《诗集》,朱自清编选。⑨《戏剧集》,洪深编选。⑩《史料·索引》,阿英, 1935年上海良友图书印刷公司出版。

26. 叶圣陶:《叶圣陶文集》(1~8卷),北京:人民文学出版社1958年版。

27. 张静蔚编:《中国近代音乐史料》,北京:人民音乐出版社1998年版。

28. 刘英民、李艳明编:《郑振铎全集》,石家庄:花山文艺出版社1998年版。

29. 周作人:《儿童文学小论·新文学的源流》,石家庄:河北教育出版社2002年版。

30. 丰陈宝、丰一吟、丰元草编:《丰子恺集》,浙江:浙江文艺出版社1990年版。

31. 盛巽昌、朱守芬编:《郭沫若和儿童文学》,上海:少年儿童出版社1990年版。

32. 孔海珠编:《茅盾和儿童文学》,上海:少年儿童出版社1990年版。

33. 浦漫汀主编:《中国儿童文学大系》,(小说第1集、童话第1集,诗歌集),太原:希望出版社1990年版。

34. 沈承宽、黄侯兴、吴福辉合编：《张天翼研究资料》，北京：中国社会科学出版社1982年版。

35. 夏丏尊：《夏丏尊散文全编》，杭州：浙江文艺出版社1992年版。

36. 上海少年儿童出版社编：《现代儿童报纸史料》，上海：上海少年儿童出版社1983年版。

37. 程式如：《儿童剧散论》，北京：中国戏剧出版社1994年版。

38. 陈汉才：《中国古代幼儿教育史》，广州：广东高等教育出版社1996年7月版。

39. 陈万雄：《五四新文化的源流》，北京：生活、读书、新知三联书店1997年1月版。

40. 陈星：《丰子恺漫画研究》，杭州：西泠印社2004年3月版。

41. 丁守和主编：《辛亥革命时期期刊介绍》（1—4），北京：人民出版社1986年10月版。

42. 方汉奇编著：《中国近代报刊史》，太原：山西教育出版社1981年6月版。

43. 冯文慈主编：《中外音乐交流史》，长沙：湖南教育出版社1998年7月版。

44. 葛兆光：《思想史研究课堂讲录：视野、角度与方法》，北京：三联书店2005年版。

45. 郭延礼：《近代西学与中国文学》，南昌：百花洲文艺出版社2000年版。

46. 胡从经：《晚清儿童文学钩沉》，上海：上海少年儿童出版社

1982年版。

47. 李泽厚：《中国思想史纲》（上、中、下），合肥：安徽文艺出版社1999年版。

48. 刘晓东：《儿童文学与儿童教育》，北京：教育科学出版社2006年版。

49. 蒋风、韩进著：《中国儿童文学史》，合肥：安徽教育出版社1998年版。

50. 孙继南、周柱铨：《中国音乐通史简编》，济南：山东教育出版社1993年版。

51. 吴洪成主编：《中国小学教育史》，太原：山西教育出版社2006年版。

52. 汪毓和：《中国近现代音乐史》，北京：高等教育出版社2005年版。

53. 王尔敏：《近代文化生态及其变迁》，南昌：百花洲文艺出版社，2002年版。

54. 张之伟：《中国现代儿童文学史稿》，上海：华东师范大学出版社1993年版。

55. 詹栋梁：《儿童哲学》，广州：广东教育出版社2005年版。

56. 朱智贤：《儿童心理学》，北京：人民教育出版社2003年版。

57. 熊秉真：《幼幼：传统中国的襁褓之道》，台北：联经出版公司，1995年版。

58. 熊秉真：《童年忆往：中国孩子的历史》，台北：麦田出版公司，2000年版。

ISBN 978-7-5417-6308-3

9 787541 763083 >

定价：56.00元